大坂の陣

キリシタン武将明石全登《てるずみ》の戦い

神本康彦
Kamimoto Yasuhiko

文芸社文庫

初めに、神は天地を創造された。
地は混沌であって、闇が深淵の面にあり、神の霊が水の面を動いていた。
神は言われた。「光あれ」。こうして、光があった。

（旧約聖書『創世記』）

一

慶長十九年（一六一四）十月三日の晴れ渡った朝、大坂城に異様な部隊が入城した。先頭には十字架とキリスト像を掲げ、聖ヤコブの像をしるした長旗六旒が靡《なび》いている。

「どこぞの大将や、あないなけったいな格好で」

「おい、見てみい、あの旗」

城中の城兵や町民は、驚きとともにその旗指物を見た。その意匠は白地に花十字架である。

「掃部《かもん》さまや、明石掃部全登《てるずみ》さまの大坂ご加勢や」

男女を問わず、このキリシタン部隊四千の入城を声を上げて迎えた。威風堂々の行進である。

明石掃部全登。キリシタンにして、備前（岡山県）宇喜多家家老ながら故太閤豊臣秀吉から十万石をもって直臣扱いとされていた。大名格といってもいいだろう。キリシタンの洗礼名を、ジュアニーといった。

　このときを遡ること十四年前の慶長五年（一六〇〇）九月十五日に、内大臣徳川家康を主将とする武将方と、奉行石田三成を主将とする吏僚方が、美濃（岐阜県）関ヶ原で合戦を交えた際、世間はそれを豊臣政権内の内部紛争ととらえていた。

　後世、「天下分け目の合戦」と称された関ヶ原戦役は、東軍家康も西軍三成も、当時八歳にすぎなかった豊臣秀吉の遺子秀頼に忠誠を誓う大義名分のもとに戦ったからである。徳川家康は、国政を壟断《ろうだん》する君側の奸として石田三成を幼主豊臣秀頼から除くために、豊臣家の武将たちから支持を得たのであり、一方の三成も故秀吉の遺言を無視して他大名たちと婚姻関係を結ぶなどした家康に、豊臣政権簒奪のもくろみありと確信したがゆえの挙兵だった。

　結果、東軍が勝ち、石田三成は京の六条河原で斬首され、首は三条河原に晒された。西軍の副将で明石全登の旧主である宇喜多中納言秀家も戦場を離脱した後、三年にわたる薩摩島津家への亡命生活の果てに、八丈島へ島流しとなった。牢人した全登は、備中の足守《あしもり》というところに潜伏していたとも、姻戚関係にあった東軍の武将・黒田長政の領内、九州筑前に匿われていたともいう。

　やがて徳川家康が征夷大将軍の位に就き、江戸幕府が成立する。と同時に、豊臣家は摂津（大阪府）の国六十五万石の一地方大名に成り下がった。秀頼の母にして大坂城事実上の主、淀殿はそれでも二代目征夷大将軍は家康から秀頼に譲られるものと信じていたらしい。その期待も、慶長十年（一六〇五）に家康が嗣子秀忠に将軍位を譲るに及んで、脆《もろ》くも潰《つい》えた。

関東将軍家と大坂の豊臣右大臣（秀頼の官名）家が事実上「手切れ」となったのは、明石全登が大坂城に現れた慶長十九年のことである。

手切れの理由としては、駿府（静岡県）に隠居していた徳川家康が七十三歳の高齢に達したこと、これに対して関ヶ原の戦い当時幼子であった豊臣秀頼が二十二歳の青年に成長したことが原因といわれる。

家康にはすでに老衰の兆候が表れており、それを自覚する当人としても、なんとか自らの寿命が尽きる前に大坂を滅ぼしておきたかった。秀頼に京都方広寺の大仏殿再興を勧めておきながら、その鐘銘が徳川家を呪う意図があるなどと、なりふり構わぬ因縁を豊臣家に押し付けた。

「秀頼を江戸に出向かせるか、淀殿を人質に出せ。さもなくば大坂を退去せよ」

徳川方の最後通牒は、いずれも大坂方が受け入れ不可能な要求ばかりである。ここに至って、豊臣家の老臣・大野修理治長が関東との交渉を続ける一方、明石全登をはじめ諸国の牢人や没落した国持ち大名とその武将たちへ、大坂方は秘密裏に招集をかけ始めていたのである。

「掃部（全登）どの、あなたは大坂方の大将では、一番乗りでござる」

全登を慇懃《いんぎん》に出迎えた大野治長は、そういって年老いたキリシタン武将を連れ、大坂城内を案内した。

（これは、今も変わってはおらぬ。天下一の名城とはこのことだ）

全登は、この五重七階、黒を基調とするも絢爛にして偉容を誇る天守閣を見上げながら、思いを新たにした。

「して、それがしの他にいかなる大将が大坂方にお味方あるのですか？」

全登の問いに、「それでござる」と大野治長は得意げに胸を張ってみせた。

「後藤又兵衛基次どの、毛利豊前守勝永どの、長宗我部宮内少輔盛親どの、その他いずれも歴戦の勇士揃いです。そして何より」

治長は歩みを止めて、

「掃部どのをご推挙された、真田安房守昌幸どののご子息――左衛門佐信繁どのがおられます」

と真剣な眼差しで告げた。全登はにこ、と微笑むと、

「名将にして、徳川に不敗だった安房守どののご子息ならば、さぞや知略に優れた将であろうな、左衛門佐（信繁）どのは」

と機嫌良く応じた。後世この大坂戦役で「日本一の兵」と最大の賛辞を受ける真田信繁の評価は、このときはまだ、過去の戦歴も常に父・真田昌幸の陰に隠れて、「真

田安房守の子」という範疇を出ることはなかった。

真田信繁の諱は広く「幸村」として知られているが、これは「難波戦記」以降登場した講談での諱。本書では史実通り「信繁」に統一する。

ちなみに真田昌幸・信繁親子は関ヶ原の戦いでは西軍に属したが、主戦場にはいなかった。中山道を通って関ヶ原に向かう徳川秀忠率いる三万八千の大部隊を、彼らの居城である信州上田城において巧みな戦術で足止めし、ついに決戦場に間に合わせないという大殊勲を立てたのである。

しかし西軍が敗れたとき、信繁の兄信幸が必死の助命嘆願を家康に行ったことから、昌幸と信繁はかろうじて命だけは助けられ、紀州九度山《くどやま》に蟄居《ちっきょ》させられるにとどまった。信幸は東軍に属していて、徳川家重臣の本多平八郎忠勝の娘婿でもあった。昌幸はこれより三年前の慶長十六年、九度山で病死している。

信繁と全登は、太閤豊臣秀吉在世中に大坂城内で幾度か顔を合わせたことがある。しかし当時は互いに若く、言葉を親しく交わしてもいないのに信繁が全登を大将に推挙した理由は、両者が関ヶ原の戦いで、戦場は違えど自らの戦闘において敗れなかったからではないだろうか。

（しかし、天下の大名は誰一人として大坂に付かなんだか……）

明石全登は、戦場で常に冷静な視野を持てる武士だった。今は戦闘前だが、彼の思考はすでに戦場でのそれと軌を一にしている。

（援軍の期待できぬ籠城ほど無謀なものはない）

そう全登が思い至ったとき、急に黒漆塗下見板と黒漆喰で統一された天守の外壁が、暗いものに感じられた。だが、と全登は希望を捨て切れない、くすぶった心の昂ぶりを感じているのも事実だ。

（右大臣秀頼卿がおられる）

天下人・豊臣秀吉を父に持ち、乱世の革命児・織田信長の姪を母に持つという、類稀なる血統の持ち主。全登はこの新しい君主にまみえるため、大野修理治長に連れられて、大坂城本丸南側にある巨大な奥御殿「御対面所」に向かって歩いているのである。

＊

「どうでございました？　右大臣家のご印象は」

全登が詰所に戻ると、家臣の沢原孫太郎が心配そうに尋ねた。孫太郎は、備前岡山時代から全登に仕えている武士である。彼がことさら秀頼の印象を気にするのは、巷説で彼が愚鈍であるとの意見が大半を占めるからだ。

「うむ。やはり世間の噂など当てにはならぬ。秀頼卿は一代の英傑になられる素質がある」

と全登は、笑顔を見せて応えた。

豊臣秀頼は、小男であった父・秀吉に似ず、身の丈六尺五寸（一九七センチ）の巨漢であった。もっとも、城内での贅沢な食生活がゆえの肥満ともとれる大きさともいえるが、偉丈夫には違いない。色白の肌も加えて考慮すると、母方、すなわち淀殿の父・浅井長政の血を濃く受け継いでいるのかもしれない。

「しかし、秀頼卿は、外出した際……牛を見て驚かれたとか。あの大きな生き物は何か、と」

孫太郎は、なおも執拗に秀頼の様子を聞きたがる。温厚な主の全登が、故太閤秀吉の遺子を庇っているかもしれないという疑念が拭い去れなかったからだ。

「孫太郎、おぬしは駿府の隠居（徳川家康）が、彼の謀臣・本多佐渡守（正信）から同じ質問を受けたとき、どう答えたか知っておるか」

孫太郎は、いいえと困った顔をした。

「『一歩も城から出ない者なら、牛を知らぬのは当然じゃ。それより、彼の内なる老成した人格を、おぬしは見なかったのか』といったそうだ。わたしも、それと同じ意見だ」

御対面所における明石全登と豊臣秀頼の会見は、ごく短時間のうちに終わった。淀殿と大野治長も同席しており、形式的な挨拶が交わされた後、

「掃部ドノノ旧主デアル、備前中納言（宇喜多秀家）ドノノ境遇ニハ、胸ヲ痛メテイル」

と、秀頼は意外なことをいった。宇喜多秀家は、実子のいなかった豊臣秀吉が、中国攻めの際、宇喜多直家の子・八郎（のちの秀家）を養子に取り立てたため、秀頼の義理の兄ということになる。

「大坂方勝利の暁には、キリシタンの布教を公に認めましょうぞ」

大野治長が、秀頼の言葉を補足するようにはっきりとした声でいった。

淀殿も、「掃部どのが関ヶ原での戦働き、よく耳にしております」と猫撫で声で追従すると、

「こたびの戦も、存分の働きを期待しておりますぞ」

と大野が目を光らせて念を押した。全登はただ一言、

「このようなありがたきお言葉の数々、痛み入ります。デウスもさぞお喜びになることでしょう」

そういって頭を下げた。治長と淀殿の言葉は、なるほど現実的である。事実、全登が大坂に入城した理由は、江戸幕府により弾圧を受けているキリスト教の奉教人たち

を保護するのが目的、つまりは、十字軍のごとき宗教解放戦争を行うためだった。

しかし秀頼の言葉は、宗教者兼戦争技術者である全登のもう一つの側面、彼が豊臣家の身内に相当することを認め、第一声で全登と八丈島に流刑になっている宇喜多秀家の境遇に心配りした優しさは手に取るように理解できた。

「心優しきお方だ、右大臣家（秀頼）は。大坂城の牢人諸将も、あのお方のために命を投げ出すことを惜しまぬだろう。しかし……」

「しかし？」

孫太郎は怪訝そうに、全登の言葉の最後を繰り返した。

「淀どのが気になる。この城の自慢話ばかりなされてのう。おおむね女性《にょしょう》というものは、自己の占有物に愛着を持つものだ。まあ、この大坂城はその自慢に相応しい機能と威厳を保ってはおる。ただ、あのお方は無邪気にこの巨大な城に頼り切っているだけなのだろうか？　それとも、あるいは……」

沢原孫太郎は、全登の話に不吉なものを感じた。全登自身もそれを感じているらしい。

「いや、戦の前から気弱なことではいかん。考えすぎだろう」

全登は、女性のような色白の顔で穏やかに微笑んだ。

二

霧が立ち込めている。

明石掃部全登は騎乗して、目の前の視界に広がる乳白色のもやを見つめていた。一間先も見透せない深い霧だ。

(これは、夢なのだ)

朦朧とする意識の中で、全登はすでにこの情景が、何度も繰り返し見る夢であることに気付いていた。雨の夜、戦場で受けた脇腹の傷が痛むたび、寝所でこの夢を見る。

霧が晴れてきた。銃声と鬨《とき》の声が戦場に響き始める。

「敵の先鋒は？」

落ち着いた声で、全登は近習の者に訊く。

「前方に銀の芭蕉葉の大馬標。敵は、福島左衛門大夫正則！」

夢の情景は、いつも慶長九年の関ヶ原の戦場である。

「猪武者かよ。自ら先陣争いとはな。組みやすし」

福島正則は、清洲（愛知県）で万石を食む大名となっているが、元は桶屋の倅であり、故郷で人殺しをして逃走し、同郷の羽柴秀吉を頼り出世した荒大名である。

「かかれ、かかれ、たんだ、かかれーっ！」

福島正則は、自慢である銀の芭蕉葉の馬印を振り回し、宇喜多軍先鋒の明石隊への突撃を命じた。

「まだだ。充分敵を引きつけよ」

敵の福島隊が鉄砲の射程、至近距離に迫ったとき、「撃て」と、全登は初めて采配を振るった。前面の福島兵が轟音の後ばたばたと倒れ、陣形が切り崩されてゆく。崩れた敵陣にすかさず槍隊が突入し、浮き足立ったところに、全登自身が指揮をとる騎馬隊が駆け入った。

「くそ、逃げるな、逃げるとは何事かや！　臆した兵は、わしが斬るぞ」

福島正則は陣頭に立って、逃げ惑う自軍兵を斬ったりして士気を鼓舞しようと努めるが、福島隊全軍は恐慌状態にあり、全登擁する八千人の部隊の総攻撃を受け、ついには四、五町にわたって退却を余儀なくされた。

東軍武将・加藤嘉明が福島隊の危機を察し、伸びきった陣形になっている明石隊の側面を攻撃しなければ、福島正則は討ち死にしていただろう。

その加藤隊の奇襲にも明石全登は慌てず、再び軍勢を圧縮し迎撃態勢を整える。

「これは勝てる」

全登は確信した。東軍諸将は石田三成への憎悪、もしくは戦場における働きで禄高を賜るという、欲望のみで狂ったように戦っているだけである。「豊臣政権の簒奪者を討つ」というイデオロギーで統一され、秩序ある戦闘を展開している西軍に、東軍は全線にわたって敗北していたからである。

どれだけ激しい戦闘が続いただろうか。

にわかに戦場の空気が変わった。午の刻（正午）は過ぎたものと思われる。二時間ほど前から霧は晴れていた。相変わらず西軍が東軍を圧倒していたが、全登は自陣（北天満山）の南方、すなわち松尾山にその疲労した視線を向けている。

（金吾が動かん……それに毛利はどうした）

夢を見ていた全登が、うなされるように意識の下で呟く。

ちなみに「金吾」とは小早川秀秋の職名で、彼は秀吉の正室・北の政所の甥だった。中国毛利氏の親族・小早川家の養子になっていて、毛利とほぼ同数の一万五千もの大軍を率いている。が、合戦が始まって数時間経過しても、彼は兵を動かそうとしない。

小早川軍一万五千が東軍めがけて駆け下りれば、勝利はより完璧なものとなるはずである。

「金吾が動かん……それに毛利はどうした！」

戦場にある全登が、苛立ちをついに声に出した。近習も困惑するばかりで、誰一人満足に答えられる者はいなかった。皆戦闘で疲労しているのである。

（そうだ、金吾はすでに内通しておる。右軍の備えを……そして、南宮山の毛利も同じだ。最後まで日和見《ひよりみ》を決め込むつもりだ）

そのとき、南方の松尾山から天地を揺るがすような喚声が上がった。

「小早川どの、裏切り！」

物見からの報告に、全登は馬上で慄然となった。脇坂、朽木《くつき》、小川、赤座の四隊までその裏切りに加わったため、東軍兵力は九万五千近くまで増え、戦場での均衡が一気に崩れた。

立ち込める硝煙の臭い、怒号、馬の嘶《いなな》き、兵たちの断末魔の声。全登は必死に軍をまとめようとしたが退勢は止められず、陣形は散り散りとなり、気が付けば周りは東軍の兵士たちで満ちていた。

二千余人が死傷した宇喜多隊は、ついに旗指物を捨てた。潰走《かいそう》である。

（殿……ここはそれがしに）

宇喜多秀家は鉄砲の猛射を浴びせつつ、迫る小早川軍に自ら槍を取り突進しようとした。

「金吾の阿呆めが！　奴を手討ちにせにゃあ、冥途で太閤殿下に面目が立たねえぞ。

止めるな、掃部」

武者言葉さえ忘れて、白皙《はくせき》の貴公子は決死の形相で馬に跨る。家老の明石全登は思わずこの若き主人の裾を取ったのだった。

「殿、まだ大坂城にはお味方の軍勢がおりまするぞ。それでも他の大老、奉行が関東に降ったときは、備前岡山城まで退いて天下の兵をお受けになり、討ち死になさいませ。一時の感情に任せて敵軍に駆け入るご身分ではございませんぞ。たとえお一人になられても、豊家の後図《こうと》を策されるよう……備前宰相の名に恥じぬように」

秀家の手が震えている。その裾を持つ全登の手も震える。

「殿、ここはそれがしにお任せあれ」

秀家は全登の言葉に頷くと、「退くぞ」と小さな低い声でいった。数人の家臣に守られて戦場を離れるとき、

「掃部、おぬしも死ぬな。いいな」

と若い主君はいった。全登はただ頭を下げ、胸の十字架を握り、主君の無事を彼の信じる神に祈った。

(信じるものが神でも仏でもよい。ただ、その思いが一つであれば)

叶わぬものはないのだ、と今でも全登は信じている。事実、全登も秀家も、無事戦場を脱することができた。

夢から覚めた全登は、自分の手が無意識のうちに胸に掛けた十字架を握っていることに気付いた。襖を開けると、雨は止み、まだ空には星が高かった。

皮肉にも今、大坂城で眠りについていた全登であるが、秀家が同じときに流刑地の八丈島で眠れずに星を眺めているのではないかと想像したりする。そして、二人が眺めているのは同じ空なのだ、と根拠のない理由で自分を少し安心させたりするのだった。

＊

「おぬしの太刀はなんだ。そりゃ、ニセモノを掴まされたのだ」

「なんだと。おぬしの太刀こそ、古道具屋の掘り出しものではないのか？　そのいかにも古そうなところがうさんくさい」

慶長十九年十月九日、全登の入城から一週間が経とうとしていたある日のこと。大坂城内にある大野治長の屋敷では、十人ほどの若侍が刀や脇差の目利きをしていた。

するといつからそこにいたのか、一人の中年僧が愉しげに彼らを眺めながら佇んでいる。姿から推測するに、いずこの山から来た修験者であろうか。腰に年代もののような刀を提げている。

「和尚、あなたも刀をお持ちか。我らに目利きさせてもらえぬか」

一人の若侍が、座興にと僧に声をかけた。

「いやいや、それがし大峰山からまいった山伏でございますれば、昔から『山伏の刀・脇差は犬威《おど》し』といわれますように、お見せできる代物ではありません」

僧は愛想よく若侍たちに応じる。彼らは、自尊心を満足させられて気持ち良くなったのか、「まあまあ、そういわずに」などと、僧の刀と脇差を頼み込んで目利きさせてもらうことになった。

差し出された刀を抜くと、あたりを眩しいばかりの光が走った。眩しさが去ると、そこには刃の妖しいばかりの光と香りが漂っている。

「おい、これを見ろ……」

柄を外して中心を見ると、脇差は「貞宗」、刀は「正宗」との銘があった。

世に「正宗と幽霊」というたとえがある。どちらも噂には聞いたことがあっても、実際見た者はない、という意味である。それほど、名工・正宗の手による刀は数少なく、所有者は大名か将軍家に限られているといっていい。

「和尚、あなたは、いったい……」

正宗を見てしまった若侍たちは、僧を幽霊でも見るような目で見た。僧は、それでも穏やかな笑みで彼らの前にいる。

　そこに主の大野治長が帰宅した。彼は僧の姿を目ざとく見つけ、「これは、これは」と恐縮したように慇懃に腰を折って挨拶した。

「大野治長でござる。近々とは伺っておりましたが、早速のご出馬、右大臣家（秀頼）もさぞやお喜びになることでしょう。この者どもに、何かご無礼でもありませんでしたか？」

　若侍たちは主人の態度を目の当たりにして、ただあたふたするばかりである。

「いえ、若者たちと愉しい時を過ごさせてもらいました」

　そういって、僧は彼らに目配せをした。治長が、「では、まず宿舎の方に」と僧を連れて行こうとすると、若者の一人が勇気を出して治長に尋ねた。

「お待ちください。その和尚さまは、どちらのお方で……」

「これ、和尚とは何事か。このお方は、真田左衛門佐信繁どのであるぞ」

「あっ」と周りに声が上がった。「真田……信繁さま！」、中にはガクガクと膝を震わせる者までいた。信繁はあくまでにこやかに、彼らに軽く手を振って、治長の後についていて姿を消したのだった。

＊

真田信繁が大坂城下に新しく与えられた武家屋敷を、明石全登が訪ねたのは信繁入城から数日後のことだった。

信繁は紀州九度山に蟄居させられていた時期に出家していたので、今は外見が僧のような姿をしている。全登と同じくらい背は低いが、引き締まった細い鋼のような体躯の持ち主である。

「左衛門佐（信繁）どの、今回の入城は洒落っ気たっぷりでござるな。お噂を聞いたときには、昔と変わらぬものよ、と笑いが止まりませんでした」

全登が信繁に茶でもてなされながらそういうと、信繁もおかしそうに、

「なに、掃部（全登）どのの入城の様子を耳にしておりましてな。これは別に趣向をこらさねば面白うないな、と考えたのですよ」

とそれに答えた。「性質屈僻ナラズ、常ニ人ニ交ワルニ笑語多ク和セリ」と『翁草』に書き伝えられるように、元来ユーモアのある柔和な人柄だったのだろう。なお、大野治長からは黄金二百枚、銀三十貫目をもらい、経済的な不自由はないのだという。

「九度山を抜け出たときもですな、たいそうな骨折りでして。紀州どの（浅野長《なが》

晟《あきら》）が警備を強めましたので、こちらも近辺の庄屋から百姓まで残らず呼び寄せて、『これから酒を振る舞います』とな。全員もう前後不覚ですよ。我ら一族の飲み物だけうまく水にすり換えてあって、百姓らが泥酔している隙に、妻女は乗り物に乗せ、一家は弓鉄砲で周りを固めて山を抜けたのでござる」

中には酒に強く、信繁たちが身支度する様子を知っている者もいたが、酔ったふりをしてくれたそうである。

「タネを明かせば、皆酒宴の理由など知っておったわけですよ。しかし『左衛門佐に騙された』となると、監視の役を幕府から命じられていた百姓たちはお咎めなしとなる。打ち合わせなく芝居を打ったのですな、我らは」

真田信繁は、よくよく地元民の人心を得ていたのであろう。それより、と信繁は興味深そうに問いかけた。

「掃部どのは、どうやってあの関ヶ原の戦場を抜けたのでござる？　当時より掃部どのは討ち死になされておる、という噂もあり、実は最近になってご存命されておると知ったのです」

信繁は、後年講談で有名な「真田十勇士」のモデルとなった、草の者と呼ばれる忍者を数多く召し抱えている。諜報活動を重視し、戦場ではまず情報戦を制し、寡兵をもってよく大軍を退けた。全登の所在も、おそらく彼らが突き止めたのだろうと推測できる。

「さよう。このことは、是非とも大坂方の主将となられる左衛門佐（信繁）どのに知っておいていただきたい。それがしの脱出に関するくだりは、昔話としてお聞きくだされよ。ただし、これからお話しする中で、一人だけ、心の隅にでも留めておいていただきたい人物がおりまする」

信繁は居住まいを正し、にわかに真剣な面持ちに変わった。

「承知しました。して、その心に留めおく人物とは」

全登は、さりげなくあたりに人がいないのを確かめ、はっきりといった。

「南光坊天海。かつて惟任《これとう》（明智）日向守光秀と名乗っていた僧です」

信繁は、「ほう」と興味深げに相槌を打った。

「そのことなら、父（昌幸）から命じられて調べたことがあります。関ヶ原の戦場で内府（家康）に付くだろう大名はすべて身元を洗え、といわれ――その中で僧がただ一人大名に混じっていたのでござる。不審に思い、天海の経歴を調べたところ、江戸崎不動院（茨城県江戸崎町）に天正十七年（一五八九）入山以前のことが、まったく不明なのですよ」

平然と、驚愕に値する秘事を調べ抜いている信繁の諜報能力に、全登は改めて感心した。

天海は天台宗の僧で、江戸幕府による「関東天台法度」を利用して関東の天台寺院に君臨し、その威信は本山である比叡山延暦寺をも凌駕していた。教養が深く、密教・神道・道教・陰陽道・風水学に造詣が深かった。

関ヶ原の戦にも参加し、家康の宗教政策を主導していたといわれ、江戸の土地区画整備においては風水学を応用し、霊的防衛網を張り巡らせたと伝えられている。その効果は、現在の首都・東京でも持続しているともいう。

天海が家康に仕えた時期も諸説あって不明だが、二人が初対面のときに「(家康は)人払いをして旧知の仲のように二刻もの間親しく話し合った」らしい、と信繁はいう。

「ここで、それがしは天海と家康に深い過去があるのではないのか、と推測したのでござる。我が家の草の者たちも懸命に働いてくれましたが、思うように天海の過去は調べがつきませなんだ。ところが、天海の前の名・随風という僧なのですが、天正十五年(一五八七)頃、比叡山で修行中の事故がもとで死んでいることが分かったのです。ならば、天海は随風とは別人で、何者かが随風になりすましているのだ、という線に辿り着いたのです」

信繁がいうには、天正十五年当時の比叡山の修行僧に「是春」という者がおり、随風とほぼ同年齢だったが、随風の死と時を同じくしてある事件により放逐されたという。比叡山では極秘裏に随風の死を隠し、是春の放逐を記録に留めた。

「つまり、是春という修行僧が随風、つまりのちの天海になりすましたのだ、ということですか？」

全登の問いに、信繁も膝を乗り出して声をひそめていう。

「さようです。是春は非常に学問熱心な中年僧でしてな、真面目を絵に描いたような男でしたから、叡山でも彼の放逐はちょっとした話題になったようです。放逐の理由が見当たらない、ということで。結論をいうと、是春に随風へ身分を変えさせ、関東に下らせるためでしょう。この東下の途中に、是春つまり随風は一連のカラクリを仕組んだ本人と対面するわけでござる」

「つまり、随風は当時の徳川大納言家康と会った……と。それでは、随風になりすました是春こそが明智どのだったのですか？」

家康の家臣には、教養深く、政治軍事に精通した者は一人もいない。彼の側近の本多佐渡守正信などは、鷹匠上がりで謀略に長けているのみであり、その他武勇に長じた家臣は多くても、国家を計ることのできる家臣に、家康は恵まれなかった。これから天下を望もうという緊急時に、明智光秀のような有能な政治家・軍略家が必要だったのだ。

全登は、ここでほぼ天海の謎に満ちた前半生を把握することができた。信繁と全登は、一時豊臣家の直臣待遇を受けていた身であるから、世にいう「本能寺の変」の真相をほぼ知り得ている。ここで、二人の知り得る限りの「本能寺の変」前後のいきさつを整理することにしよう。

①「本能寺の変」は、キリシタン保護と海外交易に積極的だった織田信長を、反キリシタン政策派の正親町《おおぎまち》天皇の意向を受けた明智光秀と徳川家康が討つという、いわばクーデターであった。

②そのクーデターをいち早く知った羽柴（豊臣）秀吉は、信長に自治権を奪われて恨みを抱いていた堺商人と手を結び、茶器収集家だった信長を京都本能寺に逗留させ（堺商人に茶の名器を持参させ）、明智光秀の目前に「餌をぶら下げ」、信長を討たせた。

③羽柴秀吉はそのとき、中国毛利攻めの最中であったが、毛利の外交僧・安国寺恵瓊を内通させ、「本能寺の変」以前に毛利との和議を結んでいた。それだけでなく、信長が天下統一後に大名身分を消滅させる旨を、織田家各家臣団に匂わせておき、彼らの不安を利用して、明智討伐の際は秀吉に味方するよう説得を行っていた。世にいう「中国大返し」などという常識外れの速さで畿内に軍を返せたのは、周到な下準備があってこその離れ業だった。

④明智光秀は、「本能寺の変」時に堺見物をしていた徳川家康を、彼の本拠地であ

る岡崎に帰らせ、反明智勢力を排除するための軍勢を整えるよう約束していた。しかし、常識外の速度で軍を中国地方から返してきた秀吉と、ほとんど自前の軍勢のみで戦わざるを得ず、結局山崎の合戦で光秀は敗北する。

⑤光秀は敗走中、小栗栖《おぐるす》で百姓・中村長兵衛に竹槍で刺殺されたとされているが、これは事実ではない。仮にも敗軍の将とはいえ、竹槍に貫かれるような甲冑を光秀が着用するはずもなく、真田信繁の調査によれば、小栗栖付近に中村長兵衛などという百姓は存在しなかった（寛永年間に行われた調査による『醍醐随筆』より）。

⑥秀吉に届けられた光秀の首は、影武者のそれであった。秀吉が首を見たのは「光秀」死亡から四日が経過しており、折しも真夏であったから、首の腐敗が著しく、それが光秀かどうか判別することは不可能に近かったろう。

⑦生き延びた光秀は、小栗栖から数キロも離れていない比叡山に身を寄せた。かつて比叡山を焼き討ちした織田信長を「仏敵」として憎悪していた比叡山の僧たちは、「仏敵」を討ち果たした光秀を厚遇した。ここで初めて光秀は「是春」の名を手に入れ、数年間、仏教やそれに関連する学問を学んだ。

「どうやら、南光坊天海の正体が見えてきましたな。ところで掃部どの、あなたの関ヶ原からの戦場脱出と、天海坊との関わりとは？」

信繁はいささか疲労した声で、全登に尋ねた。

「それがしは、あのような光景を、その……、戦場で初めて見ました。いや、もしかすると古今東西、あのような光景を見た者はいないかもしれません。周りは敵味方入り乱れた激しい戦闘状態で、もはやそれがしの命はないものと、密かに心を決めました。ご存知のとおり、それがしはキリシタンゆえ、宗旨により自殺を禁じられております。これよりは、死者への道。せめて敵軍に進み斬り死にしようと、馬を乗り捨て、徒歩にて刀を振りかざして前に進んだのです。そのときでした……敵軍の真ん中が割れて、道ができたのです。人の群れが、割れたのです」

「人が、割れた？」

驚いた信繁は、全登の言葉を繰り返した。「その道を、掃部どのは進まれたのですな」と好奇心を抑えかねる声で続きを聞きたがった。

「さよう。人馬入り乱れての修羅場でもありますし、陣鼓・陣鉦の響きで耳は聞こえぬ有様でした。ところが、そのとき、声が聞こえたのです。『その十字架の旗指物、掃部どのではあるまいか』という声が。戦場の混乱した中、その声だけは切り取ったように聞こえたのです。声の主は、黒田甲斐守（長政）どのでした」

全登と黒田長政は縁戚関係にある。長政の父は、豊臣秀吉の右腕といわれた軍師・

黒田官兵衛孝高であるが、彼の生母が全登の親戚・明石備前守正風の娘であった。

　全登は九死に一生を得、黒田長政に伴われて、彼の所領である筑前（福岡県）で潜伏することになった。全登は語らなかったが、一説によると全登を匿っていた黒田長政は、江戸に秘密が漏れるのを苦慮して領外退去を言い渡したが、父・黒田官兵衛が全登の人となりを愛し、自らの知行を割いて召し抱えていたのだともいう。

「ふむ、これこそは奇跡……。いや、それがし坊主の格好をしておりますが、信仰はからきしでございましてな。先程のお話は、まさに掃部どののお信じになられる『神』のお導きでござろう」

　信繁は全登をからかうでもなく、心からそう思っていった。信仰のない彼がいうほどの奇跡が、戦場に現出したことの証である。

「左衛門佐どのと同じ言葉を、それがしも筑前で人に会うたび話していたものです。『あのときは、神のお導きであった』と」

　全登は苦笑して、奇跡の真実を話した。

「ただし顛末からお話しすると、関ヶ原の戦場で人の群れが割れたことも、黒田甲斐どのがそれがしを救ってくれたことも、すべて仕組まれたことであったのです。その芝居を仕組んだ者こそが……」

「南光坊天海であった、と申されるのか」

信繁が落ち着いた声でいった。無言で全登は頷いた。

天海は天台宗の僧で、幕府主導のキリスト教弾圧においては、その政策に意見するところ大であったから、キリシタン大名を救うことは天海の理念と矛盾することになる。

「筑前のそれがしの屋敷に、ある夜忍びの者が訪ねてまいりました。音も立てず、寝所の枕もとに。殺気はありませんでした。忍びというものは、あれですな、底知れぬ恐ろしさはありますが、殺気を消したときには優しげなものよ、と妙に感心したものです」

忍びは、自らを鵺《ぬえ》と名乗った。鵺だけに夜しかお目にかかれません、ともいった。主は天海という僧である、彼の言葉を伝えに来ました、と礼儀正しくいった。全登は、ほのかに明かりを照らしてやり、自分も布団の上に居住まいを正して座った。

「訳あって、明石掃部どのを戦場よりお救い申し上げました。むろん、このことによって恩義を売りつけよう心づもりはございません。掃部どのが生きてこの世にあり、キリシタン奉教人たちが武器を取るとき、その旗頭になる、それを主天海は望んでおります。数々のお疑いをお持ちとは重々承知しておりますが、今宵はご挨拶までということで」

と鵺は終始穏やかな表情で話し、音もなく襖を開けると、頭を下げて闇に消えていったとのことである。

「鶉、という忍びは実在しておりましたか……。それがしの配下に霧隠才蔵という忍びがおりまして、近江に往年の『飛び加藤』に劣らぬ才覚を持った忍びがいる、と聞いたことがあると申しておりましてな。それが、おそらく鶉でしょう」

信繁もさすがに諜報活動については敏腕で知られるとおり、各国の優れた忍者たちを把握しているようだ。

「それがしが大坂に無事入城できましたこと、その途上でキリシタン奉教人たちが四千人も我が部隊に加わったこと、どこまでが天海坊の画策によるものかは、思い及びません。また、天海坊がどういう理由で、それがしを生かそうとしているかも、推測すらできないのでござる」

全登はそういったものの、持ち前の楽観的な態度で信繁に重い空気を味わわせなかった。信繁も屈託のない口調で、

「よろしいではござらぬか、掃部どの。そのことについては、戦の最中にでもゆるゆると気付いていく、と思うておきましょう。我々侍は、やはり坊主の難しい説法より、弓矢で語り合う方が性に合っていますからな」

今のお話はこの左衛門佐の胸中のみに留めておきましょう、との思慮深げな眼差しを、大野治長から譲り受けた茶器に注ぐ信繁だった。

三

明石全登の屋敷は大坂城の南、難波村にあった。かつて宇喜多家では四万石の大名であっただけはあり、屋敷の規模は大きい。二階は五十畳ほどの礼拝室になっている。その日の朝も、全登は家臣や奉教人と共に神への祈りを捧げていた。ステンド・グラスをはめ込んだ窓からは、鮮やかな光が降り注ぐ。祭壇の火がわずかに揺れている。礼拝室と隣の部屋の間に掛けられた青い御簾を分けて、一人の若い女が入ってきた。女は武家屋敷に似合わない部屋の雰囲気に戸惑った様子だったが、黙って礼拝室の入り口に立ち尽くしていた。

「ドウゾ、オハイリクダサイ」

司祭を務めるポルトガル人が女に気付き、声をかけた。「いえ、わたくしは……」と困ったような返事をした女に、最前列の全登がようやく気が付いた。

「ああ、あなたが由どのですな。お待たせしましたかな」

「あ、明石掃部さまですか？　待たせたなど、そんな……」

由と呼ばれた女は、目を丸くしてしどろもどろの返事をした。彼女は全登が大坂に出てきてから、増えすぎたキリシタン奉教人の世話をする女中たちがあまりに統率が取れないので、大野治長が配慮して全登に派遣してくれた女官だった。

別室で、沢原孫太郎が同席して、平服姿の全登とお由は改めて対面した。

「由どのは、驚かれたようでしたな。あのような儀式は、念仏門には見られませんからら」

全登がにこやかに話しかけると、お由はかぶりを振って、

「いいえ、明石掃部さまがお噂に聞いたような恐ろしげな方ではなく、まるで女性のようにお優しげな方だったので、意外だったのです。あの関ヶ原で、鬼神のような働きをされたとは、今でも想像がつきませんもの。あら、わたくし失礼なことを申し上げましたかしら」

と安心したようにいった。

「はは、明石掃部などと堅苦しい呼び方はしなくてよろしい。共に右大臣家に仕える者同士。のう孫太郎、由どのにはどう呼んでもらうとよいかな」

孫太郎は誠実な性格なので「ううむ、客人の由どのに、お屋形さまというのも変ですからな。さて……」と予期せぬ質問に苦しい返答である。

「では、ジュアニーさま」

そう明るい声でいったお由に、全登と孫太郎は一瞬顔を見合わせた。

「明石掃部さまは、右大臣さまにお仕えすると同時に、神にお仕えされていると聞きました。わたくしも今日からこのお屋敷で働きますから、神に仕えるのも同じです。ですから、掃部さまの洗礼名でお呼びするというのはいかがでしょう」

「ジュアニーか。それはいい」

全登も目を細めて笑った。「孫太郎、それでいいな」と、家臣団への承認の意味も込めて訊いた。「結構でござる」と、孫太郎は笑いを噛み殺すように答えた。

「由どの、大変失礼ながら、主はこれから後藤又兵衛どののお屋敷を訪ねるため、お出かけになります。家内の女中たちへの顔合わせは、それがしがご案内いたします」

沢原孫太郎が、いつものいかめしい顔に戻ってお由にそういうと、全登も頷き、「では、ご免」と立ち上がり、お由の側を通り部屋を出ようとした。

そのとき、小柄な全登の身体がふらっと傾くと、ぱたりとうつ伏せに畳に倒れてしまった。お由は「まあ、ジュアニーさま、しっかり」と、慌てて自らの膝に全登の頭を載せ、仰向けに寝かせて姿勢を安定させた。孫太郎は、「これ医師を！　殿がお倒れになった」と急いで部屋を出ていった。

「なに、少し眩暈がしただけだ。お騒がせして申し訳ない」

全登の意識ははっきりしているようだが、熱があるのか声がかすれている。お由が額を全登の額に当ててみると、高熱を発している。

「いけませんわ、ご無理をなされては。お医者さまが来られるまで、この部屋で安静にしていてください。お布団をすぐご用意いたします」

急を聞きつけてやってきた数人の女中に、お由はてきぱきと指示を出し、医師が駆けつけるより早く全登を布団に寝かせ、その額には冷えた手拭いを載せていた。

「由どのは、戦場で一万の兵を指揮する才能がある」

全登が熱に潤んだ目で、彼女の応急処置の見事さを称えたとき、初めてお由は頬を染め、女らしい恥じらいの表情を見せた。

＊

全登の病状は、単なる疲労によるものだと医師が診断を下したとき、孫太郎とお由は共に胸を撫で下ろしたものだった。折しも幕府軍との戦いを前に、大坂軍の陣触れが発表されようとしており、城内の大野治長をはじめとする官僚と牢人諸将らは、にわかに緊迫の度を増していた。

一方全登は大事をとって寝室で休養をとっており、その看護は主にお由が担当していた。もうすぐ戦国時代を彷彿とさせる大包囲戦が開始されようとしているのに、全登本人は気分の優れたときは庭を散策したり、布団に半身を起こして宗教書や兵法書を倦《う》まずに目を通していた。

「城内のお噂では、秀頼さまが七人の兵団長をお選びになり、ジュアニーさまもその七人のうちのお一人だそうです」

その七人とは、

後藤又兵衛基次
真田左衛門佐信繁
長宗我部宮内少輔盛親
明石掃部全登
毛利豊前守勝永
大野主馬治房
木村長門守重成

であるらしい、とお由はいう。全登は書物から目を離さずに彼女の報告を聞いていたが、最後にわずかに首を傾《かし》げて、

「おおよそ予想どおりの人選だが、木村長門守どのとはいったい何者であろうか。耳にしたことがない」

と疑問を口にした。お由は「そうでしょう、孫太郎さまやお見舞いにお越しいただ

いたお侍さまたちもご存知ないと仰りますものね」と、当然のようにいった。

「そういう由どのは、木村長門どのをよくご存知のようだね」

「それはそうですよ、大坂城内の女子で木村長門守重成の名を知らぬ者はありません」

木村重成。二十一歳のこの若武者は、その戦歴がないにもかかわらず、容姿が優れ背丈は高く、面立ちに気品の漂う凛とした美丈夫として評判であった。

彼の父・木村常陸介は、若年より羽柴秀吉の側近として活躍していたが、秀吉の甥関白秀次に仕えたことから、のちに秀次の罪に連座して自刃したという。

重成の母は淀殿に召されて、豊臣秀頼の乳母となり、幼い重成は太閤秀吉の世継ぎ秀頼の乳兄弟として養育され、長じて秀頼のご学友に抜擢された。秀頼は重成と同年代ということもあり、親友としても彼の慎み深い性格を尊重しているようだ。

そういうわけで、大坂城内のほとんどの女が、彼の過去やそれを周囲に気遣わせない性根、その美しい容貌に想い焦がれているという。

「なるほど。では、由どのも長門守どのを想うておられるのか」

全登が浮いた話題を持ち出すことは珍しいことだが、お由は素っ気なく首を振った。

「いえ、わたくしはもう年が年で……二十七でございますし、元よりこんな大年増は長門どののお目の端にも入りません。まあ、女ばかりの城ですからね。ご縁もなく年を重ねてまいりましたが、戦になって初めて、ジュアニーさまのお屋敷のお手伝いをさせていただいたり、新しい気分となり喜んでいるのでございますよ」

「さようか、そのように感じてもらえれば、わたしも嬉しい。うちの奉教人たちをお世話していただくのも、一つのご縁と思っていただければ、なおよい」

お由はここで、全登に一度訊いてみたかった質問をする好機と見て、呼吸を整えていった。

「ご縁のお話でしたが、ジュアニーさまがキリシタンの教えを受けられることになったご縁とは、いったいどのようなものだったのでしょう。勇名隠れなき武士のジュアニーさまが、どうしてキリシタンの教えを信仰されるようになったか、それが由の思い及ばないところなのです」

全登は、お由の遠慮がちな問いに不機嫌な様子も見せず、屋敷の濡れ縁に腰掛けていった。

「そうであるな、もう随分と古い昔のような気がする。わたしが信仰を始めたのは。天正の十四……いや十五年頃であろうか。一門やそれを頼る者たち二千名ほどがキリシタン信徒になった」

＊

天正の終わりから慶長の初め頃（一五九〇年代）は、豊臣秀吉の天下統一によって戦国乱世もようやく治まりつつあった。しかし、全登の主君・宇喜多秀家の領国である備前は古来から策謀多く、治世が困難な土地柄であった。

秀家の父・宇喜多直家も策略家で世に知られ、ときには際どい手段で敵対勢力を排除し、備前の国をまとめることに成功した。

若き日の全登は、抵抗勢力である豪族たちを調略したり、あるときなど屋敷ごと火を放ち彼らを皆殺しにしたこともあった。戦場にあっては自ら陣頭にも立つ全登は勇猛果敢であり、早くから備前国内外の彼への評価は高かった。

（だが、これが本当の武士なのか？）

全登がジレンマに陥った理由は、彼の志した武士道の内実が、戦国以来の領主層の軍事暴力と、民衆制圧のための利己的な、出世第一主義を実現する忠義に堕落していたことである。

治世のためと割り切って行ってきた武力制圧も、民衆を放心させ、醜悪なエゴを拡散させるという悪循環へと転化されていた。ここで生まれた多くの難民たちを救済したのが、コンフラリヤ信心会と呼ばれる組・講であった。

組・講の主な活動内容は慈善事業である。「汝の欲するところを人にも成せ」という、よきサマリア人のたとえ、すなわち彼らの黄金律は隣人愛に立脚している。キリシタン信徒が貧しい者、心身を病んだ者、流浪の者、臨終の者たちを、信仰と生活の共生に導いたとき、君臣と愛民の範囲に限定された「善政」しか知らなかった日本人に与えられた衝撃は大きかった。

実際のキリシタン信徒たちの救済を目の当たりにし、全登は弱き者たちを助けるという武士道の本質をキリシタンの中に見たのかもしれない。

平和をもたらすための戦い。しかし、それがもたらした人心の荒廃という混濁。大きな矛盾に直面し、絶望していた全登のような生真面目な武士たちは、自らキリシタンとなって初めて人間としてのモラルを獲得し、真の武士道精神を社会に対し実践できたと感じた。

こうして明石掃部全登は洗礼を受け、「明石ジュアニー」になった。

(我は、明石ジュアニー。神の守護を受ける使い)

若い全登は、弾むような気持ちで、自らの新しい名を心の中で繰り返していた。

当時日本に渡来していたイエズス会の宣教師たちは、熱心に地方の封建領主たちにキリスト教を布教したが、大部分の領主やその家臣団は、南蛮の珍奇な贈答品や貿易への期待、何より大きかったのは鉄砲に代表される新兵器の導入にしか興味を示さなかった。

そんなとき、宣教師たちに親近感をもって近づいたのは、西日本の困窮に喘ぐ民衆、そして時代の混沌の中で魂をさまよわせていた気高い武士たちだった。

キリシタン信徒たちの行動原理、すなわち『どちりなきりしたん』という書物に記された公教要理に、十四箇条がある。

この「飢えたる者に食を与える」「病人を労り見舞う」「悲しみの者をなだめる」「隣人の至らぬことを赦す」などの十四箇条の愛、慈悲の掟を守り日々暮らしたとき、全登は一つの矛盾が解けたと思った。

武士とは——宣教師と同じく、報酬を金銀や石高で支払われるものではない。なぜなら、それらは無価値なものではなく、価値が計れないほど高貴なものだからだ。と、自らの胸で言い放ったとき、あれほど長年思い煩い迷っていた心が晴れた。

全登は水色を十字架で染め抜いた旗を掲げ、戦場を駆けた。その旗の下でなら死ねると常に信じていた。宣教師たちがいう天国（パライソ）には、自分はきっと行けないだろうことを、全登は自戒としていた。神に赦しを乞うには、あまりに多くの人を殺しすぎていたからだ。

せめて一人でも多くの人間に、拠って立つべき安らぎを、混沌とした乱世を照らす光を、全登はもたらしたいと願った。武器の輸入のみに熱心なキリシタン大名に比べ、彼の信奉の純粋さは、

「明石ジュアニーは、西日本で最も善良なキリシタン武士である」

という、宣教師の残した書簡にも表れている。

*

「どうされた、由どの。わたしの話でご気分でも損なわれたのか」

全登の話を聞き終えて、俯いたまま黙り込んでいるお由の顔を、全登は心配そうに覗き込んだ。

「いえ、すみません。わたくし……ジュアニーさまの尊いお話をお聞きして、自分が恥ずかしくて、その、なんと申し上げればよいのでしょう。身の置き場がないような気分になりました。わたくし、ジュアニーさまは先の五大老宇喜多家のご家老筆頭でいらっしゃいましたし、てっきり当時の流行りというか、すみません、そういう好奇心からキリシタンにおなりになられたのかと思っておりました。ところが、そのように身を切るようなお覚悟で十字架をお掛けになり、裏表ない真心で戦に臨まれ、民と苦楽を共にされてきたのですね。それに比べ、このわたくしときたら……」

お由は、俯いたまま目を袖で拭うと、寂しげに呟いた。

「天下一の大坂のお城で、世間も知らずぬくぬくと無為に生き、民衆や、ましてやお侍さまたちの苦しみなど、一向に思いも至りませんでした。お作法や歌、下世話な噂話などが生活のすべてだったのでございます。ああ、わたくしなど、この世にはないも同然……いなくてもよい人間なのでございましょうか。ジュアニーさまのように、ご自分の信じる道を知っておられる方が、わたくしには羨ましい。卑しいほどにそう感じます。そもそも、わたくしはまこと現世に存在しているのでしょうか。何も寄りかかるものもなく、時折寂しさをまぎらわすために念仏を唱えます。自分一人が救われるために。誰一人、人を救うこともせず……もう、ここから消えていなくなりとう存じます」

全登は、じっとお由の言葉に耳を傾けていた。やがて、二階の礼拝室からかすかな歌声が聞こえてきた。

「由どの、聞こえますか？　あの歌声が」

お由は、まだ赤い目をこすりながら顔を上げ、礼拝室の方角に耳を澄ませた。

かしこし……みこの……やどりよ

「聞こえます、わたくしにも」

お由は、湿った声で答えた。全登は目を閉じて、

「美しい歌でありますな」

と奉教人たちの合唱にしばし聞き入っているように見えた。

みかみの……みむね、なれと……いのりて……つかへしマリア
えたまふ……くちぬいのち……ときはに……たたへられよ

「本当に、美しい歌です」

秋の空気の中を流れる旋律に身を任せるお由に、全登は穏やかにいった。

「この歌を美しい、と感じる由どのは、間違いなくこの世に存在しておる。また、拠りどころなく煩悩に責め苦しめられる由どのも、またこの世に存在しているのでござる。崇高な自分と卑俗な自分が共存することを、思い煩ってはいけない。ただ、心の内から出る真心に、すべてを委ねられてはどうか。そうして、憐れな自分を少しずつでもよい、赦すことをなされてはどうか。そのすべてを」

そういって、全登は胸に掛けた大きな十字架を示して、

「神が、いや阿弥陀でもよい、見ていてくださる——それで我らには充分ではありませんか」

とお由にいった。お由は庭に跪き、すがるように両手を合わせ、歌声が流れてくる礼拝室に向かっていつまでも祈りを捧げていた。

四

徳川家康は、駿府からわずかな軍勢を率いて出立した後、奈良から関屋を越えて西進し、本陣の住吉から天王寺に至る。先着していた将軍徳川秀忠と共に、大坂城南方の茶臼山に着陣したのは慶長十九年（一六一四）十一月十八日のことである。駿府から大坂までの道中に、東軍先鋒の藤堂高虎らが加わり、軍は見る間に膨れ上がった。「神武以来斯カル武士ノ集マリタルヲ聞カズ」といわれた戦史にも例のない大軍は、大坂籠城軍の約二倍の二十万人といわれる。大坂城の四方が隙間なく包囲され、東軍の味方同士でも混乱を頻繁に生じさせるほどのものだった。

「これでは、たいした戦にはなるまい。人物らしい人物といえば、後藤又兵衛くらいのものだ」

家康は道中の浜松で、大坂方の諸将の名簿を手渡されたとき、側近の本多正純にこういった。本多上野介正純は本多正信の子で、父と同じく知謀家であった。その才覚は正信を凌ぐといわれ、「大御所（家康）さまが天下とともに将軍（秀忠）にお譲り

になった者」といわれている。その正純さえも、

「さようでございますな」

と異議を唱えなかった。ところが、茶臼山に着陣してから家康の表情がにわかに曇った。

「なんだ、あの出丸は……」

大坂城を包囲するに当たり、当初から東西両軍ともに重視していたのは、城の南方・平野口であった。城は西に大坂湾、北に淀川、東に平野川・大和川の低湿地に囲まれ、いわば天然の要塞といっていい。

唯一南方のみ平坦な地が広がり、ここに攻撃側の主力が集中することは、誰もが周知の事実であった。その大坂城唯一の弱点に険固な出城が築かれている。

その出城は三方に空堀《からぼり》を掘り、塀を一重掛け、塀の向こうと空堀の中、さらには塀際とに柵を三重につけ、数箇所に矢倉・井楼を築くという独創的な橋頭堡であった。『慶元記』によると、南北百二十三間、東西七十九間（約二二一×一四二メートル）の規模であったという。

「誰だ、あの妙な出城に籠っておるのは」

家康の問いに、

「はっ、真田左衛門佐が五千余りの軍勢で守っているとのことです」

本多正純は手元の地図を広げて、澱みなく答えた。

「あのようなものを無理押しすれば、手痛い目に遭うかもしれんな」

「はい。加賀大納言（前田利常）どの、井伊、藤堂らの攻め手には、むやみに動くなと伝令を飛ばします」

陣所を出ていこうとする正純を、家康は「待て」と呼び止め、

「あの真田は、父（真田昌幸）の方ではあるまいな」

と、正純の耳元で小声で訊いた。「安房守（昌幸）は、すでにこの世にありません。あれは彼の子の信繁です」と正純も小声で早口にいった。

「そうか、行け」と、家康は泰然自若とした態度でいったが、床几がわずかに震えている。

（対真田恐怖症に罹っておられる）

無理もないことだ、と思いながら本多正純は一礼して陣所を後にした。家康は信州攻略の際と、関ヶ原戦役（主力秀忠が信州上田城で足止めされた）の際、何度か真田昌幸と戦い、その戦術に翻弄され、一度も勝利したことがなかったからである。

＊

大坂方も、防衛策については意見が分かれ、決して一枚岩とはいいがたい。十月十五日に行われた軍評定では、真田信繁と後藤又兵衛が城外出撃論を主張した。

大野治長さえ摂津茨木城を攻め落とし、京都に進出したうえ、洛中に放火して京都所司代・板倉勝重を捕虜にして、隣国小国をなびかせるという積極案を述べた。後藤又兵衛の献策はさらに具体的である。

「それがしと左衛門佐（信繁）どので、一、二万の兵を率い、宇治と勢田に向かいます。さらに石部宿から手前に火を放ち、東軍の居所をなくす。橋を焼き、船を破壊し、間者を使って流言飛語を流す。そうすれば東国の兵は短気ゆえ眠れず、気が萎えてしまうだろう」

続いて明石全登が、兵の配置を説明する。

「それがしと宮内少輔（長宗我部盛親）どので、大和郡山城まで出張ります。木村長門（重成）どのは、京都で所司代軍と対峙してもらいます。さらに豊臣七手組（近衛隊）が大津まで進出し、柵や堀で防備し、大坂城内には予備兵力をもって各方面に援軍を送りましょう」

「しかし、宇治・勢田まで兵を出して勝算はあるのですか？」

大野治長の問いには、真田信繁が答える。

「宇治川を挟んで、東軍の兵を足止めできたら、『東軍苦戦』の報を畿内、中国、西国にまでばらまきます。大軍を少軍勢で防ぐには、又兵衛どのが進言なさったように大河（宇治川）を隔てて柵・堀を整えて合戦に及ぶのが初手です。また、これは期待の域を出ませんが、東軍が数日でも渡河に難渋するという情報で、変心する大名も出るやもしれません」

そのとき、猛然と城外出撃論に異論を唱えた武将がいた。かつて家康に仕え、彼の戦術を熟知しているという触れ込みで召し抱えられた牢人・小幡勘兵衛景憲である。

「源平の昔より、宇治・勢田での防御戦では勝ちを得たことはない。源頼政は宇治川を守って敗死し、木曾義仲も京の守備のため瀬田川に進み、源義経に敗れました。古の名将ですら一勝もしていない。一勝もですぞ。ゆえに籠城こそが――」

「勘兵衛」と、信繁は冷たい目を向けていった。

「おぬし、論理のすり替えをしよう心積もりか？　わしと又兵衛どのがいうのは、宇治・瀬田で最終的に勝たなくてもよいのだ。出合い頭に敵を蹴散らすだけでよい。できれば、二度三度勝つに越したことはないが……。その捷報で、いくらかでも大坂方に味方する大名が出る可能性が生まれる。援軍のない今、籠城は兵法の禁忌である。出兵が不調に終わったときから籠城を考えればよい。おぬし、それでも兵学者の端くれか」

小幡勘兵衛と真田信繁は、かつて甲斐武田家に仕えていたことがあり、真田家の御曹司である信繁に、小幡家の傍流である勘兵衛は今でも頭が上がらない。

「そこで肝要なのは、右大臣家（秀頼）ご自身に、山城国（京都）山崎の天王山にご出馬いただくことです」

明石全登が、険悪な空気を和らげる穏やかな口調で提言した。

――大本営は天王山。

豊臣家譜代の家臣たちも心動かされている様子が手に取るように分かった。太閤秀吉ゆかりの金瓢の馬標を前に、元は豊臣家に臣従していた東軍の武将たちが矢を引けるだろうか。

「右大臣家のご出馬は、あいなりませぬ」

ぴしゃりといってのけたのは、秀頼の母・淀殿である。

「天下に並びなき巨城を役立てず、右大臣家が城外にご出馬あれば、城内に数え切れぬほど潜入している間者たちが、城に火を放ち門を開けるかもしれぬ。勘兵衛どのの意見、筋が通っております」

小幡勘兵衛は鷹揚に、真田信繁、後藤又兵衛、明石全登らを見回すと、

「これで、戦の方針は決まりましたな。籠城です。皆様も各自の持ち場を充分に検分なされますよう」

と勝ち誇ったようにいった。家老の大野治長さえ、淀殿の意見には従わざるを得な

かった。

軍評定を終え、諸将は言葉も交わさず、俯き加減で城を去っていった。すでに日は落ち、月を見上げながら、全登は帰途につくため歩みを進めていた。

「掃部どの」という声を後ろに聞き、振り向くと長宗我部盛親がついてきていた。「おう、宮内少輔どのか」と全登が笑顔で応じる。

盛親は土佐（高知県）の国持ち大名だったが、関ヶ原の戦いで西軍に付いたがため領土をすべて没収され、牢人となり京都の寺子屋で師匠をしていたという、奇妙な経歴の持ち主である。父に戦国末期、四国を統一した英傑・長宗我部元親を持ち、戦術眼は父譲りといわれる。また「宮内少輔」という官位も、故元親から譲り受けたものだった。

「どうやら、間違いなさそうですな」

夜の闇で一瞬、盛親の目がキラリと光ったように見えた。

「うむ。小幡勘兵衛、あの男は間違いなく関東の諜者だ」

事実そうであった。勘兵衛は京都所司代・板倉勝重から「秀頼を、一歩たりとも城から出すな」との厳命を受けていた。

後藤又兵衛も真田信繁も、このことは諜報活動において周知しており、七人の兵団長には今回の軍議前に内密で伝達済みであった。

「厚顔無恥な男。武士の風上にも置けません。評定の席で、それがしが斬ってごらんにいれます」

若い木村重成は、面に朱を射したような形相で刀の柄に手をかけたほどだった。しかし、そこは老練な後藤又兵衛が制した。

「ま、ま、長門（重成）どの。毒には毒の用い方があろうて。明らかな諜者とは不届きな男だが、大いにこちらの役に立ってくれる男でもある」

「役に立つ……とは？」

怪訝な表情で反問する木村重成に、真田信繁が扇子を玩《もてあそ》びながら又兵衛の言葉を補足した。

「よろしいか、小幡は我が軍の最高機密を、駿府の狸（家康）に筒抜け同様で注進しているわけですな。ならば、裏返せば、その最高機密を操作し、でたらめな情報を敵軍に直接送ることもできる。小幡勘兵衛をうまうまと操って、東軍の戦略・戦術を撹乱しようと、又兵衛どのと話し合っていたところでござる」

「なるほど」と、重成は畏敬の念をもって真田・後藤の両軍師を見た。木村重成は大坂城の女官の子であるが、彼ら二人に師事する心篤く、兵に関する知識をことごとに二人から学んでいる。

「では、あの平野口の出城のいきさつも……」

昂ぶった様子で訊く重成に、

「さよう。すべては初めより我ら二人で申し合わせたこと」

と信繁は涼しい顔で答えた。


平野口の出城のいきさつとは――。

のちに「真田丸」と呼ばれ、東軍を震撼せしめたこの難攻不落の要塞は、真田信繁独自の発想ではなかった。もう一人、大坂城南方の平地を固める要塞の必要性を感じていた武将がいた。後藤又兵衛である。

ある日、信繁と又兵衛は、城の周辺を守備の検分で歩いているとき、偶然鉢合わせをした。話をしてみると、お互い出城を築きたいと申し出ようと考えていたところであった。

具体案を検討するうちに、どうやら信繁の案の方が又兵衛の案よりも優れているようである。又兵衛は野戦に長じており、信繁は籠城戦に実績があったのだから、当然の結果であろう。又兵衛は「真田丸」を築くに当たって、物資や人足を惜しみなく提供することを約束した。

信繁は喜び、それならむしろ、と又兵衛が驚く要求をした。

「物資や人足については、一切ご提供は結構です。できれば、又兵衛どのに泥をかぶっていただけまいか。これが、のちに必ず生きてきます」

数日後。大坂城南方の平野口の東に、おびただしい木材が山積みされている。聞けば、後藤又兵衛が、城の唯一の弱点であるこの地に、堅牢な砦を造ろうとしているとのことである。

そこに真田信繁がやってきた。工事を担当する人足に、「これは誰の指図で行っているのか」と単刀直入に訊いた。又兵衛が用意したものだと知ると、

「どけさせよ」

この一言で、又兵衛が築くはずの砦の材料をすべて運び出させ、代わりに自らの用意した出城の材料を持ち込み、すぐさま工事に着手した。

又兵衛の部下たちは驚いて、このことを主・後藤又兵衛に注進したところ、彼は一瞬怒りのため蒼白となり、

「信濃の小倅が」

と吐き捨てるように呟き、「もう構うな」と無関心を装ったという。

——真田左衛門佐ト後藤又兵衛ノ間ニ、確執アリ。

城内に、このような噂が広まった。噂に敏感な淀殿は、城外で真田丸に籠る信繁が、

東軍に内通しているのではないか、と本気で疑ったほどであった。

神経症を患っている淀殿は、大野治長を通じて、なんと確執の相手方・後藤又兵衛に「真田は大丈夫か」と探りを入れた。

又兵衛は呆れつつも、

「左衛門佐どのに限って、そのようなことはございません。やぶれかぶれの素牢人ではございませんぞ。彼は名家の嫡流であり、過去の戦歴も誰もが認めるところです。彼はひたすら豊家の安泰を願い、自らの武略の限りを尽くして戦場の只中に身を晒しているのです。城南の出城が疑惑のもとならば、それがし今ここにて、かの地の守備を左衛門佐どのにお譲りします。それが、それがしの意見であり真実でござる」

と治長を諭した。又兵衛は牢人諸将の中でも秀頼の信任篤く、淀殿もひとまずヒステリー状態から脱したらしい。

このやりとりが信繁に伝わったときも、彼は又兵衛に礼の言葉一つかけなかった。又兵衛の部下たちは、当然不快感をあらわにしたが、

「左衛門佐どのは、尊い家にお育ちだ。我々と同じ尺度で彼を判断してはいけない」

と又兵衛は笑っていった。この逸話から、「真田と後藤は、相容れぬ」という大坂城内の不文律が成立したといっていい。

「お二人の不仲は、味方の目を欺く策でありましたか。いや、それがし、取り乱して申し訳ございません」

木村重成は、目からうろこが落ちたような口調で謝ったものだ。

そして場面は、籠城と基本戦略が決まった軍議の後の夜に戻る。

「しかし気に食わぬのは、城外に幾つも砦を築いていることだ。あれでは、ただでさえ寡少な戦力を分散し、各個撃破されることになる」

長宗我部盛親は、苦虫を噛み潰したような苦い表情で全登に話しかけた。他ならぬ全登こそ、木津川尻の砦の守将を任されている本人だったからだ。

「宮内少輔どののいうとおりだ。あのような砦ばかり築いても、貴重な兵を無駄にするだけでなく、城内との連携が不便になる。小幡勘兵衛にまんまとしてやられた」

木津川尻の他にも、博労ヶ淵、阿波座、土佐座、船場の岸辺に砦が築かれているが、こともあろうに小幡勘兵衛自身の発案した計画であるうえ、砦の設計まで自称兵学者の勘兵衛が行っていた。明らかな大坂方の戦力分散と各個撃破を狙った布石である。

「しかも、たった八百の兵であのような子供騙しの砦を守れとは……。掃部（全登）どのを城から追いやる口実に違いない」

盛親のいうように、砦は急造で守備兵も少なく、数千の敵が押し寄せてきた場合、一日とて持ちこたえることはできないだろう。

「それがしも、それを今考えておった。できるだけ早くあのような砦を放棄し、本陣に復帰したい。そこでだ」

全登はにこと笑い、長宗我部盛親に何か耳打ちした。

「なるほど、それは名案です。小幡めの悔しがる様が目に浮かぶようだ」

盛親が全登に向かって手を叩いて喜びをあらわにした。

＊

世にいう「大坂冬の陣」の火蓋が切って落とされたのは、十一月十九日に東軍武将・蜂須賀至鎮《よししげ》が、三千の兵を率いて城西の木津川尻の砦を攻略したときである。

城方は言い訳程度の防戦をしたのみで砦から撤退し、戦闘開始からわずか半刻で砦は陥落した。

守将の明石全登は、本丸で行われていた軍議に出向いており、不在だった。

軍議の最中に、諸将は木津川砦が落ちたことを知らされた。一瞬軍議の場は暗い雰囲気に染まったが、

「さすがは蜂須賀、血筋は争えない。家主が留守なのを知って、ぬけぬけと屋敷へ盗みに入りおった」

と全登がからからと笑ったとき、場のあちこちから蜂須賀への嘲笑が起こった。蜂須賀至鎮の父・蜂須賀小六は、豊臣秀吉に尾張時代から仕えていたが、出身が盗賊だったことは周知の事実だった。

さらに物見に訊けば、城方の死者はわずかであるにもかかわらず、蜂須賀勢の抜け駆けを知った浅野長晟の軍勢が慌てて渡河しようとして船が沈み、多数の溺死者を出したとのことである。

「敵は、城に物資を搬入する輸送路を断つため、木津川砦を襲ったのであろう。しかし国中のどこに、大坂城へ物資を送ろうとする大名がいるだろうか。わたしはあえていおう、この砦の陥落は大きな痛手を我らに与えるものではない、と。敵はただ数を頼んで押し寄せるのみで、策がないばかりか結束すらおぼつかない。そのことが、今はっきり分かった」

と、真田信繁が立ち上がって力強くいった。後藤又兵衛も、

「左衛門佐どののいうとおりだ。仕切り直しといこうではないか。のう、掃部どの」

と、隣に座っている全登の肩をばんと叩いた。長宗我部盛親と木村重成の顔にも、自然と笑みがこぼれる。

（やりましたな、掃部どの）

盛親の視線に気付いた全登は素知らぬ態で、再開された評定を中座して、撤退した

自軍の整理に向かった。

（なんたる不手際か）

小幡勘兵衛は、臍《ほぞ》を噬《か》む思いだった。むろん、砦を落とされた明石全登への思いではなく、それは蜂須賀至鎮へ向けたものである。

十一月の半ば過ぎから、勘兵衛は蜂須賀至鎮に何度も木津川砦に攻撃を仕掛けるよう密使を送っていたのだ。ところが至鎮は、戦端を切ることと負け戦への恐怖から、何かと理由をつけて兵を動かそうとしなかった。

「キリシタンの明石を恐れておるのだ」

勘兵衛は、苛立ちを込めて皮肉をいうしかなかった。彼としては、戦の緒戦で、大坂方の兵団長を一人でも消しておきたかったのだ。

仕方なく、勘兵衛は妥協案として砦の守将・明石全登が軍議に出席するため不在の日を、蜂須賀至鎮に知らせた。至鎮は喜びと安堵で舞い上がり、「砦を攻撃する際は、浅野・池田両軍と共同で、兵を損なわないようにせよ」という徳川家康の言い付けを忘れ、抜け駆けで全登不在の木津川砦を攻めたのだ。

戦場での抜け駆けは、戦術の初歩でも禁忌とされる。ただし浅野長晟は、蜂須賀至鎮の抜け駆けに腹を立てたのではなく、家康に抜け駆けの連帯責任を負わされることを最も畏れたのだった。その結果が、船の沈没という醜態を招いた。

さらに小幡勘兵衛を困惑させたのは、蜂須賀軍に何者かが砦の設計図を横流ししていたことを、蜂須賀至鎮の家臣・森村重から聞かされたときであった。

(誰だ、余計なことをしおって)

青木民部か、千姫の家臣団の誰かか……。今更ながら、関東側の間諜が多すぎて謀略が空回りしすぎであることを認識させられる。不用意に情報を流しすぎると、兵の士気に影響するではないか。

小幡勘兵衛は、まさか敗軍の将である明石全登が間諜を操作し、堂々と守備の持ち場を放棄したなど思いも及ばなかった。

(しかし――こちらには切り札がある。大坂方に、勝利はあり得ない)

五

仕切り直しだ、といった後藤又兵衛の言葉は、木津川尻砦の戦いからわずか七日後に実現した。

戦場は、今福と鴫野《しぎの》。大坂城の東北で、大和川を挟み南北に向かい合う土地である。右岸に今福、左岸に鴫野。左右とも水田が広がっているため、人馬の往来は川岸の堤の上だけに制限されている。

大坂方は今福堤に四重の柵を、鴫野堤にも三重の柵を築き、東軍の襲撃に備えた。守将は、豊臣家家老の大野修理治長である。

治長がこれほど厳重に柵を築くことについて、牢人諸将は反対した。特に真田信繁は、

「柵と柵の間の間隔が空きすぎます。これでは守備の密度がまばらで、簡単に柵を奪われてしまう」

と忠告した。大野治長は、結果的に信繁の意見を黙殺したが、彼をしてこれほど臆

病ともとれる守備策を発案させたのは、今福・鴫野に展開した東軍主力が、上杉中納言景勝と佐竹右京大夫義宣という、東軍屈指の名将だったからだろう。

十一月二十五日、本陣の徳川家康から上杉・佐竹両軍に明朝、柵を奪取せよとの命令が下った。翌日の早朝から、今福の柵に佐竹義宣の軍勢が、鴫野の柵に上杉景勝の軍勢が攻撃を開始した。

佐竹・上杉両軍は鉄砲を猛射し、突撃を繰り返しながら、戦闘開始一時間ほどで鴫野・今福のすべての柵を攻略することに成功した。ここでも、大坂方の守備兵の少なさと防衛線の粗さが、敵に反撃するきっかけすら与えられなかった原因となった。

大坂城天守閣では、豊臣秀頼が側に木村重成を従え、戦況を眺めていた。

「押サレテオル。簡単ニ負ケスギデハナイカ」

秀頼が重成に訊いたとき、天守閣の防弾工事を指揮していた後藤又兵衛が、後ろから参上してきて、

「もともと、維持できる柵ではございませなんだ。あのように退くのが上策でござる」

と事もなげにいった。秀頼は後藤又兵衛を信頼しきっていたから、「ソノヨウナモノカ」と、城下に繰り広げられる豆粒のような兵士の進退を見守っていた。

そのとき、又兵衛の慰めともとれる言葉に大声で反駁した者がいた。木村重成である。

「又兵衛どののお言葉とも思えません。一度決めたからには、決死の覚悟で柵を守るべきでござろう。いつも敵のなすがままに兵を退いておれば、お味方の士気に関わるばかりか、負け癖がつくこと必定」

そういうが早いか、「それがし、柵を取り戻してまいります」と兜を着け始めた。繰り返し述べるが、木村重成に実戦経験は、まだない。

秀頼は重成の心意気をよしとして、

「相分カッタ。長門、行ケ」

「はい」と答えると同時に、木村重成は天守の階段を駆け下りていた。そのとき、天守閣に上ってきていた明石全登とすれ違ったが、重成の心はすでに戦場にあり、全登に会釈することとすら忘れさせていた。

木村重成の師ともいえる後藤又兵衛は、重成の後ろ姿を見ながら、

（これは、こちらの方が、あの若者に教えられるわ）

と、心中感嘆を禁じ得なかった。そのとき、重成と入れ違いに天守に上ってきた全登が、

「又兵衛どの、何をぐずぐずされておる。先鋒はすでに出陣いたしますぞ。後詰も早く出陣なされませ」

と笑顔でいった。又兵衛の不安そうだった表情が、一遍に晴れ晴れとなり、

「右大臣、後藤又兵衛、長門守どのを助け、必ずや捷報を御元に届けましょう。お側には、掃部どのが代わりに付きますゆえ、ご安心のほどを」

秀頼も安堵の様子で、

「ウム。後藤ヲ、長門ヲ頼ム。掃部ガ側ニオルユエ、予ニ心配ハイラヌ」

と又兵衛の出撃を即座に許可した。又兵衛は一礼すると、階段を駆け足で下りていく。大坂冬の陣最大の野戦、「鴫野・今福の戦い」が幕を開けた。

＊

木村長門守重成。このとき二十一歳。本丸を駆け下り、馬に跨ると疾風のごとく二の丸郭内の自分の屋敷へと急行し、

「木村組の者は、ただちに今福口に出陣だ」

と大声で叫んで通り過ぎて京橋門を越えた。馬上で今福の敵陣を望むと、扇ノ紋を染め抜いた旗、三ツ扇の馬標が確認できた。

「右京大夫（佐竹義宣）自身が押してきておる」

身震いがした。ただし、この勇敢な若者の場合は「武者震い」である。木村組の配下が集まってくると、彼らは若き武将の美しさにしばし言葉を失った。透けるような

白い肌に、流行りの当世具足ではない、まるで源平合戦の絵巻物に描かれているような緋縅の大鎧を纏い、頭上には黄金の前立て打ちが輝いている。

——まるで、平家の公達のような。

主君に見とれる配下の兵に、重成は「銀瓢箪の馬標を立てよ」と命じる。

瓢箪の馬標は、豊臣秀吉が戦場に常に立てていた馬標であり、彼亡き後は豊臣家の象徴となっていた。

戦場に、銀瓢箪の馬標——。

それだけで、木村重成本人はもちろん、兵全体の士気は最高潮に達した。

「我に続け！　佐竹の田舎侍どもに、豊臣の武威を示せ」

大将重成が真っ先に、銃弾飛び交う戦場に突入する。兵たちもその姿に奮い立ち、遅れじと重成の後を追う。

佐竹軍の先鋒大将・渋江政光は老練をもって知られた武将で、木村隊の突撃が早朝からの守備隊とまったく別種の部隊であると感じた。

「第二柵まで撤退し、敵を迎え撃つ」

しかし、木村重成は初陣で、渋江の予想した兵法の常道を選択しなかった。兵を第二柵の寸前まで進ませると、五十の鉄砲隊に一斉射撃を一度させただけで、騎馬隊を柵に突入させたのだ。この性急な軍事行動には、逆に佐竹軍が怯え切ってしまい、足軽たちが我先にと柵を捨てて逃げ出した。

重成は自ら先頭に立って槍を振るい、ついには第一柵までも奪還することに成功した。

「なんだ、あの若い大将は……恐れを知らんのか」

渋江は陣をさらに後退させて、銃撃によって木村隊の快進撃を食い止めようと試みた。今福は水田地帯であるため、木村隊の鉄砲隊も腹ばいになっての銃撃はできない。佐竹兵は堤上やその向こうにいて、銃卒は堤の下で銃のみを出して、盲撃ちをするしかなかった。

膠着状態がしばし続いたとき、後藤又兵衛が小舟三十艘を従えて戦場に到着した。又兵衛は木村隊の銃卒を見て、しょっぱい顔をして船から降りるや、一人の銃卒から鉄砲を取り上げた。

又兵衛は、鉄砲を持って悠然と堤を登ると、立ち射ちのままに引き金を引く。轟音一発、堤の向こう側の敵兵が仰向けに倒れた。

「畏れるな。鉄砲とは、このように撃つものだ」

又兵衛は撃ったばかりの鉄砲を、元の銃卒にぽいと放り投げた。このことで木村隊の銃卒たちは勇気を奮い立たせ、堤をよじ登ると一斉に立ち射ちの姿勢から砲撃を行った。佐竹兵は銃弾を受けて次々と倒れた。

「見事。やればできるではないか」

又兵衛は手を打って喜び、他の足軽たちを督戦して回った。戦況がにわかに好転する。佐竹軍の先鋒大将・渋江は、焦燥気味の声で、

「あの鉄砲隊長がうるさい。誰ぞある。奴を射殺せ」

と狙撃手を選ばせた。彼は、まさかその鉄砲隊長が大坂方の司令官の一人、後藤又兵衛であるとは夢にも思わなかったであろう。

戦場の怒号、硝煙立ち込める中で、数発の銃声が一度に起こり、後藤又兵衛を倒した。大坂方の兵たちは、色を失って又兵衛のもとに駆け寄る。すると、又兵衛はしばらく仰向けに倒れて動かなかったが、やにわにすっくと起き上がり、左腕の銃創を素早く手当てすると、

「秀頼卿のご運、強し」

と言い放ち、突き抜けるような声で笑った。数発の銃弾は、一発を除いてすべて又兵衛の鎧に撥ね退けられ、残りの一発は左腕にかすり傷を負わせたにすぎなかった。自分が生きていれば、秀頼の勝利は間違いない。だから彼の「ご運、強し」と又兵衛はいったのである。

兵の歓声を聞きつけ、木村重成が又兵衛のもとに駆けつけてきた。

「おお、又兵衛どの……よくぞ、ご無事で」

「それがしの心配より、戦機は今ですぞ。長門どのの兵は、疲れの極みに達しておる。ここは、それがしが佐竹兵を蹴散らしてごらんにいれよう」

すると、この後藤又兵衛の気遣いを重成は拒絶したのである。

「さっそくのご救援、痛み入りますが、拙者にとってはこれが初陣でございます。又兵衛どのは百戦錬磨の戦歴をお持ちの方。功名を、若輩者に譲ってはもらえませんか。これよりもう一働きして、槍で敵軍に突き入るつもりでござる」

又兵衛は、恥じ入った様子で、

「これは、無粋なことを申した。長門どのは、お若いが武辺《ぶへん》というものをよくご存知だ」

といって「堤の下の敵を小舟で攪乱してこよう」と、後方に退いていった。

木村重成は、真っ先に堤上に駆け登ると、銀瓢箪の馬標を立てた。兵たちも重成にならい、堤上に登ると槍先を揃えた。

「かかれ、かかれーっ！」

重成は絶叫しながら采を振るい、木村隊は一丸となって堤上から槍を繰り出し駆け下りる。佐竹軍の渋江政光はさすがによく踏み留まり、兵を叱咤し、敗走を食い止めようと善戦していた。それを見た重成は、

「あれは、又兵衛どのの仇ぞ。撃ち落とせ」

と名うての狙撃手・井上忠兵衛に命じた。忠兵衛の銃弾は、あやまたず渋江の胸板を貫き、渋江は落馬して果てた。即死である。

その間にも、後藤又兵衛の操る小舟三十艘は、堤下の水田を漕ぎ回り、佐竹軍の側面に間断ない銃撃を加えた。佐竹軍は本陣までもが壊乱状態となり、主将の佐竹義宣を守るべき旗本たちさえ逃げ散ってしまう有様だったため、義宣自身が采を振るって応戦するという非常事態となった。

後藤又兵衛が舟から降り、堤上で木村重成本隊と合流するのを見て、大和川南岸の堤にいた上杉景勝と榊原康政が救援に駆けつけたため、木村・後藤両隊は整然と撤退し、佐竹義宣は命拾いした。

大坂冬の陣唯一最大の野戦は、大坂方の圧勝に終わり、木村長門守重成は華やかな初陣を飾った。

「長門ガ、ヤリオッタワ」

秀頼は天守閣から一望できる今福・鴫野の戦場を眺めながら、明石全登に嬉しそうに声をかけた。

「右大臣家を思う一心が、長門どのをして戦場を縦横無尽に駆けさせたのです。しかも彼は、初陣だというではありませんか」

「………」

全登の言葉が聞こえないかのように、秀頼は硝煙立ち込める今福・鴫野の戦場を、魅入られたように眺めている。

(不憫なお方だ……)

生まれたときより天下人・豊臣秀吉の後継者として、秀頼は数多くの家臣や侍女に傅《かしず》かれることを生理現象のように、当然のこととらえていた。

むろん、全登はそのことをもって秀頼を非難しているわけではない。単純に武士が主君のために自らの命を懸ける、力の限りを尽くすことの美しさ、尊さを理解できない境遇を憐れんだのである。

帰還した木村重成と後藤又兵衛に、秀頼は早速恩賞を与えるといった。

木村長門守重成　播磨・備前の二国
後藤又兵衛基次　加賀・越中の二国

むろん、この四国は江戸幕府の大名らがそれぞれ統治しており、現時点では空証文にすぎない。この戦に勝ち、天下が豊臣家に復した後初めて履行されるという、極めて実現性の乏しい恩賞であった。

当惑する木村・後藤を見て、全登が救いの手を差し伸べた。

「右大臣家、まさに彼らの働きは国を与えられるに相応しいものでした。しかし目前の敵を破り、摂津（秀頼の領国）以外の国々を切り従えるには、彼らに必要なものは太刀でござろう。それを、お与えなさいませ」

「ソウヨノ、マズハ太刀カ。掃部ノ申スコト、モットモデアル」

秀頼も機嫌良くそれに従い、木村・後藤も胸を撫で下ろした。彼らは一口ずつ太刀を賜り、部隊の兵には金銀が分配された。

それぞれの陣に戻る道すがら、後藤又兵衛が明石全登と歩きながらいった。

「秀頼卿の申し出はありがたかったが……取れる見込みのない国をいただいてものう。その点、掃部どのはよく秀頼卿のお心を理解しておるわ」

全登は悲しげに首を振って、

「右大臣家は、若き頃の我が主君によく似ておいでになる。それで、そのような文句も自然と口を衝いて出たのであろうな」

と夜空を見上げながらいった。

「備前中納言（宇喜多秀家）どのですな。豊臣家の大老になられてからは、まこと頼もしき武人となられたようだったが」

又兵衛は黒田家に仕官していたから、又兵衛が秀家の少年期から青年期を知らないのはもっともであろう。

「初陣の長宗我部討伐ではな、ああ、盛親どののお父上と戦ったときだが。主君は育ちが良かったせいか、戦陣の夏の暑さに、一日二回水浴びをされたものだ。本陣に据えた桶で、サボン（南蛮渡来の石鹸）で丁寧に、小姓を使い身体を洗わせておられた。それでも故太閤殿下が四国平定後、主君に会ったとき、『おう、おう、八郎（宇喜多秀家）、あせもができとるがや、暑うなかったきゃ』と仰られたものだ」

宇喜多秀家は絵に描いたような御曹司だったが、小田原攻めや朝鮮の役、関ヶ原の戦いといった戦塵にまみれて、勇敢な大名に成長した。

「要は何事につけても、経験でござるな。戦場で人を殺《あや》めねば、戦の恐ろしさは分からぬ。また米を食うだけでは、百姓の暮らしは分からぬ……」

又兵衛はしみじみとした口調で呟いた。言外に「秀頼に武将としての経験さえあれば」という悔いが、全登には痛いほど伝わった。

「しかし、今日の長門（木村重成）どのの働きには驚いた。経験を積んだ武将なら、逆にあのような果敢な攻めはあり得なかっただろう」

全登は話題を変えるため、重成の戦働きについて又兵衛に意見を求めた。

「うむ。あれは、もしかすると麒麟かもしれませんぞ。経験は浅いが、しっかりと自己の『依《よ》り代《しろ》』を持っておる」

「依り代？」

「さよう。強い武将は必ず自らに『依り代』を持っておるもの。武将だけではござらぬよ。我が国の神々でさえ、必ず依り代をお持ちだ」

　後藤又兵衛は、神々は様々な具体物——山や木や海などに宿ることによって、民の前に霊験を顕すという。その神々を長い間信仰してきた人間も、その精神に依り代を持つようになったのだ、という。

「例えば農民は、鍬や鋤に依り代を持つかもしれぬ。漁民なら船や網に、というようにな。彼らは依り代を持って初めて、自己を具現化できる。武士とて同じではありませんか」

　全登は、ふと自らのキリシタン信仰を思った。これが自分の「依り代」なのか。確かに信仰がなければ、全登など一生涯短絡的な武者として、とっくに備前岡山での領土紛争で、屍を晒していたかもしれなかった。

「掃部どのの依り代は、キリシタン信仰でござろう。だから、掃部どのは強い。戦の駆け引き。一瞬の判断力。勇敢さ。どれをとっても当代一流でござる。そして長門（重成）どのは……」

　又兵衛はいい辛そうに、頬にまで伸びた髯を撫でると、

「秀頼卿が依り代だ。不遇の幼少期を過ごした長門どのにとっては、秀頼卿のご学友に抜擢されたことこそ、生涯の栄誉であろう。彼の佐竹兵への突撃を見ましたか。あれは、死を顧みぬ行為だ。長門どのは、秀頼卿へとっくに命を捧げているのでござろ

う」

そういって全登の前を辞して、自陣へと歩き去ろうとした。

「又兵衛どのの『依り代』は、何なのですか？」

全登が、又兵衛の背中に向かって尋ねた。又兵衛は振り向いてほろ苦い表情を浮かべ、ただ城内の一角を指差すと、全登に一礼してから立ち去った。

又兵衛の指差した先には、先程今福の合戦で木村隊の狙撃手に射殺された、佐竹軍の大将・渋江政光の首が晒されている。

戦国時代の武士は、切腹よりむしろ、激しい戦闘の後、泥土にまみれ、敵兵に自らの首を預けることをもって本懐としていた。

（又兵衛は、死に場所を求めて、この城に入ったのだ）

宗旨により自殺を禁じられている全登だが、後藤又兵衛の無言で示したものを批難する気は起こらなかった。全登はキリシタンであると同時に、一人の武士であったからである。

＊

上杉・佐竹隊の敗北は、徳川家康のみならず東軍全体に大きな衝撃を与えた。関東の雄と呼ばれる佐竹義宣と、上杉謙信以来の武門で知られる上杉景勝が、こともあろうに牢人を掻き集めたにすぎない大坂方に敗れたことは、全軍の士気に影響するからである。

「（十一月）二十八日早朝、福島を視察する」

家康はきっぱりといった。慌てたのは重臣たちである。折しも冬の寒気が摂津平野を襲い、家康が肺炎を起こす可能性が高かったからだ。

将軍秀忠ですら前日までその視察を知らされず、驚いて家康に視察を思い留まらせようと説得した。

「心配は無用だ。今更予定は変更できんわ」

家康は、常に将軍秀忠に不満だった。秀忠は律儀一辺倒の人間で、関ヶ原における遅参でも分かるように、軍事の才能は皆無であった。いっても仕方のないことだが、この息子に諸大名をまとめる圧倒的な求心力があれば、老齢な家康が戦場に立つ必要はないのだ。

秀忠も家康の子である。家康が肺炎に倒れることはすなわち死であり、それは徳川幕府崩壊の危機であることを承知していた。最悪の事故を防ぐため、秀忠は二人の知恵者を父のもとに遣わした。

「おお、天海どの。わざわざ茶臼山までご足労であったな。弥八郎までよう来たな」

視察の朝、南光坊天海と弥八郎こと本多正信が茶臼山北麓の一心寺に現れたときは、家康の顔に安堵の表情が浮かんだ。二人への信頼の証である。

「本日の福島行きは、お止めなされませ」

暖かく僧衣を着込んだ天海が、わずかに微笑みをたたえながら諭すようにいった。

「だがのう……」

「占いでは、凶が出ました」

天海がそういうと、家康はわずかに眉をひそめ、

「天海どの、あなたはわしより六つも年上だ。お寒いであろう、茶でも立てますゆえ、炭を入れた部屋まで行こう」

というと、「弥八郎（本多正信）、御所（秀忠）によろしくお伝えせよ」と言い残して部屋を出ていった。

（大御所も年を取られた。数年前は占いなど耳も傾けない人であったが）

本多正信は、ひとまず家康が視察を取り止める気配を見せたため、胸を撫で下ろした。

「何か異変があったのだな」

天海と二人きりになると、家康が探るような口調で訊いた。天海は無言で頷いた。

動揺はないように見える。

「占いが凶」というのは、家康と天海のみが知る暗号である。家康の身に危険が迫ったとき、占いを持ち出すと誰もが納得するからである。

「兵が五十人ほど。小舟三艘に分乗し、博労ヶ淵の葦に潜んでおります」

天海の言葉に家康の表情が凍りついた。

「まさか……。小幡勘兵衛から、二十八日は大丈夫であると報告があったのだが。情報が漏れていたのか」

「鵺から知らされました。小幡どののお使いになる忍びや、御所お抱えの柳生の手の者は、申し上げにくいのですが、真田の忍びには及びません」

「葦に潜んでおるのは、真田か――」

家康はうめいた。忍びとは、主を持たず任務のときのみ金で雇われるのが常であった。家康が諜報活動に用いている服部一族や、秀忠お抱えの柳生一族は、元は忍びや剣客集団であったのが、今は大名家であり、禄をもって召し抱えられている諜報員が、明日の命の保証もない本物の忍びに敵うはずがない。

「しかし、大坂方は思ったより手強い。後藤又兵衛さえ警戒していれば、手痛い目に遭わぬと高を括っていたのが誤りだった。鴫野・今福では木村某という若造にしてやられるわ、真田には妙な出丸を築かれたうえ、密かにわしの命まで狙われておったとはな。なぜ、あやつらはこうまで強いのだ？」

天海は、家康の問いにしばらく目を閉じて思索していたが、

「キリシタンです。彼らの存在を忘れてはなりません。大坂方のあらゆる部隊にキリシタン信徒が組み込まれております。彼らの勇猛さは、往年の一向宗門徒を超えるでしょう。関ヶ原の合戦から十五年経ちます。我が軍の兵卒で、戦国の合戦を知る者が何人おりましょうか。いかに上杉・佐竹などが名の知れた武門であろうと、実際戦場に立つ彼らの子弟は――」

「質においてキリシタンや牢人に劣る、というのだな」

家康は苦笑して、天海の説明の結論部を引き受けた。「仰せのとおりです」と、天海は悪びれず頭を下げた。

「天海どのが手をかけている明石掃部のキリシタン部隊は、入城時には四千人であったと聞くが」

「あからさまなキリシタンは、四千かもしれません。しかし現在我が国に潜伏するキリシタン信徒は、少なく見積もって七十万人」

家康は驚かない。ただ時折爪を噛みながら、「うむ」「ああ」などと天海の話に神経を集中させていた。

「おそらく大坂城内には、数万人のキリシタン兵が各部隊に組み込まれていると思い

ます。鵜によると、大坂の兵は皆後藤又兵衛どのの作法で指揮系統を統一し、充分な訓練を受けてこの戦に臨んでいるとのこと。又兵衛どののほどの名将が戦術を授けたうえ、死をも恐れぬキリシタンを数多く抱える軍隊には、簡単に勝てなくて当然です」

「慰めてくださるのか。あなたが戦場で指揮をとってくれれば、わしが大坂くんだりまで出張る必要はないのだが……」

家康が天海を「あなた」と呼んだのは、暗に天海のもう一つの顔――明智光秀を指している。光秀は行政の手腕だけでなく、織田信長が組織した兵団長の中では最強の呼び声が高かったからである。

「拙僧は、戦を捨てました。今は世の平穏を願うただの坊主でございます。でありますからこそ、忍びまで使い、キリシタンたちの調整をしているのです」

天海は淡々と家康の冗談ともつかぬ誘いをかわしてみせた。家康は大きな溜め息をついた。

「そうであったたな。軽率な行動は止めにするか。弥八郎（本多正信）がな、亀屋栄任《えいにん》が京から帰ってきたといっていた。それを口実に使おう」

亀屋は京の富商であり、家康のために朝廷工作を懸命に行っていた。朝廷では未だ豊臣家への人気が高く、勅使は大坂に遣わされるものと思われていた。ところが亀屋の働きにより、勅使が家康の本陣に遣わされることになったのである。朝廷からの勅使を迎えるに当たり、家康本人が接待の準備に取りかかるのは当然のことだろう。

「では、福島への視察は取り止めに？」

「いや、上野介（本多正純）に行かせようと思うておる」

天海は、悲しげな表情を見せた。

「上野どのは、左衛門佐（真田信繁）どのに射殺されるかもしれませんぞ」

「ああ、あれはな」

家康は、にわかに冷徹な口調で、

「上野介は、乱世でなければ生きてゆけぬ男だ。切れすぎるうえ、譜代の大名からは憎まれておる……。あれは往年の治部少輔（石田三成）だな。無私で潔癖なところまでそっくりじゃ。あれで少し愛嬌でもあれば、とも思うが。治世では用に立たぬ、とまでいうのは気の毒ではあるが、秀忠付きの官僚たちによって殺されるであろう」

といった。天海は背筋を伸ばし、痩せた身体に纏った僧衣に感じる重さに耐えていた。

「わしは、もうすぐ死ぬ。上野介もその父の弥八郎（正信）も、充分すぎるほど徳川の家に尽くしてくれた。だから彼らには三河武士らしく、できれば戦場で生を終えてもらいたい。いや、わしも年を取るとわがままになって困るわ」

「お察しいたします」

天海は、深く頭を下げた。年を取ったという点では、彼の方が家康より上である。

博労ヶ淵の葦に潜んでいた真田信繁は、福島へ視察に現れたのが徳川家康ではないことを確認すると、驚いた銃卒たちに無関心そうに命じた。

「火縄を消せ」

「大御所（家康）はいないようですが、先頭の武士は本多上野介（正純）ですぞ。お撃ちになればよいのです」

組頭の一人がしきりに作戦の実行を勧めたが、信繁はにべもなくその提案を退けた。

「今日は狸狩りに来たのだ。狸以外の獲物を狩る気はないよ」

三艘の小舟は、発砲することなく大坂城へ引き揚げていった。狸とは徳川家康を指していうのはいうまでもない。

余談ではあるが、本多親子の末路はほぼ家康の予想どおりとなった。

父の本多正信は、家康の死後五十日目に病死し、子の正純は、二代将軍徳川秀忠に疎まれて、世にいう「宇都宮釣天井事件」で叛逆の嫌疑をかけられて失脚、出羽の国（秋田県）に幽閉され、その地で生涯を終えた。

六

一方、将軍である徳川秀忠は焦っていた。

大坂城南方の出城は両軍から、立て籠る指揮官真田信繁の名をとって「真田丸」と呼ばれている。合戦当初から、城南が最も守備が脆い地域であることはすでに述べた。ところが、東軍が最も兵力を割いて包囲している真田丸は、その堅固さゆえまったく攻め手を寄せ付けないのである。秀忠は銃弾を防ぐための竹製と鉄製の盾を数万個も作らせ、兵一人一人に行き渡るよう配備した。

盾をかざした一万の兵が、静かな波のようにゆっくりと真田丸へと進む。自軍の有効射程距離まで近づき、真田丸に砲火を浴びせようとする意図であったのだが、総大将の家康がそれを許さなかった。

「焦るな。銃撃戦こそ真田の思う壺だぞ。加賀大納言どの（前田利常）に、陣の前に堀を掘らせ、土塁を築いたうえで大砲を備えるように伝えよ」

要するに、火力で真田丸を上回る陣地を築けというのである。明らかに家康は、秀忠の作戦指揮能力を信頼していなかった。秀忠は蒼い顔でうなだれる他なかった。彼としては、関ヶ原の合戦の際に別働隊として、信州上田城で真田親子に嘗めさせられた屈辱を、自らの手で晴らしたかったのだ。

前田利常は、豊臣秀吉の親友にして臣下第一であった前田利家の四男である。人格才能共に秀でた大名だが、幕府の疑いを避けるため徹底して無能な人物を装っていた。

「そうか、本多安房守に土塁を築くようにと……よろしくな」

加賀百万石の外様大名が、幕府の疑いを受けないはずがない。この戦役でも筆頭家老の本多安房守政重が、事実上の指揮を取っている。本多政重は、本多正信の次男すなわち本多正純の弟であり、れっきとした徳川家譜代の臣である。

前田家は、かつて故利家の妻まつを人質に出した経歴からも分かるように、幕府には忍従の一手で国を守ってきた。本多政重を徳川家から筆頭家老に迎えたことで、二心なきを天下に周知させたといっていい。

「まずは、笹山《ささやま》を取ればよいではないか」

本多政重は、見下《みくだ》すような口調でいった。笹山は前田隊の北西に位置する丘陵といっていいほど小さな山で、文字どおり笹が一面を覆っている。戦略的要地ではないが、堀を掘っている前田兵を、笹山に陣取った真田の鉄砲隊が激しく射ちすくめるため、工事が一向に進まないばかりか、数百もの死者が出る始末であった。

「真田左衛門佐も、たかが知れた者よ。笹山に堅牢な要塞を築かぬとはな。笹山さえ取れれば、土塁は完成し、真田丸を大砲で木っ端微塵に打ち崩すことができるというものだ」

十二月三日。本多政重隊が、秀忠の定めた十二月四日という総攻撃の日を抜け駆けして、笹山に総攻撃をかけた。

真田丸後方に四千の兵を率いて陣を敷いていた明石全登は、沢原孫太郎を連れて真田丸の信繁に面会を求めた。

話し始めようとした全登を信繁はにこやかに遮っていった。

「さすがは掃部どの。今回の作戦をすでにご存知だったのですね」

「さよう。笹山は囮でござろう？　ならば、本多安房（政重）に出し抜かれた東軍諸将は、先を争って真田丸に押し寄せるでしょう。我らの出番も近いと思いましたのでな」

「これはこれは……、どうやらわたしから兵団長らに使者を出すまでもないようです。おお、宮内少輔どの（長宗我部盛親）と木村長門（重成）どのも真田丸にご到着のようだ」

信繁は、嬉しそうに目を細めて微笑んだ。

午前三時、本多政重隊が千挺の鉄砲で笹山に一斉射撃を開始し、鬨の声を上げたが、笹山の頂上に辿り着いたときには、なんと真田の兵を一兵たりとも山上に見出すことができなかった。

——しまった、謀られた！

本多政重が愕然としたのも無理はない。筆頭家老の抜け駆けを知った前田隊は恐慌状態に陥り、他の家老すなわち横山・山崎といった将が真田丸に向けて進撃を開始したからである。

東軍の開戦以来最大の攻撃と惨劇が、このときから始まっていた。

＊

「急げ、急げ。このままでは先鋒どころか殿軍《でんぐん》になってしまうぞ」

本多政重隊の兵士たちは、先陣の功を横山・山崎隊に奪われてはならじと、折しも立ち込めた濃霧の中を掻き分けるようにして、敵兵のいない笹山を下った。

やがて本多隊は後発の家老横山・山崎隊に追いつき、混じり、真田丸の南方にある小橋村は、一万もの軍勢が押し合いひしめく混乱状態となった。

「お、おい、押すな、押すな！　前方に堀があるではないか」

先頭の東軍兵士たちは、濃霧で気付かぬうちに真田丸前方の空堀に達していた。後続の兵たちを大声で制するが、もはや本多・横山・山崎の諸隊は秩序を失っており、押された前方の兵たちが次々と真田丸の空堀に落ちていった。

むろん堀に水はわずか、兵のすねほどしかないので溺れる者はいない。しかし、堀に落ちた兵を一瞬にして恐怖させたのは、真田丸の城壁には数え切れないほどの銃眼があって、鉄砲がそこから自分たちに向け狙いを定めていることが確認できたからである。

「真田丸に前田の諸隊が攻撃を仕掛けたもようです。はや兵の多数は空堀に落ちて身動きが取れぬようでござる」

真田丸北方に陣を敷いている明石全登のもとに、深夜に物見からの情報を入手した沢原孫太郎が駆け込んできた。

「我が手勢も、鉄砲を撃つ手配をさせましょう。それとも、門を開けて打って出ましょうか」

「孫太郎、まあ焦るでない。見よ、前方の真田丸を」

空堀にあれほど無防備な敵兵が溢れているにもかかわらず、真田信繁は一発たりとも鉄砲を撃ちかけることをしていない。深夜の暗闇とはいえ、信繁が鉄砲の射程距離を把握していないはずがない。明らかに、期するところあって攻撃の機会を待っているに違いなかった。

「戦は、各軍勢が一体となって火を噴くような大攻勢をかけることが、勝利の鉄則である。前田勢のような、互いに意思の疎通も取れない行動は、今のような事態を招く。左衛門佐（信繁）どのは、自軍や我々への戒めも兼ねて、あのように戦機を待っておられるのだ」

全登は浮かれる様子もなく、冷静に矢倉の上から敵兵で埋もれた真田丸の空堀を眺めていた。孫太郎は、真田隊の銃撃が始まったときが、明石隊出撃の合図なのだと心を決めた。


夜が明けた。

真田信繁は、相変わらず床几に腰を掛けて采を振るうことをしなかったが、霧が晴れてきたのを見届けると、ようやく近習に命じた。

「加賀大納言（前田利常）どのに声をかけてきなさい」

恐怖の一夜が明けた前田勢の頭上から、信繁に命じられた大声をもって知られる武士が、戦場に響きわたる声を浴びせた。

「昨夜からお越しいただいたのは、前田大納言どののお手勢か。笹山では、たいそうな銃声で、兎狩りでもなされていたご様子。しかし、あのような闇夜に騒ぎ立てては、せっかくの獲物も逃げてしもうたでござろう」

言葉は慇懃だが、敵を愚弄するにもほどがある。東軍の兵士たちは恥をかかされたうえ、身動きさえ取れない現状に、逆上し一様に顔を赤くした。さらに、真田丸の武士は続ける。

「おお、もしや今日は戦を仕掛けに来られたわけではござらぬな。天下の加賀百万石にこの小城はもの足りぬでしょうが、存分にお相手いたす。それとも、笹山の兎狩りだけで満足してお帰りになられるかな？」

信繁は、あくまで砲火で敵を倒したかったのである。早急な銃撃と白兵戦では、勝ちはするかもしれないが、味方も兵を損失する。

敵を怒らせ、こちらは真田丸に籠ったまま押し寄せる敵兵を銃撃すれば、自軍の損害は皆無に近く、圧倒的な勝利を得ると同時に、それを敵味方に喧伝する効果は抜群であることを承知していたからである。

「ふ、ふざけるな！　ここまで名を辱められて退いては、武士の恥だ。総攻めだ、真田丸を揉み潰せ」

本多政重は、ついに采を振り上げた。

数百の兵が城壁に飛びつき、山崎・横山両家老の兵たちも後に続く。

「よし、撃て！」

真田信繁は、頃はよしと見て全鉄砲隊に一斉射撃を命じた。

おそらく開戦以来最大の轟音が、大坂城南に響き渡った。至近距離でもあって、真田の鉄砲隊が敵を撃ち損じることはまずなかった。最初の射撃音が止んだ後、硝煙が晴れると、城壁にしがみついていた前田兵の姿は一人もいないという、信じられない光景が明らかとなった。

全員が撃ち殺されたか、城壁から落ちて重傷を負っているようだった。さらに空堀で蠢く負傷兵たちに、真田丸から一斉に矢を射かけられ、彼らを物言わぬ死体に変えていった。

鉄砲玉の詰め替えが終わると一斉射撃、その後大量の弓矢を射かけるという、無駄と間断のない攻撃が容赦なく繰り返された。本多政重は、采を握り締めた手を惨めなほど震わせ、犠牲になっていく兵たちの断末魔の声を聞いていた。

「我らの兵たちにも、鉄砲に火を付けさせよ」

明石全登は、前方の激戦から、おそらく城南の全軍にわたって戦線が拡大することを予測し、沢原孫太郎に射撃の準備をさせた。

全登の予測は当たった。真田丸の戦闘に動揺した東軍が、城南の大坂方諸隊に攻撃を仕掛け始めたのだ。

「敵を引きつけるだけ引きつけて、一斉に撃つのだ」

全登の基本戦術は信繁と同じであり、また後藤又兵衛・木村重成・長宗我部盛親たちもその戦術を意思統一させていた。

たちまち銃声は城南の全線にわたって轟き、戦場一帯を硝煙が覆った。全登自身も騎馬隊を率いて、押し寄せる前田・榊原・松倉らの東軍諸隊をさんざんに突き崩した。鉄砲の一斉射撃の後、槍隊と騎馬隊で一気に敵陣を蹂躙するのは、明石全登が最も得手とする攻撃法だった。

「あの十字架の旗印は、明石掃部ではあるまいか――退け、退けい」

東軍諸将の間では、関ヶ原における全登の鬼神のような戦いが、恐怖体験として心底に根付いていた。さらに伝説を増幅させたのは、一糸乱れぬ攻撃で死を恐れないキリシタン兵たちの強さだった。草に分け入るかのような攻撃で、明石隊は縦横に敵陣を攪乱した。

さて、申の刻（午後四時）近くになっても真田丸からの銃声は止まなかった。全登は、自陣に戻ると矢倉に登って南方の真田丸の方角を遠眼鏡で見ていたが、

「これは、いかん。今から左衛門佐どのの陣に行ってくる」

と言い残し、血に汚れた鎧を替えもせず、疲労した身体を奮い立たせるように馬に跨って陣を飛び出していった。

全登が到着したとき、真田丸の空堀はまさに阿鼻叫喚の地獄絵を見るようだった。信繁の防御法は辛酸を極め、鉄砲と弓矢のみならず、多数の巨石を落としたり、油を撒き散らしたうえ松明を投下し、堀にひしめく東軍の兵たちを焼き殺したりもした。

将軍秀忠は作戦の失敗に蒼白となり、慌てて本隊を戦線に投入し、笹山から真田丸を鉄砲で砲撃させたが、いかんせん距離が遠すぎて、まったく効果を上げることができなかった。

徳川家康は、この惨状に驚き、撤兵の使者を三度送ったと伝えられている。この撤兵の指示は、空堀に閉じ込められた兵たちにとって、呪詛すべきものだったろう。撤兵するには、堀をよじ登らなければならない。堀をよじ登れば、すなわち真田の弓鉄砲を浴びて殺される。進退窮まる、とはまさにこの状態を表す言葉であるといえた。

真田信繁は、十二時間にも及ぶ長い戦闘で、極度の興奮状態に陥っていた。それを側近たちに悟らせないところは、さすがは名将・真田昌幸の子である。平然と床几に腰掛け、時折前線まで指示を出し、絶え間なく目前の前田兵たちに砲火を浴びせ続けた。

全登は、後ろから信繁の姿を見たとき、思わず天を仰いだ。

——神よ！

胸の十字架を握り締め、「左衛門佐どの」と信繁に声をかけた。振り返った信繁の顔に生気はなく、目は血走り、昨夜から一睡もしていないことを全登に察知させた。

「前田の家老たちめ、兵にあれだけ用意させていた竹と鉄の盾を、誰にも持たせなかったようです。いくら十五年の平和に慣れきっているとはいえ、あれでは加賀百万石の名が泣くわ」

信繁は苛立ったように、言葉を吐き捨てた。昨夜、本多政重が抜け駆けで笹山を攻めたことで、前田の全部隊が動揺し、あれほど注意されていた「真田丸を攻める際は、盾を並べて慎重に進め」という戒めを忘れてしまったのだ。

「左衛門佐どの、もうこのあたりでよろしいではありませんか」

全登の優しい声に、信繁ははっと我に返った。

真田丸の堀は、おびただしい東軍の兵の死体で埋め尽くされ、まだ死にきれない兵たちが、その苦痛から泣き叫び、無能な指揮官を罵り、うめきながら息絶えていく。そこに容赦なく、真田丸から銃撃が加えられているのである。

「左衛門佐どの。これはもう戦ではありません。虐殺です」

信繁は、このキリシタン紳士が初めて見せる悲しげな表情に、胸が詰まった。戦場で死ぬことは、武士としては本懐であろう。しかし、救いようもない冬の凍えるような空堀の中で、なす術なく一方的に命を奪われる兵たちは、きっと浮かばれないに違いない。

真田左衛門佐信繁、信州の名将・真田安房守昌幸の次男。

この世間一般の信繁に対する認識、言い換えれば呪縛から信繁は解き放たれたかったのであろう。この日の真田丸の攻防で、信繁の武将としての名声は天下に鳴り響くに違いない。

しかし、この独特の美意識を持つ天才的な軍師は、自らの戦勝に酔うことなく、兵法の常道すら無視した敵軍の無能な指揮官を嫌悪したのである。

功名を天下に知らしめるという悲願達成と、愚鈍な指揮官に命じられるまま死地に突撃せざるを得なかった前田兵への憐憫が、真田信繁の心に葛藤を生み、数時間に及ぶ大虐殺へと至らしめたのだ、と全登は知っていた。

「これ、大助。大助はおらぬか」

信繁は、まだ十五歳で今回が初陣の嫡子・真田大助を呼んだ。大助は射撃の合間に五百の兵を連れて、前田隊の西に布陣していた寺沢志摩守と松倉豊後守の部隊を急襲し、帰陣したところだった。

「もう、撃ち飽いた。空堀の前田兵は打ち捨てておけ」

大助は、まだ幼さの残る風貌に安堵の色を浮かべ、「承知しました」と前線の守備部隊まで伝令に走った。

空堀に取り残された前田兵は、真田信繁の温情で命を救われたのだ。夜になって初めて、前田の救援部隊が数少ない生存者と、おびただしい戦死者と負傷者の収容を行うことができた。

「掃部どの」

信繁は、複雑な表情で床几から立ち上がり、

「かたじけない」

と頭を下げた。全登は乗馬まで歩き始めていたが、振り返って、

「なんの。こちらこそ、出すぎた真似をしました」

と努めて明るくいうと、馬に跨ってただ一騎、真田丸後方の自陣に戻っていった。

十二月四日の城南における攻防は、東軍の大敗であった。
『東大寺雑記』という記録には、
十二月四日、大坂之城大ゼメ、今日迄ニヨセ衆一万五千人程打タルト
とある。一万五千の死者とは大袈裟であるにしても、真田丸の堀が東軍の兵士の死体で埋まったことは確かであり、数千の死傷者を出したことも否定できないだろう。
大坂方の被害はわずかである。

「東軍が大負けや。真田さまの前やったら、徳川の大軍なんぞ青菜に塩やで」

　畿内の民衆は、皆聞こえよがしに戦噺をしたという。

＊

　前田軍大敗の報を受けた徳川秀忠は、思わず床几を蹴倒して、

「またもや、あ奴らめが――」

　と怒りのあまり絶句した。父家康のみならず、関ヶ原の合戦の際、信州で自らも苦汁を飲まされた真田一族である。生涯を通じて感情を面に出さず、律儀誠実を重んじたこの二代目将軍は、

「総攻めだ、総攻撃の準備をせよ！」

　とこのときばかりは絶叫した。ところが、その感情を茶臼山に陣を構えている家康は許さなかった。

「頭を冷やせ、と伝えよ。兵を損じるだけだ」

　使者の若手官僚・土井利勝は、煮え切らない思いでその言葉を秀忠に伝えたところ、秀忠は苛立ちをあらわにして、

「臆したか、大御所。あれを見よ」

と城南の戦場を指し示した。十二月の寒風にたなびく真田の家紋を染め抜いた「六文銭」の旗印が真田丸で勝ち誇ったように翻っている。それをなす術なく包囲する大軍から、利勝は屈辱のあまり顔を背けた。

ところで徳川家康は、何も指をくわえて東軍の敗北を黙過していたわけではない。彼は、戦術で大坂城を落とすことが容易でないことを知ると、すぐさま調略による敵の切り崩しを始めていた。

「大坂方で、欲しい侍が五人いる。真田信繁、後藤又兵衛、塙《ばん》団右衛門、山県三郎右衛門、木村重成である。誰ぞ、彼らを説得できる者はおらぬかのう」

これが、最近の家康が毎日のように繰り返す口癖であった。

ある日、真田丸に年老いた軍使が近づいてくるのが認められた。長い竹竿の先に編笠を掲げる身なりは、戦場で使者を判別する印となっている。物見が信繁に伝えるところによると、どうやら彼の叔父に当たる真田隠岐守信尹《のぶただ》であるらしい、という。

先に述べたが、真田昌幸の長男・信之は東軍に属しており、叔父の信尹もそれに従軍していたのだ。

「のう、左衛門佐よ。そのように堅苦しいことはよせ。大御所は、そなたの武略をたいそう買っておられてのう。こちらの陣営に来れば、信濃の国（長野県）十万石を与えよう、というてくだされておる。考えてみてくれぬか」

陣営で、かなりの距離を置いて対面した、今や高名となった甥に真田信尹は顔中の皺を寄せ集めた、すがるような表情でいった。

「叔父上、わたくしは富を得ようとて、大坂にやってきたわけではございません。本来は紀州九度山で朽ち果てるべきであったこの身を、右大臣家は八千の兵をもって迎えてくださった」

家康は真田信尹に、「信繁が申し出を断った場合、信濃一国を与えてもよい、と申せ」といい含めていた。むろん、信濃のような大国を割譲できるはずがない。信繁もそのことを承知の上で、実の叔父に対しそのことをなじることなく、理をもって説いた。

「叔父上の仰ることも、もっともです。しかし、右大臣家が事実上無禄のそれがしに八千人の将をくださったことは、数十万石の大名として器量を認めてくだされたも同様。天下の名城、大坂城にて八千の兵を率い、天下の兵を迎え撃つ。このことは、武士にとってこのうえない名誉であると存じます」

信尹は驚いて、信繁をたしなめた。

「左衛門佐、いくら兵を数千も与えられようとも、おぬしに寸石の領土も保証されないのだぞ。おぬしももう五十に手も届こうかという齢、現実を見ないか。いつまでも夢を見るのではない。このまま戦を続けて、大坂方が勝てると思っておるのか」

「何度いわせるのか。勝ち負けなどの問題ではない」

信繁の怒りの一言は信尹にその瞬間、穏やかな甥に対して、初めて畏怖に似た感情を生じさせた。

信繁は、家康が用意もできない領土をもって、大坂城の牢人諸将を調略などする気がないことを最初から見抜いていた。

むしろ家康の目的は、大坂城内の牢人たちが東軍家康本人から寝返りの誘いを受けているという事実を知らしめ、大坂方の首脳部——滑稽なことだが、淀殿をはじめとする女官たち——に動揺を与えるための調略なのである。

「わたしは、自らの禄の多寡や戦の勝敗にこだわることが、右大臣家への信義を貫くことの妨げになると考えております。もはや、叔父上とお話しすることもないでしょう。お引き取りください」

信繁には、叔父信尹への諦観ともとれる情があったろう。信尹は帰陣すると、恐縮しながら大御所家康に自分の説得が不首尾に終わったことを詫びた。

「真田の答えは、否……か」

家康は、別段真田信尹を咎めることはせず、茶臼山から大軍に囲まれて微動だにしない、黒い巨城を何か思案する様子で眺めていた。

七

信じられない光景が、お由の目の前で展開している。

東軍と西軍の講和が成った、十二月二十二日の翌日から開始された「大坂城壊平工事」で、翌年一月十九日までには本城を除くすべての堀が埋め立てられてしまったのである。

大坂冬の陣開戦前に、難波村の明石屋敷から大坂城三の丸に帰ってきていたお由は、茫然と冬の空に聳え立つ裸城を見回していた。

「約束が違うではございませんか」

「徳川のえげつなさ、古今に例がありませぬ」

大坂城の女官たちは、口々に家康の約束違反をなじった。約束とは、講和の際に家康が、

一、大坂城の惣構《そうがまえ》（総構）と三の丸を取り壊す

二、淀殿は人質にしない。代わりに大野治長の子を人質に差し出す

三、城中にいる牢人の身分は、保証する

以上の三点を承諾したからである。

お由は、和議の一因ともされている東軍の大砲による大坂城砲撃で、砲弾がほとんど城に届かなかったにもかかわらず、金切声で右往左往していた女官たちの姿を見ていたので、「何を今更」と鼻白んでしまう。

（ジュアニーさまや真田さまは、矢弾をかいくぐって戦っておられたのに）

このようでは夜も眠れぬ、などと泣き叫んでいた女たちと自分が同類なのだと思うと、恥じ入る他ないお由だった。

大坂城は四重構造の堀で囲まれていた、と伝えられている。まず本丸と山里廓を囲んだ城壁と堀がある。その外側に二の丸廓、三の丸廓、最外部に惣構があった。講和の交渉における初期段階で家康が講和条件に挙げたのは、一番外側の「惣構」を取り壊すというものだった。

ところが、あまりに家康が寛容なので、大坂方から惣構の堀、つまり三の丸の外側の堀を埋めることを提案したのだった。これが、大坂方の致命傷となる。

惣構を一日で埋め終えた家康は、二日後の二十五日早朝に大坂を出立し、京の二条城に到着。和議に沿った迅速な行動は、大坂方を安心させた。

ところが、その後大坂に残った将軍徳川秀忠と本多正純が、二の丸と三の丸の堀まで埋め始め、大坂城を裸城同然にしてしまったのである。むろん、大坂方もこの条約違反に対して激しい抗議を行ったが、工事の現場監督者は、

「惣構とは、すべての堀という意味で、全部埋め立てるように指示されているので……」

と、むしろ困惑した様子なのである。大野治長は、慌てて本多正純のもとへ赴いたが、正純は病と称して面会しようともしなかった。それどころか、

「大坂方の普請が、明らかに遅れ気味だったので、我が方で作業を進行させただけである」

というような返答にならない返答を、人づてに治長に伝えたのだった。

（これは、取り返しのつかない事態となった。敵に謀られたわ）

大野治長は、暗然とした気分で城に戻らざるを得なかった。

＊

真田丸攻防戦の後、東西両軍が和議に至るまでの経緯を簡単に述べておく。
十二月九日　家康、毎晩三度にわたる鉄砲連射と鬨の声で城内を攪乱

十二月十日　家康、矢文を大坂城内に射かけ、投降を勧める
十二月十一日　藤堂高虎、井伊直孝による坑道作戦を展開。不調に終わる
十二月十六日　家康、大砲により大坂城を砲撃。うち数発が城中に被弾、淀殿の侍女数人を殺傷
十二月十七日　後水尾天皇の勅使、講和の斡旋を申し出るも家康これを拒否
十二月十八日　阿茶局、常高院と初の和平会談
十二月十九日　阿茶局、常高院の二度目の会談で、和平成立

投降を呼びかける矢文や坑道作戦は空振りに終わったものの、十六日に開始された東軍による大坂城中への砲撃は、大砲技術者数十人を擁しての釣瓶撃ちであり、この大音声が京都まで聞こえたといわれるほど大がかりなものだった。

その砲弾のほとんどは城にさえ届かなかったが、京橋口から放たれた大砲の一弾がたまたま淀殿の居住する天守閣の二重目の柱に命中、二人の侍女が死亡した。

この砲弾は淀殿の心胆を寒からしめるに充分な一撃であったにせよ、このことが巷説となった「淀殿の対大砲ヒステリー」による和議へと結論づけるにはいささか真実と異なるように思える。

事実この砲撃後、淀殿の意見は和議に傾いたのは確かであるようだが、豊臣秀頼が

「城ヲ枕ニスルトモ、和議ノ儀ハアルマジキ候」（『大坂御陣覚書』）と、この意見を一蹴した記録が残っている。秀頼がこうした強硬な意見を持つに至ったのは、牢人諸将、特に後藤又兵衛や真田信繁らの戦術指揮を信頼していたからであった。

「この天下の名城で、諸将が義を守って戦えば必ず勝つ。いくら包囲に年月を重ねたところで、落城はいたしません。東軍が和議を申し込んできたのは、彼らが遠国から来て寒さに苦しんでいるからです。自軍の敗北を認めるようなものだ」

と、軍議で後藤又兵衛は徹底抗戦を主張した。むろん、真田信繁、明石全登、長宗我部盛親、木村重成らも同意見である。しかし、大野治長が秀頼にいった言葉は、牢人諸将を呆れさせた。

「牢人諸将が戦いを好むのは、彼らが講和の後、食い扶持を失い路傍で餓死するのを恐れるがゆえ。決して豊臣家への忠誠から出た言葉ではありませんぞ」

又兵衛は治長の言葉を聞き、講和はすでに城内の意思決定機関、すなわち淀殿の側近グループで合意に達していることを知り、以後の発言を諦めた。

「ここ一年の戦いにおいて、豊臣家恩顧の大名は一人たりとも味方せず、城内の食糧弾薬にも限りがある。また、味方の中にも諜者が数え切れないほど紛れ込み、結束が図れないため、長期にわたる城の守備はおぼつかない。ここは、一旦和睦に応じて内通者を一掃し、できることなら不測の好材料――大御所家康の死を待つのも一つの手段である」

真田信繁の意見は現実に則したもので、牢人諸将も現時点ではこれが最良の選択肢であることを理解した。よって、又兵衛と信繁が秀頼を説いて、和睦に応じさせたのだ。

ちなみに、先程の大野治長の悪意ある言葉は淀殿の直言に相違なく、信繁の述べた「不測の好材料」に淀殿の死が含まれていることも疑いない。

＊

お由は、小走りで難波村にある明石全登屋敷に駆けていた。

（もしや、ジュアニーさまは、右大臣さまに愛想を尽かして戻られないのではないか）

という心配が、黒雲のようにお由の心に広がっていた。全登がいなくても、もう大坂城には戻らないつもりだった。天下の大軍を引き受けて、命懸けで戦った全登ら牢人大将らを、まるで乞食か野良犬のごとく扱った淀殿ら女官たちをお由は嫌悪していたし、素直で誠実なキリシタン信徒の暮らす明石屋敷こそが、自分の本当の家だと思えるようにもなっていた。

明石屋敷の門は、きれいに掃き清められていて、お由の姿を見つけた奉教人たちは、老若男女を問わず喜んで彼女を迎えてくれた。

「おお、由どのか。しばらくでござったな。殿もお待ちになっておられますぞ」

いくらか痩せたように見える沢原孫太郎の言葉に、お由の胸は躍った。

（ジュアニーさまが、帰ってきてくださった）

ステンドグラスの光が降り注ぐ二階の礼拝室には、祈りを捧げる十数人の信徒に異人の司祭もいて賑わっていたが、全登の姿はなかった。庭に出てしばらく姿を探すと、全登は桜の樹を見上げていた。質素な小袖を着た小柄な風貌は、とても大坂方の司令官とは思えない。

「………………」

お由はかける言葉を探して絶句してしまった。何千もの屍を積み上げて守り切った大坂城を、敵に欺かれ裸同然にされた挙げ句、一介の素牢人のごとく扱われたこの大名出身の老紳士に、なんと謝罪すればよいというのだ。

「由どの、この冬の寒さは骨身にこたえますな。さ、部屋に入りましょう。桜の蕾のように、寒さはじっと過ぎゆくのを耐えるしかござらぬよ」

全登はとっくにお由の来訪を予測していたように、振り返っていった。

「こ、こたびの戦でのジュアニーさまのお働き、まことにめざましく、祝着至極にございます――でも、あの……」

お由は胸が詰まって、言葉が続かない。目には涙が溢れていた。全登はにこやかに、

「ありがとう。分かります。分かりますゆえ、もう結構――」

とお由の背を撫でながら、屋敷の中へとお由を誘った。

グロウリヤ　パトリ、エト・フィリオ（光栄は聖父と聖子と）
エト・スピリトゥ、イ、サンクト（聖霊とにあれ）
始にありし如く　今も何時も
世々に至るまで　然あれかし

「わたくしは、こたびの戦でつくづく人間が嫌になりました。いつか、わたくしにも歌が唄えるようになるでしょうか――神様が人間を賛える歌を」

そう尋ねるお由に、全登は迷う気色もなく答えた。

「あなたにも、唄える日は来るでしょう」

二人はしばし中庭に立ち、尖ったような冬の冷たい空気を溶かすような、二階の礼拝室から流れてくる賛美歌の温かな旋律を聴いていた。

八

大坂・阿倍野の、四天王寺西門の坂のほとりにある一心寺。

現在では「骨仏」で有名な寺として、ことに大阪在住の人々にはよく知られている。古くは大坂冬の陣で、徳川家康の宿舎として利用されていた。

家康の本陣は茶臼山であったが、当時の戦は兵を寺に宿泊させ、炊き出しをさせるのは常であった。

この一心寺の一室で、男が二人向かい合って話をしている。一人は僧形でかなりの高齢、もう一人は町人の服装をした、年の頃は五十くらいであろうか。僧の名は南光坊天海、町人になりすました中年の男は、明石全登だった。

「若い人には失礼して、部屋に炭を入れさせていただきます」

痩せた天海は、僧衣を入念に暖かく着込んでいるにもかかわらず、屈託ない様子で、茶坊主に命じ大きめの火鉢を持ち込ませた。

「若い？　それがしが、ですか？」

全登は愉快そうに、もう今年で五十を二つ過ぎましたのに、と笑った。

「若い、若い。拙僧をごらんあれ。もう骨と筋しか残っておりません。八十を超えてからは、年を忘れるようになったくらいで」

この徳川幕府における宗教政策担当者は、不思議なくらい異教の敵将に対して親しみを込めた態度を示した。全登は、この僧を信頼できるような気になっていた。

「掃部どの（全登）、いつかお会いしたいと思うておりました」

全登も、居住まいを正して、

「それがしは、いつか御坊（天海）にお会いせねばならぬ、と思うておりました」

と折り目正しく返事した。なるほど、と天海は目を細めて微笑んだ。

「忍びを使ってお呼び出ししたのは、いささかご無礼とは存じましたが」

天海は、配下の忍びである鵺を通じて、今回の会談を全登に持ちかけたのだった。

全登は首を振って、

「鵺とは、もう長年の付き合いで友のようなもの。お気遣いなく。こたびの和平で思いがけなく東西両軍の将兵が交歓を温める機会を得、一心寺に天海どのが残られたと聞いたとき、なんとかしてお目にかかりたいものだと思うておりました。折しも、その晩でありましたな。鵺が天海どののご意向を伝えにまいったのは」

と、天海の細やかな心遣いに感心したとの思いからいった。

「あれは、よくできた忍びでございましょう。拙僧が比叡山におりましたときに知り合った、近江（滋賀県）の忍びでして。お互い身寄りのないということもあり、何かと拙僧の世話を焼いてくれます。当代で最も優れた忍びの一人といえるでしょう」

鶫は出自こそ明らかではないものの、自然と滲み出る気品というか好感の持てる礼儀正しさがあり、案外、近江で滅びた豪族の忘れ形見なのかもしれない。

「ときに、先月行われた大坂城の堀の埋め立てにつきましては――大御所さま（家康）におかれましては大変驚き、かつご立腹なされまして」

全登が思わず失笑すると、天海は真剣な表情でいう。

「掃部どののお疑いはもっともでございます。堀は、間違いなく関東の手の者たちの手で埋められたのですから。しかし、大御所さまが提示した当初の和議の条件に、堀の埋め立ては含まれておりませんでした」

全登も頷いていう。

「さよう。それがしも、何ゆえ大坂方から三の丸の堀の埋め立てを申し出たのか、理由が掴めません。せっかくの好条件に、自らケチをつけるような……」

天海は、「そうでしょう」と呟いて、火鉢にくべられた炭の赤くなるのを眺めていた。

やがて全登に向き直ると、きっぱりとした口調で、驚くべき事実を語った。

「こたびの戦。我々や世間が思い描いている構図、具体的には大御所徳川家康対右大臣豊臣秀頼という一本の糸を越えて、後ろにこの戦を操るもう一本の糸がございます。不明ながら、拙僧もこの糸の存在を、講和後初めて鵜から知らされました。本日こうして掃部どのをお呼び立てしましたのも、その糸を操る二人への対策を講じるためなのです」

全登は、全身からじわじわと血の気が失せてゆく消耗感に苛まれつつ、重く閉じていた口を開いた。

「まさかとは思いながら、薄々気付かぬふりをしていたことがあります。その二人とは、大御所の子と右大臣の母――将軍秀忠どのと淀どのではありますまいか」

「お察しのとおりでございます」

天海は悲しげな表情でいった。心なしかその声まで震えているかのようだった。

「人の世とは、なんと醜くおぞましいものでございましょう。そのようなことは、遠い昔に充分すぎるほど味わい尽くした苦しみだと思うておりました。それが、この姿も枯れ果てようかという今になって、なおもその苦しみの渦中に身を投ぜざるを得ないとは。拙僧も、よくよく業の深い凡夫でありますことよ」

天海は、達観したような雰囲気の中、将軍秀忠の父家康に対する屈折した感情を説いた。

秀忠は、家康の嫡子ではなく三男である。嫡男の徳川信康は英雄型の天才肌の武将で、家康の期待を一身に受けて成長した。しかし、その才能を密かに怖れた当時の同盟者の織田信長に、信康の母築山殿ともども武田家への内通を理由に切腹させられた。天正七年（一五七九）のことである。

当時、順序からいえば次男の秀康が徳川家の家督を継ぐべきであったが、秀康は太閤豊臣秀吉の養子に出しており（のち結城家の養子になる）、やや早い時期から三男の秀忠が徳川の家督を継ぐことが暗黙の了解となっていた。

秀忠は、凡庸な男だった。

死んだ長男・信康のような天才性はもとより、次男・結城秀康のような勇猛さもなく、六男・松平忠輝のような教養もなかった。彼は、父家康の天下を守成し、制度を穏健に維持することのみに努めた。

秀忠は律儀で温厚な性質であるが、その裏には常に政道で過ちを犯した場合、徳川家家督さらには征夷大将軍継承権さえ失いかねないという危うさの中にいた。事実、家康が家臣に「我が子のうち、家督を誰に継がせるべきか」と問うたところ、家老の大久保忠隣《ただちか》を除く全員が、結城秀康もしくは武田信吉（四男）の名を挙げたという。

忍従に忍従を重ね、戦場での幾つかの大失態をも乗り越えて、秀忠は徳川幕府第二代将軍となった。それまでに何度父家康から勘気を蒙り、面会さえ許されぬほどの叱責を受けたことか。それでも秀忠は不貞腐れる素振りさえ見せず、屈辱を甘んじて受けてきた。

やがて、世間はそれなりに秀忠を評価するようになってきた。「自らの器をよくご存知で、謙虚な心をお忘れにならない公方さまだ」と。しかし、秀忠の裏にある粘着質な、酷薄な性情を知る者はごくわずかである。

秀忠は、ひたすら待った。自らが将軍として権勢を思うままに振るう日を。そして諜報員として雇っている柳生家の忍びから、家康の死期が近いことを知ると、悪行すべてを死にゆく父にかぶせる覚悟で、豊臣家討伐を実行させたのである。

家康は、一度に豊臣家を滅ぼす気はなかったであろう。冬の陣で、日本中の大名に徳川幕府の武威を示し、講和の後は調略によって大坂方の内部を分裂させ、城内から牢人大将らや兵を去らせ、最終的には秀頼を大坂城から立ち退かせる計画だったのではないか。

しかし、秀忠はそれを許さなかった。彼は家康の余命わずかであることを知っていたし、父の死後、自分が総大将として豊臣討伐を行った際、何人の大名たちが自分に従うかが不安でならなかった。

であるから、秀忠は講和成立後、家康が京に去った後も大坂に残り、本多正純と諮って大坂城の堀をすべて埋め尽くし、武力による豊臣家殲滅を家康に追認させたのである。

「思い返せば、二条城で大御所さま（家康）が右大臣さま（秀頼）とご対面なされたとき、大御所さまは豊臣家を存続させたいお心だったのです。ああ見えて、大御所さまは若い頃から小心で律儀なところがありまして、できればかつての主家（豊臣家）の世継を弑逆するような真似はしたくないというのが本心でした。世間では、大御所さまがご立派に成人あそばした右大臣さまに天下を奪われるという危機感を抱かれ、豊臣討伐をご決心なされたという噂が流れておりましたが、それは誤りです」

天下の大勢は十五年前の関ヶ原の合戦よりすでに定まり、豊臣家はすでに摂津六十五万石の一大名に納まっているのだから、むしろこの好青年を大和の国（奈良県）などに移封し、幕府の不平分子たちに担ぎ上げられるのを防ぎ、無用の戦を避けたいというのが、家康の本音なのだと天海はいった。

「右大臣さまのご運を傾けさせたのは、ひとえに大坂の巨城です」

全登も、威風あたりを払う堂々たる大坂城に実際立て籠ってみて初めて、戦国の大合戦に馳せ参じているような錯覚に陥った。多くの牢人武将たちに戦雲の夢を見させ、また大坂をはじめ国中の民衆に、未だ天下人の棲家なる幻想を抱かせる、一種の怪物である。大坂城は、それだけの防御力と規模を有してはいるが、現実は援軍の期待できない孤城にすぎない。

天海が、なおも話を続ける。

「淀どのは、御所さま（秀忠）と、極秘裏に書簡をもって連絡を取り合っておられたのです。ある書簡には、『大坂の城を焼きたいと、お思いになられませぬか』と……。身の毛もよだつ思いでした。大御所と右大臣、両大将を欺き、二人の暗い怨念が、華々しい戦場の底にどろどろと流れておりました」

淀の方。かつて茶々と呼ばれた傾国の美女は、織田信長の妹お市と近江の大名浅井長政の間に生まれた。

浅井長政は爽やかな武者ぶりの好男子であったが、同盟者である越前朝倉氏との義理を果たすため、姻戚の織田信長に敵対した。居城の小谷城は織田軍に攻められ炎上、父の長政は自害した。このとき、茶々は七歳にすぎなかった。

小谷城を攻撃し、浅井長政を自害せしめた織田方の大将は、羽柴秀吉。のちの太閤豊臣秀吉だった。お市と茶々たち姉妹は救出され、のちにお市は織田家の重臣である柴田勝家のもとに嫁ぐことになる。茶々も母の連れ子として、勝家に従った。

ところが、またも親子を悲劇が襲う。織田信長が本能寺で横死した後、織田家内部で跡目争いが起こり、柴田勝家と羽柴秀吉が争う事態となったのだ。

結果、賤ヶ岳の戦いで義父は秀吉に敗れ、居城である北ノ庄城は炎上、母お市は勝家と共に自害した。ときに、茶々は十七歳。

茶々は、従容として秀吉の側室となり、秀吉唯一の子秀頼の生母として権勢を振るうようになる。淀殿と呼ばれるようになった茶々は、秀頼を溺愛する反面、両親への復讐を忘れたことがなかった。夫秀吉の寵愛を受けながらも、幼い頃二度にわたって居城を炎上させられ、二人の父と母を殺害された恨みが心底に暗く沈んでいた。

誇り高い織田家の血筋が、出自も定かではない猿のような下男——やがては太閤という高位に上り詰めたとはいえ——の側室になるという辱めを自身許さなかったのであろう。

夫であり両親の仇である、伯父の元草履取りが見た、難波の夢。その象徴である大坂城を自らの手で炎上させ、灰にする。これほど甘美な、痛烈な復讐は日の本どこを探してもあるまい。幼い頃見た、近江小谷城や越前北ノ庄城が落城するときの紅蓮の炎。怒りと悲しみ、そして狂おしいほど官能的な美しさ。

淀殿は、講和の際「三の丸の堀を埋めても構わない」という一見無計画な提言を、大野治長を介して東軍に申し出た。これは、あまりに家康の提示した講和の条件が寛大すぎたので、女の淀殿が情にほだされたのだ、という巷説も流れたが、これも彼女一流の計算あっての発言だった。

——秀忠なら、この誘い水を見逃すことはあるまい。

淀殿は確信を持っていたに違いない。その期待に応え、秀忠は大坂城を手際良く裸同然の城にしてしまったのである。大坂方の牢人諸将や大御所家康は、この二人のために大いに面目を失ったといっていい。

邪悪に歪んだ復讐心と快楽への魔性が、徳川秀忠と淀殿を結びつけたのだ。

*

「すべての人にとって、苦しみや憎しみで繋がるのは容易《たやす》いことです」

全登は、天海や自分の過去をなぞるようにいった。天海も、目を閉じて頷く。

「この戦は、これで終わったようなものですね。実際講和が成ったばかりですが、大御所はともかく、将軍（秀忠）が無防備な大坂の城と豊臣家を放置しておくはずはないですから」

「掃部どの（全登）は、城を出ていかれませんでしたな」

天海が気の毒そうにいうと、全登は頭を少し掻いて照れたように答えた。

「右大臣家（豊臣家）は、宇喜多家が八丈島に配流された今となっては、それがしの主家です。それに、城内にも多くの知己ができました。それら多くの人々を見捨てる気にはなれません」

総大将豊臣秀頼をはじめ、真田信繁、後藤又兵衛、長宗我部盛親、木村重成といった武士たちに全登は愛着を覚えていたし、何よりもこの戦をキリスト教信仰の自由を得るためとついてきてくれた奉教人たちがいる。

「話は変わりますが、天海どのはなぜそれがしにいろいろとお気遣いくださるのでしょうか。あなたは天台宗の僧侶で、それがしはキリシタン武士です。互いの存在を疎むことこそあれ、それがしの身の安全を忍びまで使い守っていただけるとは。これほどの大事をそれがしにお打ち明けいただいたからには、それがしにも果たすべき役割が、これからの戦においてあるのでしょう」

「このぶんですと、今夜あたり雪になるかもしれませんな」

天海は抱え込むように当たっていた火鉢から、一心寺の中庭を見やって呟いた。木枯らしの音が、鳥の鳴き声のように襖の隙間から入り込む。

「世の平安を願うとき、仏教徒もキリシタンもありません」

「…………」

注意深く話の動向を見守る全登に、天海は「いや、まあ、お手柔らかに」などと冗談を挟みつつ、驚くべき言葉を口にした。

「豊臣家は、いずれ滅びます。そのとき路頭に迷う日本の七十万といわれるキリシタンたちを、拙僧は救いたいのです」

全登は、瞠目して天海を見つめた。天海は、穏やかに心中を語る。

「数百年続いた戦国の世以来、念仏門は堕落し、民衆は貧しさと心の救済を求めて長い間さまよっておりました。一向宗（浄土真宗）の高僧たちは、宗門のために戦って死ねば極楽に行ける、などという馬鹿げた教えを信徒たちに押し付け、自分たちは富貴や快楽を貪る暮らしをしていました。それに比べ、新興のキリシタン宣教師たちは、大海を恐れず東洋の小さな島国までやってきた。飢えた民に食糧を与え、病んだ民には薬を与え、行き場のない魂たちを天国に導いた。彼らの無私な奉仕の精神が、間違いなく数え切れぬほどの民衆を救ったのです」

全登は、身を乗り出すようにして天海に詰め寄る。

「ならば、なぜ、キリスト教を禁令になさったのか。我らの働きを理解していただき、その価値さえ認めておられる天海どのが、なぜ禁令に反対なされなかったのか」

「耶蘇宗（キリスト教）の教義では、神が『光あれ』といわれて、天地が創造されたと聞きます。戦国乱世の闇を照らす光を、確かに宣教師たちや信徒たちは我が国にもたらしてくれたのかもしれません。しかし、『光』には必ず『影』が伴うのも世の常でございます」

天海のいう「影」とは——。当時、徳川家康に信頼を寄せられていたイギリス人ウイリアム・アダムスのスペイン・ポルトガル批判に影響を受けたものなのかもしれない。

イエズス会に代表されるスペイン人またはポルトガル人宣教師を、まず日本に派遣する。宗教が広まり、国民の大半がキリスト教に帰依し、同じ宗教の君主を仰ぎたいという気運を密かに作り上げていく……。

慶長十七年（一六一二）に起きた有馬・岡本事件、慶長十五年以来九度にわたって起きた家康の居城である駿府城の放火事件において、キリシタンが容疑者に浮かび上がるに及び、ようやく家康はアダムスの言葉を信じる気になってきた。

家康は外国貿易の振興に力を注いでいたから、キリシタン禁令については、なおも躊躇するところがあった。しかし、アダムスの諫言を聞いて心が揺らいだ。

「布教国の民衆の大半がキリシタンに帰依したのを見計らって、スペイン・ポルトガルは、彼らに反乱をそそのかします。その時期に合わせて軍隊を多数派遣し、易々とその布教国を支配する。これが、スペインとポルトガルの植民地政策の常道なのです。現実に彼らはそうして広大な領土を世界中に獲得したのであり、故太閤（豊臣秀吉）が怖れたのも、その最悪の事態が起こる可能性を否定できなかったからです」

全登は天海に訊く。

「大御所（家康）が、キリシタンを禁令にされたのは、貿易と宗教を切り離して、安全である国、すなわちオランダと懇意になられたからですか？」

「さようです。それにより、慶長十八年（一六一三）に定められた寺請制度で、なおもキリシタン禁令は厳しくなりました。拙僧は、全国七十万、また小児まで含めると二百万ともいわれるキリシタンたちを、できるだけ生かしておきたいと考えました。寺請制度は、ご存知のとおり、一家が必ず一つの寺の檀家になるというもので、いわば書類一つでキリシタン信徒は内心の自由を侵されず、表向き幕府へキリシタンではない証明がなされるのです。伏見や大坂にいたパードレ（司祭）たちや信徒たちが棄教せず、多く焼き殺されるのを見るのは胸が痛みましたが」

全登は、天海が指導する宗教政策が必ずしもキリシタンを廃絶する政策ではなく、外国の軍隊を日本に引き入れる可能性のある司祭たちを国外退去させ、同時にキリスト教寺院を破壊し、莫大な信徒たちを棄教させる主旨であることを理解した。

「天海どの。あなたは、大御所や将軍の信頼を裏切っていることになるのではないですか。彼らは、キリシタン信徒を転ばせる（棄教させる）ことを望んでいるのに、あなたは信徒たちの表向きの宗門を改めさせるだけで、心から彼らの信仰を棄てさせようとは考えておられないようだ。それですと、やがては天海どのご自身の身を滅ぼすことになるのではないでしょうか」

全登の心配をよそに、天海は意外そうな表情で笑った。

「どうしてです？　我が国の神仏は、言葉尻をあげつらって互いに争うような真似はいたしません。神仏は、未来永劫、人間に救いをもたらすもの。それを信じる者たちにそそぐ慈悲も、限りがあるはずはございません。たとえ、それが異国の神であろうと、神仏同士が争うなど考えられましょうか。掃部どの、我らの生きる道と定めた信仰は、そのようなつまらぬものではないはずでしょう」

天海が、全登を関ヶ原の戦場から救出した理由は、要約すれば次の二点となる。

一、西日本の隠れキリシタンに慕われている全登を中心に、数十万といわれる信徒たちの地下連絡組織を形成させる

二、それをもって、隠れキリシタンたちに彼ら独自の信仰を啓発し、スペイン・ポルトガルら列強諸国の進出があった場合、それに呼応しないよう自衛の意識を育む

全登は、天海の言葉で全身に痺れが走ったような感覚を覚えた。それを聖書に登場する古の賢者たちは、啓示と呼んだかもしれない。

「天海どのの深いお考えには、感嘆を禁じ得ません。よい機会ですので、それがしの、キリシタンの教えに関する疑問をお聞き願えませんか。それは、我らの信じる神が、他の神を一切認めない点です。ことごとくそれらの神を排斥し、敵視するのです。我

らはこの日本に生まれ、山や海の恵みを受けて暮らしています。その山や海に宿る神に、感謝こそすれ、憎むことなど、それがしにはできそうもありません。確かに、今の世は混沌であって、善と悪や正と邪が入り乱れた醜い世かもしれません。しかし、それがしは、善中の悪や悪中の善、正中の邪や邪中の正をも、神は光で照らしてくださっていると信じたい。神の光に照らされて、混沌の世は万事治まったわけではない。神の光に照らされて初めて、我らは混沌の世のすべてを見ることができ、生きてゆくことができるのだ、と思いたいのです」

天海は、おお、と声を上げて全登の手を取った。

「よくぞいうてくださった。それこそが、拙僧の願い。神仏も天地と一つ。何も憎しみ合うことなどないのです。耶蘇《やそ》の教えは、本来は砂漠に起こった教えです。自然に厳しく対抗する信徒の心が、あのような排他的な教義としてのちの世に残ったのでしょう。掃部どの、我らは新しい信仰を目指して、歩んでいきましょう。仏教が千年の昔、我が国に伝えられてから、我らが国の風光明媚な自然や農業に寄り添った、叡智溢れる信仰に形を変えていったように。耶蘇の教えも、宣教師を海外に追放している今、やがては地下で日本人の司祭のみによる布教が始まる日が来るかもしれません。ですが、決して悲観なさらないように。日本には日本の暮らしに合った耶蘇の教えが、何十年あるいは何百年かけて醸成されるのです。それは喜ばしいことではありませんか。それこそが世に存在する唯一の法則――『無常』なのですから。耶蘇の教えに限りません。念仏門も天台の教えも、時代の変遷に応じて形を変えなければなりません」

天海は、さらに冷たい痩せた手に力を込めて、全登に説いた。

「富める時代や貧しき時代、健やかな時代や病んだ時代、それぞれの時代に求められる信仰を民に捧げていこうではありませんか」

全登も頷くと、赤心から天海の手を握り返していった。

「新しい信仰を、見にゆきましょう」

天海も「おう、これでよい、これで……」と、満足げにしゃがれ声を詰まらせた。

「お互い、時の狭間に一時は姿を消した身です。我らに過去はなく、未来を見ていく他ない定めです」

全登は、天海に――かつて明智光秀と呼ばれた元武士に、笑っていった。

「そうですな。過去など……葉に零れる露のごとき一瞬にすぎません。戦場を、西へ東へと駆けた時代は、今となっては夢幻です」

こだわりなく穏やかに目を細める天海は、幾つもの訣別が新たな始まりを告げるのだと、身をもって体現しているかのようだった。

＊

慶長二十年（一六一五）一月。摂津平野を雪が舞い散った午後、南光坊天海と明石全登は一心寺で、数ヶ月後に起こるであろう東西両軍の合戦における、互いの身の処し方について密談を行った。

日も傾き、凍えるような夜の帳《とばり》が阿倍野の村を蓋う頃、鵺は一心寺の古びた屋根に敷かれた甍の上に腰掛け、中天に昇りゆく月を眺めていた。

（二つの流れが、ようやく一つになったわい）

キリシタン武士・明石ジュアニーは、来るべき最後の合戦でどのように戦い、後世に名を残すのか。

おそらく堀をすべて埋められた大坂方は、今度こそ籠城できず、野外決戦を挑むに違いない。鵺が天海と全登の密談の内容を知るのは、おそらく今回の和睦が手切れとなり、東西両軍の陣触れが公表されるときであろう。

鵺は忍びになり、三十年を闇の世界で生きてきた。戦国以来続いてきた合戦の最後で最大の舞台に参加できることは、正直血が滾《たぎ》らないといえば嘘になろう。

だが、月夜にただ一人、寺の屋根の上から雪化粧した阿倍野の家並みを見下ろしていると、いいがたい寂しさが鵺の胸に込み上げてきた。それをあえて言葉にするなら、無名ながら生業を持ち日常を暮らす村人たちの確かな存在、それに対し、卓越した諜報・身体能力や実績を持ちながら、その存在が闇から闇へと人知れず霧消してゆく己の儚さ――といってもいいかもしれない。

（もはや、我が身も長くはあるまい）

鵺は、四十を目前にして初めて、忍びとして己の限界を感じた。その感情、すなわち人間としてごくありふれた感受性や情緒は、忍びにとっては不用どころか致命傷になるものである。だがそれが、天海と全登によってもたらされたものだと自覚したとき、彼は矛盾であるとは知りながらも、諦めにも似た清々しさに包まれていた。

その頃、大坂城南の真田丸跡に、将軍徳川秀忠がわずかな供回りを連れて立っていた。降り積もる雪が将軍にかからないよう、近習の少年が傘を差し掛けている。

「見たか、あ奴らめ――」

秀忠は低い声で唸るようにいうと、壊平工事が済んだばかりの真田丸の建材を足蹴にし始めた。

「御所さま、お身体に障ります」

狩り衣を肩に掛けようと近寄る側近を、秀忠は駄々っ子のように振り解き、なおも真田丸の残骸を蹴り続けている。

もはや肩で息をし、着物も雪まみれになった秀忠は、ようやく動作を止め、にわかに普段の温厚な表情と物腰に戻っていった。

「遠からず、大坂の夜空を昼間のごとく明るくしてみせようぞ」

秀忠の視線の先には、漆黒に沈む豊臣家の象徴――「大坂ノ城堀埋マリ、本丸バカリニテ浅マシク成リ、見苦シキ体ニテ御座候トノ沙汰ニテ御座候」(『本光国師日記』)と史書も伝える、両翼を奪われた寒鳥のごとき大坂城が、暗く聳え立っていた。

愛する人たち、自分で復讐せず、神の怒りに任せなさい。

「『復讐はわたしのすること、わたしが報復する』と主は言われる」

（新約聖書『ローマの信徒への手紙』）

九

京の東山山麗に、高台寺という壮麗な寺院がある。慶長二十年（一六一五）四月、大御所徳川家康は、わずかな供を連れてこの寺を訪れた。

高台寺の主は高台院という年老いた尼だが、彼女こそが故太閤豊臣秀吉の正室、俗名・浅野寧々である。

家康が広い境内の長い石畳を、肥満した身体を揺らしながら現れると、高台院は春の日差しを思わせる柔らかな笑顔で彼を迎えた。

「どこぞの爺さまが来られたかと思やあ、大御所サマかあ。まあ、汗だくだなや。さあ、中で涼んでいきゃあせ」

かつては日本史上で初めて女性で従一位にまで昇り、関白夫人・北政所として国中の尊崇を受けたこの人物は、誰に対しても気さくに、彼女の生まれ故郷である尾張（愛知県）言葉を使う。

「なかなか……高台院さまに無様な姿は晒しとうはないが、年が年でござる」

家康も額の汗を手拭いで大仰に拭き取りながら、肩で息をしつつ楽しそうに笑った。障子を隔てて凛とした竹林が生い茂る一室で、二人はしばし雑談を交わした。それは家康が若き日に、領土内の一向一揆で命からがら逃げ回ったことや、高台院が寧々と呼ばれた頃、台所で刺身を盗み食いした加藤虎之助（のちの清正）をこっぴどく叱りつけたことなど、懐かしい昔話の類だった。

「ところで、尾張サマの婚儀は、無事済みましたんか？」

高台院は、穏やかな表情を崩さず、今日訪問した本題になかなか入れない家康に助け舟を出した。

大坂冬の陣の講和から三ヶ月余りを経過した頃、「大坂方が講和の際、取り壊された塀を建て直し、埋め立てられた堀を掘り返したりして、謀叛の疑いがある」、または「大坂城の牢人諸将が、京に出兵して町に火を放とうとしている」などという注進が、京都所司代・板倉勝重よりもたらされた。京の市中では、大坂の兵を怖れて鞍馬・愛宕の山に逃れたり、財産を御所や公卿の家に預ける者たちが後を断たず、たいそうな混乱だという。

家康はこれらの風聞を口実に、ついに大坂討滅の兵を挙げたのである。むろん公に挙兵の理由を明かすことはできないから、九男・徳川義直（のちの尾張徳川家の祖）の婚儀に赴くと称して、家康は一万五千の大軍をもって居城の駿府城を出立した。国中の誰もが、この出兵の真の理由を知っていたのはいうまでもない。高台院は、遠回しに家康の大坂攻めの進捗状況を訊いたのである。

「婚儀の方は無事に……。ですが、右大臣家の国替えについては――力及ばずで申し訳ない次第でござる」

驚くべきことに、家康は将軍・徳川秀忠とその家臣団の圧力に抗い、大坂城の豊臣秀頼に「大坂を明け渡し、大和（奈良県）か伊勢（三重県）に退去するように」との妥協案を提示し続けていたのである。

大坂方は、いや言い換えれば秀頼の母である淀殿を中心とする首脳部は、家康の提案を論議もせず突き返したのだった。

其ノ儀ニ於テハ、是非ナキ仕合セ
そういうことなら、仕方のないことだ、と高台院は力なく首を振り、家康に呟くようにいった。闊達な彼女にしては珍しい仕草といわねばなるまい。そのような高台院の姿は、家康の心にも侘しさの影を落としたし、彼自身、それを意外だとは思わなかった。

「大御所サマは、太閤殿下の遺言を、まだ守ろうとしてくださっとるんだね。もう怖がらんでええて。あの人も、大御所サマのお気持ちはたんと分かっとるよ」

慶長三年（一五九八）八月四日の未明、京都伏見城の病床にあった豊臣秀吉は、枕元に石田三成を呼び、遺言の筆を取った。

秀より（頼）事、
なり立ち候やうに、
此かきつけ（書付）しゆへ（五人の衆）
しんにたのみ申候。
なに事も、此ほかは、
おもひのこす事、なく候。かしく
太閤

そして五人の大老の名を秀吉は書き連ねたが、筆頭には、
いへやす（徳川家康）
とあった。家康がこの瀕死の老人から遺言を受けたとき、その心中は筆舌に尽くしがたい不安に苛まれていたことを知る者は少ない。家康は、秀吉死後に豊臣家が分裂し、その争いに自らが巻き込まれ、ついには殺害されることを真剣に怖れていたのである。

豊臣家とは、つまりは幻なのだ、と家康は思う。

＊

世間や大名たちは、豊臣家には二大派閥があり、その派閥の一方が加藤清正らを筆頭とする「武将派」で、残りの一方は石田三成を筆頭とする「吏僚派」であるという。この二大派閥を互いに争わせ、自らが「武将派」の支持に回ることにより、関ヶ原の合戦という史上類を見ない大いくさを現出せしめ、武将派を勝利させ、吏僚派の大名たちを追放し、ついには武将派の大名たちさえも飼い犬のごとく手なずけた挙げ句、天下人となった者こそが徳川家康である、と人はいう。

買いかぶりも大概にしてほしい、と年老いた家康は苦笑を禁じ得ない。家康ほど独創性に乏しい大名は戦国期にも珍しく、現に彼の開いた徳川幕府は、家康の故郷三河（愛知県東部）の旧制度を政治全般に踏襲している。軍事制度に至っては、数十年にわたり敵対関係にあった甲斐（山梨県）武田家の軍法を模倣するという徹底ぶりだ。

そんな自分が、と家康は皮肉を感じつつ思う。

（器用に、大胆に政治の舞台を立ち回れるはずがない。わしは豊臣の亡霊と、徳川の強欲な家臣どもに翻弄され、一寸先を逃げてきただけだ）

これが、家康の本音であったろう。

そもそも豊臣秀吉は、極貧の農民出身であったため、織田信長に登用された後も、彼の側近になるだけの能力を兼ね備えた親類縁者は皆無に近かった。唯一秀吉の実弟・豊臣秀長のみが、性格が篤実で政治軍事に卓越した補佐官だったが、大和（奈良県）大納言に封じられた後亡くなってからは、目に見えて豊臣政権の派閥争いは迷走を始める。

織田政権の末期、秀吉は近江（滋賀県）半国約二十万石を領し、初めて多くの家臣を招集する必要が生じた。このとき多く召し抱えられたのが、石田三成、増田長盛、長束《なつか》正家といった行財政の処理能力に長けた連中だった。彼らは元の近江大名・浅井家に仕えていた者がほとんどであり、のちに秀吉の側室となった淀殿（浅井長政の娘）へ感傷に似た思いも加わって、自然と忠誠を尽くすようになった。

彼ら「近江衆（吏僚派）」に異常な敵対感情を持ったのは、秀吉が尾張（愛知県西部）から養ってきた彼の親衛隊ともいうべき武将たちだった。彼ら「尾張衆（武将派）」とは加藤清正、福島正則らであり、子がなかった秀吉の正妻・寧々が彼らの少年時代から台所飯を食わせ、着物を繕い、小姓団として常に秀吉の側を守らせていた。寧々の実家は浅野家であることはすでに述べたが、尾張衆は皆寧々を母のように慕い、たまたま秀吉の子を産んだだけで政権中枢に淀殿を中心とする近江衆がのさばることを、激しく憎悪した。

秀吉は軍事能力に長けた尾張衆を、畿内の中央政権から遠ざけて地方都市の統治に当たらせた。これは、上杉や伊達、毛利、島津といった外様大名を牽制するために、最も信頼がおける親類同様の尾張衆を配置するという、秀吉一流の深慮遠謀といえた。が、政治に関しては無知に近い尾張衆たちは、遠国で数十万石の大禄をもらう自分たちが、畿内で数万石の少禄を与えられ豊臣政権の行政実務を担当している近江衆に、巧妙な詐略を施されていると噂し合った。

要するに、近江衆は秀吉の側近として甘言を弄し、尾張衆を政権から排除しようとしている、というのだ。

その兆候は、秀吉の存命中からあった。天下統一前の九州征伐や小田原征伐、統一後の朝鮮出兵時には、石田三成ら近江官僚は、加藤清正・福島正則・黒田長政ら武将の些細な失策まで逐一弾劾し、秀吉に報告した。

現場と管理部門の軋轢は、現代組織でもなくすことのできない弊害といえるが、豊臣政権の場合ほど顕著な例は日本史上見当たらない。

年老いた秀吉は、清正らを叱責すること数度に及び、目通りさえ叶わなくなった武将が後を絶たなかった。

治部少（石田三成）ノ肉ヲ食ラウベシ。

尾張衆の怒りの矛先は、父親に等しい秀吉にではなく、主君を誑《たぶら》かす君側の奸、近江官僚たちに向けられた。

結果、近江衆は自己防衛のために、庇護者である「浅井の姫」こと淀殿を中心に強力な派閥を形成し、尾張衆は自分たちを母として育てた寧々（高台院）を中心に結束した。

寧々は、秀吉死後から次第に豊臣家の存続が不可能であることを思い知らざるを得なかった。秀吉に滅ぼされた浅井家出身の近江衆は、上杉・宇喜多といった外様大名と結び、豊臣家の源流ともいえる尾張衆を根絶やしにするだろう。現に、豊臣家の政治一切は近江出身の官僚に壟断され、尾張出身の大名たちには、わずかな発言権さえない状態なのだ。

淀殿らの復讐をいち早く寧々が知ったのは、彼女が軍人でも行政官でもなく、一人の敏感な女性だったからだ。

（もはや、豊臣の家は滅びた。これから講じるべき策は、古き良き豊臣家の忘れ形見――尾張衆を守り、次代に存続させるだけだ）

寧々はそう思い定め、尾張衆の新たな守護者を選定するという思い切った方針を打ち出した。そして最もその条件に適った大名が、当時の内大臣・徳川家康であった。

家康も、秀吉死後の豊臣政権にあっては、成り行き上、最も危険分子とみなされる大名になってしまった。そこで家康は随分早い時期から北政所と結び、尾張大名たちと懇意になることで淀殿と石田三成を中心とする派閥からの圧力を凌いできた。秀吉が遺言とした「他大名との婚姻を無断で結ぶべからず」という一条を平然と無視し、尾張大名たち（浅野、加藤、福島ら）と婚姻関係を結ぶという暴挙に出た理由は、北政所・寧々の助言によるものに他ならない。

＊

「徳川の家臣どもの欲深さは、わたし自身の業によるものです。幼少の頃、駿河（静岡県）今川家に人質に出され、三河者（徳川家の家臣たち）は、牛馬のごとくこき使われてまいりました。隣国との合戦の際には、必ず激しい戦闘が行われている最前線に三河兵は送られ、その功に報いること甚だ薄く……ようやく、今川義元が桶狭間の合戦で信長公に討ち果たされて自立できたと思えば、同盟者の信長公は今川に劣らぬ、いやそれより苛酷な要求を次々と我らにいいつけた。織田信長公が上洛し、畿内を中心に天下統一の基礎を築きつつある間、我ら徳川は、数十年にわたり東の脅威・甲斐武田家の防波堤となってきたのです。信長公の危機には、例えば姉川の合戦では、浅井・朝倉の連合軍が最も激しく戦闘を挑む左翼に、こともあろうか援軍の徳川兵を充てられましたよ。あのときはかろうじて勝てたからよかったものの。それなのに、我が方が危急存亡の秋、すなわち元亀三年（一五七二）に武田信玄が上洛の大軍を発し、三河領に侵入したときは、信長公は申し訳程度の老兵を援軍に送ってきただけでした。酒井、本多、大久保らの家臣たちは、積年の恨みというか、強大な同盟者の抑圧から解放された反動で、主の尻に鞭を打ち、『天下、天下をお取りなされい』とわたしを休ませないのですよ」

この家康最大の危機ともいえる武田軍との戦い、「三方ヶ原の合戦」で家康は、武田の騎馬軍団に木っ端微塵という比喩が大袈裟でないほど蹂躙され大敗した。家康は、ほとんど身一つで居城の浜松城に逃げ帰ったが、逃走中に恐怖のあまり脱糞したと伝えられる。

要するに、家康は畿内で反織田勢力との戦闘に余裕を失っていた同盟者・信長に見捨てられたのだ。その後間もなく武田信玄は進軍中に結核で死亡し、信長は命拾いすると同時に、家康の利用価値をわずかに認め、奇跡的に両者の同盟は存続することになる。

「秀吉は、『徳川どのの家臣が羨ましい、いろいろといい思いをされとるわ』といつもいっておりましたよ。豊臣の家は、ほれ、寄り合い所帯なもんで」

高台院は、何度か聞いた家康の恨み言に近い愚痴に、嫌な顔もせずに付き合っていた。家康は、高台院に皮肉な目を向けるのみでそれに応えたが、そんな彼女に好意を持っている。

「高台院と大御所は、通じているのではないか」

世間はこう噂する。しかし、事実二人の間には閨《ねや》に関する交渉は一切なかったし、家康は、

（おれが高台院を人間として好きなのは、突き詰めれば、母を求めているだけなのだ）

と思う。尾張の農村に照りつける太陽さながら、高台院の慈愛に満ちた優しさは、彼女に接する者を包まずにはおかなかった。

父を家臣に殺害され、母と別れざるを得なかった幼少時代。上には今川義元・織田信長という隷属に近い形の同盟者を仰ぎ、下には食い扶持に群がる祖先以来の旧家臣団。そんな家康が生涯通じて一貫させたことは、同盟者と家臣にわずかなりとも疑いを持たない、ということだった。

その自らをもの言わぬ主君として偶像化する作業こそが、同盟者と家臣団から徳川家康をして「海道一の弓取り」とならしめ、律儀で誠実な人格を形成せしめたといっていいだろう。家康が大名として、主君として明確な意志を持ち、自立する姿勢を取っていたならば、彼は転落を余儀なくされていたに違いない。

ぼんやりとした輪郭しか持たない、いわば泥人形のごとき人物をこそ、信長や徳川

家臣団は望んだ。彼らの欲望に忠実に応えることだけが、家康の唯一生き延びる道であった。
「わたしは、この世に生を受けて七十余年、嵐の海に翻弄される小舟のようでした。
激動する時代が、魔性のような人々が、わたしをここまで運んできただけなのです。
ごらんのとおり、わたしの命は長くはない。最後だけは、わたし自身の意志で、この
国を新しい世代に受け継がせたいのです。そのためには――」
「豊臣を潰し、戦のない世の中をつくる」
高台院は、家康のいえなかった結論を自ら口にした。家康は、驚いて高台院の穏や
かな顔を凝視した。
「このまま豊臣の家が大坂にありゃ、狼みてゃあな大名に担がれて戦が起こるに決ま
っとるだわ。もし、もう一度今の豊臣が天下を握りゃあ、どうなると思うね？　昔、
佐吉（石田三成の幼名）がやったように、国の外に兵を出すようになるかもしれん。
佐吉のように勘定はできても、人の心が分からん男は、人の上に立ってはいかんのよ。
秀吉と大御所サマ、あんたたちだけが、人の心を分かっとった。だから、後は頼むよ、
大御所サマ」
「ですが……」
家康はなおも逡巡し、高台院の願いを承諾するのをためらった。自分の死後、将軍

秀忠が世を乱さないか、という懸念が脳裏をよぎったからである。秀忠の隠れた本性こそ、家康が口に出せない最大の秘事なのだ。

「十兵衛どのを、お頼りなさい」

高台院は、何もかも見通したような口調で、意外な提案をした。十兵衛とは、官名を持たない頃の明智光秀の名であった。高台院は、光秀がまだ織田信長に仕えて間もない時期に、一度秀吉と寧々の家を訪ねたことがあったのだ、といった。

光秀は、寡黙かつ眉目秀麗な紳士で、それでいて控えめな若い侍だった、と高台院は話を続けた。

「十兵衛どのはねえ、当時は珍しい鉄砲を持ってきておられてね。それで、『藤吉郎（秀吉）どの、これからは鉄砲の時代でござる』とかいわれて、秀吉が子供みたいにはしゃぐもんだから、試し撃ちをしてくださったんよ」

光秀は、鉄砲の射程距離は四十間しかない、だから敵がその間合いに入るのを見定めるのが技術の妙なのです、と秀吉にいうと、静かに目標の木の枝に狙いを定めるや、一発でそれを射抜いた。

大喜びした秀吉に、光秀は「左手は鉄砲を支える程度に」とか、「狙いを見すぎると指が震えるので、力を入れず、月の満ち欠けのように、知らぬうちに緩やかに引き金を引くとよろしい」などと、丁寧に指導したという。牢人時代の光秀は、世に聞こえた鉄砲の名手でもあった。

「秀吉が、十兵衛どののいうとおり鉄砲の引き金を引くと、そりゃあ見事に的を射抜いたんよ。あたしと十兵衛どの二人で手を叩いて褒めると、本当に喜んでねえ。そんで調子に乗った秀吉が、空に飛んどる小鳥を撃とうとしたんだけど、いや、そんときの十兵衛どのの言葉が今でも忘れられんのよ」

「で、彼は何と申したのです」

「ただ、『藤吉郎どの、あれは可哀想です』と。ああ、このお方は優しいお侍さまじゃと思うたね。秀吉の腕では、すばしこい鳥なんぞ撃てん。それを知っておられたから、ああいわれたのだろうし、生き物の命を慈しむ心もお持ちだって。今は天海さまという偉いお坊サマだけども、あのお方は……十兵衛どのは、絶対に大御所サマを裏切らんよ。まあ、この婆がいわんでも、大御所サマはそれを知っとるから天海サマを重く用いておられるんだがや。大御所サマ、独りぼっちはあんただけじゃにゃあよ。十兵衛どの……じゃなかった、天海サマも天涯孤独の身。寂しさを知っとる者ほど強い者はないいて。二人で、戦のない世の中をつくって、この婆に見せてつかあさいよ」

家康は無言で大きく頷くと、皺だらけの手を同じく年老いた高台院の皺が目立つ掌に置いた。高台院の穏やかな笑顔には、まだ姥桜ともいえる残照を留めている。

「では、行きます」

家康は、著しく肥満した体躯を大層に揺すり、立ち上がる。この京・東山の花鳥風月に彩られた寺院の石畳を通り抜ければ、そこは大坂の戦場へと続く道である。

慶長二十年（一六一五）四月二十二日、徳川家康に遅れること四日、将軍秀忠が京の二条城に到着した。両御所の一致した意見は、今回の大坂攻めは野外決戦になるということと、短期で勝敗が決着するだろうという二点である。

この予想は決して楽観的なものではなかったが、後日二人は彼らの予想をはるかに凌駕する、大坂方の闘志の凄まじさを目の当たりにすることになるのである。

十

「小松山こそが、豊臣家の命運を握る要衝でござるぞ」

後藤又兵衛は、そういって絵図面をびし、と叩いた。小松山とは、大和の国（奈良県）と河内の国境にある小さな山で、又兵衛がこの山の名を出すまでは、牢人諸将はもちろん、豊臣家の家臣誰一人としてその存在を知らなかった。

明石全登は、この四月に入って何度も開かれる軍議で、幾度この山の名を又兵衛から聞いたことか、とぼんやり考えていた。

「東軍の主力は、河内に侵入するに際し、必ず大和の国から来る」

大和と河内の国境には、北から生駒山、信貴山、二上山、葛城山、金剛山という連峰がある。又兵衛が主張するとおり、敵主力軍が大和から来るならば、この連峰を越えねばならない。

「幾つかの峠はありますが、大軍が通過できるとすれば、国分越えしかないか……」

全登が、興奮しきっている又兵衛の論説を補足するように言葉を挟むと、又兵衛は手を打って大声を上げた。

「さよう、掃部（全登）どのの申されるとおりでござる。敵は大軍ゆえ、大和川に沿った大きな通路に全軍を進めるしかない。この通路こそが、『国分越え』でござる」

長宗我部盛親が頷いていう。

「そうか！　さしもの百万を号する敵軍とて、この河内国分村を通るには隊列を先細りさせざるを得ない。その細い糸となった敵を、我が軍が次々と断ち切っていく。その場所が――」

「さよう、小松山である！」

又兵衛は目を爛々と輝かせて叫ぶ。そして、この大和連峰に開いた狭隘路を見下ろす山こそが小松山なのだ、と吠えるように繰り返した。

「小松山に、右大臣家（豊臣秀頼）の御馬標……金瓢箪をお進めくだされ。されば、我が軍の士気は留まるところを知らず、眼下を細々と進軍する敵軍をまたたく間に各個撃破できるは必定。よろしいか、崩れても崩れても、この小松山に兵を投入する覚悟を持っていただきたい。この小さな山を血に染め上げるしか、勝利はあり得ない」

「お言葉ではありますが」

と後藤又兵衛が作戦を論じている最中に、水を差した武将がいる。それまで黙して語らなかった真田信繁である。

「もし、敵主力が国分ではなく、その北方、つまり生駒山の裾を選んで大坂に侵攻したとすれば……」

信繁は、扇子を絵図面に当て、小松山からは連峰に沿って北にある生駒山を指し、再び又兵衛に思慮深げな視線を向けた。

「我が本陣、すなわち大坂城は空同然ではありませんか」

又兵衛は、信繁の言葉が終わらぬうちに、

「敵は、必ず小松山から来る！」

と叫んだ。一方の信繁の弁舌も、にわかに熱を帯び始める。

「我が軍は、多く見積もって約十万。ただでさえ敵に比べ寡少な戦力を、賭けに用いるとは危険極まりない。むしろ、城の南方にある天王寺に軍を布陣させ、敵が国分と生駒、どちらから来たとしても臨機応変に戦う方がよい」

又兵衛は膝をはし、と叩いて、信繁に挑むような口調でいう。

「情けなや、左衛門佐（信繁）どの。そのような兵法の常道を、わしは論じておるのではない。四天王寺に軍を置くことは、東軍三十万と大坂方十万が、正面から四つに組み合うようなもの。賭けであろうが、城の外五里のかなたまで出陣し、敵先鋒及び主力に痛打を与えねば、大坂方に勝機は訪れぬ。長門守（木村重成）どの、いかに」

木村重成も、白皙に朱を注いだような興奮した面持ちで、

「それがしは、又兵衛どのに賛成でござる。このまま堀を埋め立てられた大坂の城に拠って戦うとは、座して死を待つに等しい行為——先んじて、敵を叩くことこそ上策」

とこぶしを振り上げて賛同した。そのとき、

「果たして、そのとおりに行きますかな」

と疑問を呈した者がいる。又兵衛と重成、そして信繁が顔を向けると、声の主は静かに目を閉じた。明石全登である。

全登は目を開け、ゆっくりと軍議の場を見渡すと、落ち着いた物腰でいった。

「又兵衛どのの策は、さすがである。万里の外に——とはゆくまいが、敵を退けかつ寡をもて衆を制すとは。しかし、この雄大な策を成功させるには、将から足軽に至るまで、小松山に血の河をつくろうとも事を成し遂げる覇気が必要です。押されても、崩されても、予備軍を投入し、東軍に一歩たりとも河内の地を踏ませぬ、という揺るぎない意志を全軍が持たなければならない。先日の樫井での戦を見る限り、そのような期待を前提として策を立てることこそが、それがしには危険に思えるのです」

樫井の戦い。その言葉が全登の口から出るや否や、議場の空気が重く、澱んだものとなった。

＊

この日――四月三十日を遡ること三日前、京に到着した伊達政宗、黒田長政ら二十万余の東軍に対する牽制も兼ねて、大坂方は先制攻撃を敢行した。

東軍の大坂入りの前に、大和と和泉に出兵し、大和郡山と堺の町を焼き打ちにしたのだ。

大和には、大和郡山城に一万石の小領主・筒井定慶がいたが、守備兵が寡少であることを理由に、大坂方と戦わずして逃げた。大和郡山の城下を焼いた大坂兵は、奈良にまで放火の手を伸ばそうとしたが、「奈良には大寺院や文化財が多くあるので、これを避けよ」という指揮官・大野治房の方針で、竜田村・法隆寺村に火をかけるに留まった。

堺は豊臣家の領内であるにもかかわらず、商人たちが東軍に内通していたことが、攻撃の理由とされた。商家相手の戦であるから、一方的に大坂方が勝った。四月二十八日のことである。

問題となった樫井の戦いは、堺焼き打ちの余勢を駆った大野治房隊が、畿内を南下しつつ数箇所の城を攻略したときに起こった。

岸和田に到着した治房は、北上しつつある東軍・紀州浅野勢に、先鋒として岡部大学助を充てた。しかし、この人事に不満を抱いた塙団右衛門が、数百の小勢を連れて岡部を抜け駆けし、樫井付近で浅野隊と遭遇、熾烈な市街戦の末あっけなく討ち死にしてしまったのだ。

団右衛門は、冬の陣で蜂須賀至鎮軍を夜襲した際に、「塙団右衛門直之」と書いた木札をばらまいて帰陣したという伝説的な豪傑だった。本来自己顕示欲の旺盛な武将ではあったが、明らかに大坂方の行く末を見極めた上での抜け駆けであり、後世に名を残さんがための自殺行為である。

これに驚いた主将の大野治房は、味方の先鋒がわずかに崩れたにすぎないにもかかわらず、ほとんど無傷の部隊に撤退を命じてしまった。敵の浅野隊も深追いせず引き揚げたため、大坂方が繰り出した一連の先制攻撃も、竜頭蛇尾の体でこれを終えざるを得なかった、というのがその経緯である。

＊

「掃部どのまでが、この又兵衛を愚弄なさるのか。それがしは、右大臣家の信託を賜り、大坂方すべての兵の指揮風紀を任されておるのだ。ただ我は一身が後世への名聞を欲し、死に場所を求めている一騎駆けの武者ではない。我が軍の将兵は足軽に至るまで、その役割を周知しておる。それは、全軍が火の玉のようになって大御所家康と将軍（秀忠）を討ち取り、彼らの首級《しるし》を豊臣家宗廟への供物とするという一事に他ならない。ことここに至って又兵衛の心情をお疑いとは、たとえ天下の名士である明石掃部全登どののお言葉とはいえ、口惜しい限り――そうではないか、左衛門佐（信繁）どの、宮内少輔（盛親）どの、長門（重成）どの……」

後藤又兵衛は、ぎょろりとした大きな目に涙を滲ませて、軍議に出席している司令官一人一人に訴えた。毛利勝永や長宗我部盛親らもつい目頭を熱くして、「そうだ、又兵衛どのの言葉に偽りはない」と、口角泡を飛ばしてそれぞれが声を上げた。木村重成は、にわかに熱を帯びた軍議の場を呆然と見守り、そして信繁の隣に座った小柄なキリシタン紳士、明石全登へと視線を移した。

そのとき、全登は――わずかに重成に向けて微笑みを返したのである。重成は、一瞬で全登の又兵衛に対する無礼ともいえる発言の意図を理解した。

（そうだ、掃部どのは、又兵衛どのにこの言葉をいわせたかったのだ）

場内の噂で、後藤又兵衛がしきりに徳川家康から内応を勧められている、というのは、誰一人知らぬ者はなかった。

事実、又兵衛は家康から誘引の使者の訪問を受けていた。使者は、本多正信の親族で楊西堂という僧である。

僧は、今東軍に寝返ると播磨の国（兵庫県）を与えると家康がいっている旨伝え、播磨が又兵衛の生国であることをもって、厚遇の証としたいと付け加えた。この誘いに対し、又兵衛は日常から彼が発する突き抜けたような笑いで、

「落城の時期が迫っている今となって、強きに付き弱きを捨てるような行いは、侍として道義にもとるものである。それがしは、光栄にも故太閤豊臣秀吉公の嗣子秀頼卿から大将に任じられ、全軍の一翼を担う身です。敵である大御所からのご厚意は、ただありがたく、何より又兵衛自身の死に土産となるであろう。又兵衛は、おそらく開戦後間もなく前線で戦死することになるだろうが、その知らせをもって大御所へのご返答とさせていただきたい」

といった。家康はその知らせを受け取ると、

「そうか、役目ご苦労であった」

と僧を労っただけで、又兵衛を罵倒したりはしなかった。家康自身、又兵衛が寝返ることを期待していたわけではなかった。ただ、戦国を共に生きてきた勇士に対して、自らの評価を伝え、曇りのない気持ちで戦場で会いたかっただけだった。

だが、将軍秀忠は父の心情を理解しなかった。家康が密使を後藤又兵衛に送ったと

知るや、謀臣の本多正純を呼びつけ、

「聞いたか、上野介（正純）。大坂城内の内偵に命じ、このことを噂として蔓延させるのだ。そうすれば戦わずして、勝ちはこちらに転がり込む」

と暗い笑顔で、小躍りさえしそうな動作を交えていった。正純は畏まってその命を実行し、事実その調略は城内を動揺させるほどの効果を上げた。

（このお方は、武人の情というものを知らぬ……。大御所が見限るのももっともなことだ）

正純は、以後この将軍に仕えていく未来を思うと、暗澹とならざるを得なかった。

又兵衛が自ら先鋒を望み、生きて帰る望みのない小松山に出陣しようとしたのは、城内の噂に絶望し、身の潔白を晴らそうとの思いからだったろう。

「又兵衛どののお気持ちは、充分この左衛門佐（信繁）に通じました。小松山に賭けてみましょう。全軍で、大和口に出陣だ」

真田信繁は、ついに立ち上がって又兵衛の戦略に賛成の意を示した。毛利勝永、大野治房、長宗我部盛親も立ち上がる。木村重成は立ち上がると、右隣で座っている明石全登に手を差し伸べた。後世「大坂城七将星」と呼ばれた司令官たち五人の視線が、重成と全登に注がれた。

全登は、重成の手を取り立ち上がる。最後に後藤又兵衛が涙を振るって立ち上がると、一声「やるぞ!」と声を張り上げた。「おう!」と六人の司令官たちが応える。譜代の臣として軍議に列席している大野治長も感動していった。

「これで、我が軍の心は一つになりました。早速、右大臣家（秀頼）とお袋さま（淀殿）に戦略をお伝えし、必ずや承認を受けてまいります」

治長は勇躍して、秀頼と淀殿のもとへ小走りに駆けてゆく。六人の司令官が、戦場の絵図面に額を寄せ合って、進軍や布陣の手順を議論している様子を見て、若い木村重成は、大野治長とは別の感動を覚えていた。

（左衛門佐どのは、真田丸の一件での借りを今又兵衛どのに返したのだ。左衛門佐どのと掃部どのは、豊臣家直臣だった身。あえて、彼らが一歩身を引くことによって、外様の牢人大将たちを結束させたのだ。明日には皆が死ぬと決まっているというのに、なんという美しい光景であることか。そうだ、わたしが幼い頃から憧れていた絵巻物や平家物語に見た侍とは、彼らに違いない）

そこへ、秀頼と淀殿ら首脳部へ作戦案を具申してきた大野治長が帰ってきた。普段なら上背のある、痩身できびきびした印象を与える彼が、このときばかりは背を屈め、土気色の顔でふらふらと緩慢な動作を見せながら現れ、一同に不吉な思いを抱かせた。

「どうなされた、修理（治長）どの。お顔の色が優れないようだが」

豪放な又兵衛も、さすがに冗談を交える余裕はなく、気遣うように訊いた。

「………」

治長は、なおも放心したように立ち尽くしている。

「まさか、策を退けられたのでは……？」

城内の事情に詳しい譜代出身の木村重成が、その美貌を曇らせて治長に詰め寄る。

この急に年老いたように見える豊臣家家老は、絶望したように頭を振り、吐き出すようにいった。

「策自体は、受け入れられた。しかし――なんたることだ！　この期に及んで」

「軍議の経過を、そのまま報告されたのですか？」

明石全登が、しゃがみ込んだ治長を覗くようにして訊いた。全登は、豊臣家転覆を画策する淀殿に付け入る隙があるなら、そこしかないと予期していた。

「さよう。右大臣家（秀頼）は、大和への出兵に賛成なされ、御自らの御出馬さえ、ありがたくもお言葉にされたのです。ところが、淀の方が右大臣家の御出馬に猛反対なされ……あまつさえ、聞いたことのない河内の小山に大軍勢を送るとは、豊臣家の権威を失墜させる愚挙であると申されたのです」

この言葉には、さすがの温厚な秀頼も反発を示し、大坂城が防御機能を果たさない今となっては、後藤らのまとめた野外出兵論のみに、唯一勝利の可能性が認められるのだと淀殿に説いた。

ところが、そのような反論など、淀殿の予想するところだったようだ。

「右大臣家の勇ましいお言葉に免じて、出兵は認めましょう。ただし――」

一、秀頼の出馬は、これを認めない
二、後藤又兵衛を大将とし兵五万で、大和口（小松山）に出陣させる
三、真田信繁を大将とし兵五万で、四天王寺に布陣させる

「これでは、折衷案ではないか」

長宗我部盛親が、怒気を含んだ声で俯きつついった。寡少な兵力をさらに細分化することは、敵に各個撃破されるということであり、兵法においても避けなければならない初歩中の初歩である。

牢人諸将らが絶望したのも無理はない。彼らは、その兵法の禁忌を避けるため、何日にもわたって「小松山か天王寺か」の論議を重ねてきたのだから。

「お袋さま（淀殿）は、城の近くに軍勢を置かねば不安なのか。ならば、いっそ左衛門佐（信繁）どのの策を採り、上町台地から一里しか離れていない天王寺まで、右大臣家の金瓢の馬標をお進めいただければよいのだ」

野戦にかけては名手と評判の高い毛利勝永も苛立ちを隠せない口調で、大野治長に

提案する。治長は、ただうなだれるばかりである。

（しまった――）

明石全登は、決戦を前にしたこの土壇場で、淀殿の、いやおそらく将軍秀忠の罠にまんまとはまったことが、悔やんでも悔やみきれなかった。

淀殿と秀忠は、軍議に列席していた小幡勘兵衛を通じ、逐一その議論の内容を聞かされていたのだろう。又兵衛と信繁の策はそれぞれ秀逸であり、どちらか一方の策に従い大坂方が団結した場合、東軍は相当な出血を強いられることになる。

初め淀殿は、双方の策を一蹴しようと考えていた。それを押し留めたのは、小幡勘兵衛を通じて渡された秀忠の書簡である。

「ただ、牢人大将の策を退ければ、特に後藤又兵衛と真田信繁に傾倒している右大臣家の疑いを招く。ここは、後藤と真田の立てた両案を、同時に認めるのです。それで彼らの策は、素人以下の下策に成り下がり、東軍とまともな戦になるまでもなく、大坂方は内輪から瓦解するでしょう。仮に牢人どもからその理由を詰問された場合、こうお答えなされ。その答えとは……」

その罠を知らずに、若い木村重成が逆上のあまり、その理由を大野治長に訊いてしまった。

「又兵衛どのの策に、皆命を懸けることを決したのです。なのに、なぜ――」

「長門（重成）どの、いけない！」

明石全登が蒼白な顔をして、その問いを遮ろうとした。

「知れたことか――」

治長は、捨て鉢のような態度で、投げやりにいった。

「又兵衛どのが東軍に内応するという噂が、気になるといっている。彼の信望を買って全軍の指揮を任せたのに、土壇場で裏切られるかもしれぬ、と淀の方はひどい取り乱しようだ。右大臣が後藤を信用されるならそれでよい。ただし彼が寝返ったときは、真田の兵五万でこれを迎撃し、城を墳墓にするまでよ、と喚き散らし……」

そういったところで治長は、はっと我に返って場を見渡した。又兵衛を除く六人の司令官たちが全員、こわばったような表情で治長に責めるような視線を向けていたからである。

（遅かった……）

全登は、事態が最悪の状況に向けて転がり始めていることを、感じざるを得なかった。

「申し訳ござらぬ！」

しゃがみ込んだままの大野治長は、反射的に又兵衛に手をついて己の不適切な発言を詫びた。又兵衛はそれでも薄笑いを浮かべて、ぎこちない動きで部屋をゆっくりと歩き出す。やがて歩みを止めると、無言で彼を見守る六人の司令官と治長に向かって、高笑いを交えつついった。

「笑ろうてくだされよ、この後藤又兵衛を。かつて黒田家で一万六千石の禄を食み、京で乞食にまで身を窶《やつ》して守り通してきた志の、成れの果てがこれだとは。とんだ狂言回しよ、生き恥を晒すとはこのことだ。一人の武士が命を賭した、渾身の策を理解してもらえないばかりか、その忠義さえ疑われるとは。修理どの、遠慮はいらぬ。あなたを責めたりはしない。今すぐこの又兵衛の身を縛《いまし》め、右大臣家とお袋さまの前に引き出されるがよかろう。軍の指揮は、掃部（全登）どのなり宮内少輔（盛親）どのに任せるがよい。彼らなら、必ずや事を成し遂げるに違いない……」

「それは違うぞ、又兵衛どの」

沈黙を破ったのは、明石全登であった。彼は小柄な身をすらりと伸ばし、又兵衛の正面に立った。

「結論からいおう。大坂方の兵たちが最も慕っているのは、他でもない、後藤又兵衛どのだ。なるほど、この掃部のキリシタン兵たちや、宮内少輔どのを慕って入城した土佐兵たちなどの、忠誠心と結束力は決して弱いものではないだろう。だが、そういった特別な境遇の兵を除いた大部分の牢人兵士たちは、我々に一身を擲《なげう》つほどの感情がないのは認めざるを得ない。牢人兵たちに、この大将のもとでなら死んでもよい、という気持ちにさせるのは、又兵衛どのを差し置いて他に誰がいるだろうか。あなたは、時に我ら同胞や豊臣家譜代衆にも激しく意見し、頑固といっていいほど自らの考えを曲げようとしない。しかし、下々の武士や足軽たちに対しては、わずかなりとも尊大な態度を取らず、彼らと共に風呂に入り、茶や菓子を振る舞い、常にその穏やかな物腰をもって接しておられる。我ら六人の将は、若年の頃よりすでに兵の上に立つ者として武人になった。常に生活の豊かさが、絹衣のごとく我らを包んでいた。だが又兵衛どのは違う。京で乞食同然の生活をされておられたときも、修理どのから渡されていた小判はすべて高価な茶器の購入に充て、食いはぐれの牢人たちと変わらぬ生活をされていたと聞きます。茶器などの価値に重きを置かれる又兵衛どのではなかろう。あなたが、そのとき真に重きを置かれていたのは、武人としての魂――志と言い換えてもよいが――だったのでしょう。軍師としての才能を世に問う。万をもって数える兵を率い、旧主の遺子を助け、たとえ天下の兵を敵に回そうとも、矢尽き刀折れるまで戦う。その又兵衛どのの高き志が、兵士たちを感動させ、又兵衛どのが右大臣家のために死を厭わぬという精神を、彼らの心にもごく自然に伝えるのです。あなたが大坂方の大将に相応しい、と申したのはそういう理由からです」

軍議の場が、水を打ったように静まり返る。

百年続いた戦国の世は、確かに人民の心や行動を荒廃させ、戦火の絶えない武装地域の民はまるで禽獣扱いされてきた。兵士たちは略奪や暴行をほしいままにし、老人や女子供の心が休まるときはなかった。そんな時代に、英雄のような武将が数多く輩出されたのは皮肉としかいいようがない。

キリシタン信仰を掲げ、民衆を救済するため、神の代理戦争に身を投じた明石全登もその一人だが、後藤又兵衛は全登よりはるかに日本中の武士から農民に至るまで畏敬の念を抱かせた武将の代表といっていい。

この大坂戦役が終わると、長らく戦のない世になるであろうという事実は、大名から農民に至るまで誰もが多かれ少なかれ予測していることであろう。特に戦を生業《なりわい》にしてきた足軽たちは、又兵衛のような人格才能共に突出した武将のもとで、移りゆく最後の時代を華々しく飾りたいという、信仰にも似た願望を持ったのである。泰平の世に、行き場を失う彼らにとっては、それが戦国に生きた証であると同時に、一種の感傷でもあった。

真田信繁が、落ち着いた口調で、長らく続いた軍議の結論を七人の司令官代表として告げた。信繁は僧形の身なりを変えていないのだが、この半年で老人のように疲弊した風貌となっていた。彼も兄・真田信幸が東軍に属していることから、常に大坂譜代の臣たちから猜疑の目で見られてきたことは先に述べた。ちなみに信繁は、まだ五十にもなっていない。

「決定事項を、今更議論しても詮なきこと。上層部の指令どおり、それがしは天王寺に五万の兵をもって布陣します。しかし、又兵衛どのの予想どおり、敵主力が大和口から侵攻した場合、全軍をもって又兵衛どの五万の兵に合流し、決戦を辞さないつもりだ。又兵衛どのも、逆に敵が生駒から侵攻した場合、全軍五万の兵を率いて天王寺まで急行してもらいたい。我々の戦略方針が一致している今、最も怖れるのは、大坂軍が内部から崩れるという一点しかない。お袋さま（淀殿）が、再度関東の謀略に乗せられるのを未然に防ぐことが先決であるから、この際一方の部隊をもう一方に移動させるという時間の浪費を強いられることはやむを得ない」

他の司令官たちも、この意見に異議があるはずはなかった。

信繁は得意の諜報網をもって、淀殿が将軍秀忠と通じていることをすでに察知しているに違いない、と全登は思った。にもかかわらず、ぎりぎりまで譲歩を重ね、現時点での最良の作戦を沈着に構築するその技量は、やはりただの牢人大将ではない。

「各々方、まことにもってかたじけない。後藤又兵衛、これにて今生に思い残すことはござらぬ。明日にも迫る関東の軍に対しては、死戦を決する覚悟である」

又兵衛が死を覚悟していると告げた言葉は、通常戦の前には避けなければならない。しかし、今回のように城の堀を埋められ、兵力も敵に比べ隔絶といっていいほど少ないという現実に直面している今、それを聞く武将たちに抵抗感はなく、むしろ又兵衛の悲壮さが痛いほど伝わった。

「今回ばかりは、手の打ちようがないか」

と明石全登でさえ、側近の沢原孫太郎に漏らしたほど、先に絶望しか見えない戦である。


大坂方の全部隊が再編成されたのは、決戦に先立つこと四日前、五月一日のことである。

◎第一軍　大将・後藤又兵衛　以下、明石全登、薄田兼相《すすきだかねすけ》、山川賢信、井上定利、北川宣勝、山本公雄、槙島重利、小倉行春（六千四百人）
○別働隊　大将・木村重成（第一軍とは別に大坂城から若江村へ出撃　六千人）
○別働隊　大将・長宗我部盛親（第一軍とは別に大坂城から久宝寺《きゅうほうじ》・八尾《やお》方面に出撃五千三百人）
◎第二軍　大将・真田信繁　以下、毛利勝永、福島正守、福島正鎮《まさしげ》、渡辺糺《ただす》、大谷吉胤、長岡興秋、宮田時定、伊木遠雄（一万二千人）

五月四日。大坂方が放った物見が、次々と東軍の大軍が国分越えに向けて進軍中であるという報せを届けた。水野日向守勝成を先鋒とする三万五千の大軍である。大坂方の将兵は皆戦慄したが、一人後藤又兵衛だけが、

「やはり。敵は小松山から来た」

と手を打って喜んだのはいうまでもない。

後藤、真田、毛利の三大将は、最前線基地の平野で緊急会議を行い、
①五日夜から、第一軍が大和口に進軍。第二軍は、その後に続く
②六日未明に、道明寺にて全軍集結する
③六日未明から払暁にかけて、「国分越え」を通過し、小松山を占拠する
④小松山の狭隘路を進む敵先鋒を、短時間で殲滅させ、その勢いをかって全軍で家康・秀忠の本隊に総攻撃をかける
という作戦を立案させた。まさに、乾坤一擲《けんこんいってき》と呼ぶに相応しい、又兵衛がかねてから軍議で温めていた策を、実行に移すときが来たのである。

＊

五月五日夜。後藤又兵衛、真田信繁、毛利勝永、木村重成、そして明石全登は、後藤の陣に集まり、ささやかだが別れの杯を交わした。

往年は大名格であった彼らにとっては、粗末といっていいほどの酒と肴が用意され、酒を嗜《たしな》まない又兵衛のためには茶と茶菓子が膳で運ばれてきた。

「宮内少輔（長宗我部盛親）どのは？」

勝永が、二つある別働隊の一手の大将である木村重成に訊いた。

「ここ数日、土佐から牢人衆が集まってきているとのことです。最後の夜は、彼らと過ごさねばなりますまい、といっておられました」

木村重成は、さばさばとした口調で答える。誰も、盛親を疑ったり非難する者はなかった。大坂方の七司令官のうち、かつて国持ち大名だったのは、長宗我部盛親ただ一人だったからである。

「主馬（大野治房）どのは、兄上（大野治長）と最後まで軍の折衝をしてくださっておる。勇ましいお方だ」

信繁が、冗談交じりの身振りでいう。治房は、木村重成と同じく豊臣家の女官の子であるが、武勇があり、慎重で淀殿のいいなりになっている兄・治長を常に不満に思っていた、と史書も伝えている。

この夜が、彼ら五人にとって最後の夜になることは誰もが知っていた。しかし、宴に沈鬱な陰はどこにも見られず、皆が昔語りなどして陽気な一時となった。

後藤又兵衛が朝鮮征伐の折、主君・黒田長政と敵将・李応理が一対一の組み合いとなって河中に転げ落ちたとき、悠然と日の丸の軍扇を煽ぎつつ、「我が殿は、あのような輩に引けは取らぬ」と傍観し、のちに李を討ち取って河から上がった長政にひどく恨みを持たれたという話。

真田信繁が関ヶ原の合戦の際、中山道を進軍してきた徳川秀忠の三万八千もの大部隊を、信州上田城で足止めさせたため、ついに秀忠は関ヶ原の合戦に間に合わなかった。それを根に持った秀忠が、今でも徳川に仕えている信繁の兄・信幸に一度も笑顔を見せたことがないという話。

毛利勝永が、大坂の役で土佐の国を脱出するとき、旧主の山内忠義とは昔衆道（男色）の関係にあったため、見て見ぬふりをしてくれたという話。また、勝永の体躯がたいそう立派だったため、大坂城の女官たちに「豊前（勝永）どのは、海を手泳ぎで渡ってこられた」という噂が立ったこと。

それぞれの武将たちが気取らず、まるで他人事のように自らの武勇伝を語り合う様に、酒ではなく、己が彼らのような豪傑と同列であるという現実が、若い木村重成を酩酊させた。

「いや、又兵衛どのに左衛門佐どの、豊前どののお話を伺っておりますと、城中で受けたどのような軍学よりも心が奮い立つ思いがいたします。それがしは若輩ゆえ、皆様に語るべき武勇がないことだけがただ心残りではありますが、まこと愉快な夜であります」

八割の感心と二割の無念さで、重成は謙虚に会話に加わる。その言葉に真田信繁は、驚いたような仕草でいう。

「なんと。長門（重成）どのから武勇がないなどというお言葉が出るとは……。鳴野と今福の戦場で上杉、佐竹を震い上がらせたお方とも思えぬ。それに、のう、又兵衛どの。先の徳川との講和の席で、あのような大胆不敵なお振る舞いをされた御仁には似つかぬ謙虚さ。いやはや……」

「ごもっともでござる」と、後藤又兵衛も笑いを噛み殺すように小刻みに身体を震わせている。重成は、冬の陣の講和の話題が出ると、とたんに頬を赤らめ、少年のような純朴さを見せた。

＊

昨年十二月二十一日、大坂冬の陣における公式停戦署名の使者として、大坂方が遣わしたのが木村長門守重成であった。

重成は、東軍の本営である茶臼山に到着するや否や、主だった東軍諸将らに会釈すらせず、真っ直ぐに徳川家康のもとに罷り通ったという。関東の武将たちが、「礼儀も知らぬ若造が」と憤慨したのはもっともなことであろう。

ところが、重成が家康をはじめ居並ぶ武将たちを驚かせたのは、ここからだった。和議の席上、家康は六つの条件を列記した熊野牛王の誓紙に署名した上で、短刀により小指を刺し、その血をもって血判とし、重成にそれを渡した。

重成は、食い入るように誓紙に見入っていたが、にわかにその美貌で知られた顔を上げると、

「大御所さまの、お血が薄いのではございませんか」

と平然といった。和議の場は騒然となり、「なめるな、こわっぱ」と無遠慮な声も上がった。重成は、わざとその声に向けるように、誓紙を広げて、

「しかし、これでは見分けがつきませんよ」

と、なるほど家康の薄い血判を指し示して困惑したような演技を交えていった。家康は、逆にこの若者の堂々とした悪びれない態度に好感を覚えたらしく、

「うむ、年を取ると血まで薄くなって困るわい」

ともう一度指を短刀で切ったという。

退出の際、重成はまたや東軍武将たちを驚かせた。着陣のときは武将たちに無視を

決め込んでいた彼が、和議の席を退席するときは、笑顔でいちいち居並ぶ敵将たちに礼をしながら帰ったというのだ。しかも、

「先程の無礼は、右大臣（秀頼）の使者として致し方ない所作でございました。無事大役を果たせた今、皆々様ごめんくださいませ」

と詫びさえ入れたのである。「若造、許さじ」とひどい剣幕だった一同は、何やら煙に巻かれたような、拍子抜けした表情で重成を見送る他なかった。

＊

「噂では、仙台侍従（伊達政宗）が、長門どのを自分の娘婿にしたい、といったそうな」

信繁が、顔を赤くして俯いた木村重成を横目で眺めつつ、幾つかの講和に関する世間の噂噺を紹介してみせた。

「仙台侍従の娘は、松平上総介（忠輝）に嫁いでおるではないか。まあ、大坂の民が、それほどまでに役者を欲していたということさ」

毛利勝永が何気なくいった一言は、全登の脳裏に南光坊天海の言葉を甦らせた。まだ寒く、雪の舞い散る一月に、阿倍野の一心寺での密会で天海はこういったのだ。

（いざというときは、上総介さまがお力をお貸しくださいます――）

「……であるよ。のう掃部どの」

気付かぬうちに放心していた全登に、勝永が重成にまつわる話の矛先を向けてきた。

全登は、天海との会話を頭から追い払うように軽く頭を振ってから、「さて、さて……」と心中の動揺を抑えながら話し始めた。

「わたしが長門どのと初めて会ったのは、我が手のキリシタン兵たちに訓練をしていたときだった。練兵場では、兵を三人一組にして敵一人に当たらせるという、備前（岡山県）ではよく知られた基礎的な訓練を行っていました。そこに、どこから見物していたのか、背が高い若い侍がわたしの前に駆け寄ってきて、こういったのです。『明石掃部どのですな。敵一人に三人がかりとは、卑怯ではありませんか』と。――この若侍こそが、我らが木村長門守重成どのだったわけですが、こちらもいきなり配下の面前で兵法を批難されたとなれば、面目が立ちません。『どこの若衆か知らぬが、合戦の仕度は我ら牢人衆にお任せあれ。あなた方は、城中で源氏物語などお読みになるがよろしかろう』と皮肉をいってやりますと、若い侍は血相を変えて、わたしに掴みかからんとする勢い。いや、ごらんのとおりの小男でありましょう？　長門どのに憤怒の形相で上から見下ろされると、えも言われぬ威圧感がありました」

全登が震える仕草をして一同を見回すと、大きな笑いが起こり、重成も「まいりましたなあ」と照れ笑いしてそれに応じていた。

二人の諍《いさか》いに、仲裁者となって割って入ったのは、たまたま閲兵に訪れていた後藤又兵衛であった。又兵衛は、すでに重成と面識があり、全登とは一時黒田家に共に仕えていた仲である。彼は、全登に重成の人となりを紹介し、両者とも互いの強情さを詫びて、事は一件落着となった。

そのとき、又兵衛は、若い重成にこういって聞かせたものだった。

「長門どの。一軍の将とは、時に数万もの兵たちの命を預かるものです。掃部どのの戦術は、名乗りを上げてから一対一で戦う源平合戦の時代からすれば、確かに卑怯ともいえましょう。しかし、時代とともに戦の作法は変わってきているのです。多数をもって少数に当たるのは、ここ数十年の乱世の常道であり、掃部どのの訓練も、将たる者としては正当なものです」

重成は、ほんの半年前の出来事を、遠い昔のように振り返っていた。

「そうです。あれからまだわずかな月日しか流れていないのですね。あの頃の自分が、自分でも信じられないくらい幼く、青かったように思います。鴫野と今福の戦で初めて采を振り、本物の戦場を目の当たりにしました。掃部どのに食ってかかったことを思い返すと、ただ恥じ入るばかり……。それればかりか、歴戦の勇者である皆様に教えを乞うこと甚だ篤く、本来ならば城の中で読み書きに明け暮れて一生を終えるべき身であったそれがしは、武士たるもののイロハを初めて知りました」

重成の顔は、もはや数ヶ月前の少年のそれではない。奔放に若さを振りかざす傲慢さはそこになく、生と死の狭間にいる者特有の澄んだ表情が見えた。

「長門どの、我らも長門どのから多くのことを教わりました」

全登は、もはや重成を若造扱いはしていない。他の三人の大将も、全登に同意するように無言で頷く。重成は、跳ね起きるように俯いていた顔を上げ、全登を見た。

「我らは、長門どのがあの鴫野の戦場で躊躇せず佐竹兵の築いた柵に突撃したとき、また、単身で茶臼山の大御所の陣に使者として乗り込んだとき、長年戦場で過ごしてしまったがゆえに忘れてしまっていたものを思い出したのです。それは、この世の中には、勝敗を度外視した尊い価値が存在するのだ、ということでした――。

かつて古代西洋に、優れた剣闘士がいました。彼は、無敵と呼ばれるほどの強さを長い間国内外に誇ってきたといいます。しかし、ある試合で蛮族出身の剣闘士に敗れ、まさに息絶えんとするとき、人々は瀕死の彼に訊いた――なぜ、敵の一瞬の隙をついて剣を振るわなかったのか、あなたのものになるはずであった勝利の栄光を、なぜ敵に譲ってしまったのか、と。瀕死の剣闘士はいいました。『勝敗は、わたしのすべてではない。わたしの剣は、最後まで美しいものでなければならない。その美しさを棄ててまで、わたしは勝利を望まなかったのだ』と。

わたしは、長門どのの姿を、その西洋の気高い剣闘士に重ねていたのです。そして、自らにこう問い質したのです。『全登よ、お前は豊臣家を勝利させるために、また、信仰の自由を得んがために、お前自身の持つ武士としての美しさ、気高さをなおざりにしてきたのではないか』と。確かに木津川尻砦の戦や城南の戦では、敵の間者を欺いたりして戦果を上げたことは上げた。しかし、敵を欺いて得た勝利の代償は、ごらんのとおり、大坂城の堀を埋められ裸城にされるという、敵の大いなる欺きでありました。もはや勝利を望めない今であるからこそ、わたしはいえるのです。明日は木村長門守重成のように、勝敗を超える価値のために、無心で力尽きるまで関東の大軍と戦い抜くであろうと。武門に生まれたことを後世に誇れるように、どのような修羅場であろうと、最後まで美しくあろうと。そうでございましょう、各々方」

寡黙な全登の突然の長広舌に、宴の席は水を打ったように静まり返った。やがて、毛利勝永が杯を掲げていった。

「虎ハ死シテ皮ヲ残ス、という。また散らぬ花がないのも、これ世の理《ことわり》」

「さよう。我らが生きた証を、後代への名聞とすべし」

真田信繁も杯を掲げる。後藤又兵衛だけは酒が呑めないので、茶器を掲げて彼の愛弟子――木村重成に向けて豪快に笑った後、

「子を持つなら、木村長門のような子がよい。大御所（家康）の子など、犬ころにす

ぎぬ」

といった。飾らない性格の又兵衛からすれば、重成に対する最大の賛辞であったろう。

重成の目からは、すでに涙が滂沱《ぼうだ》として流れていた。重成自身、その頬を伝う涙さえ気付かないのか、こぶしでそれを拭おうともせず、深々と四人の大将に一礼した。

「この木村重成、皆様に出会えたことを生涯の誇りとします。また、そのことは、それがしにとって何よりの冥土への土産となることでしょう。これから、行かねばならないところがあります。先発隊の又兵衛どのが発たれるまでご一緒できないのが心残りですが、ここで——」

もう、言葉はいらなかった。重成の武人に似合わぬしなやかで美しい礼が、彼らへの惜別の情を表していることを四人は知っていたし、彼らもこれ以上、重成を宴に引き止めようとはしなかったのである。

「惜しいのう……」

同じ年代の子を持つ毛利勝永が、駆け去る重成の後ろ姿を見送りながら、独り言のように呟いた。

十一

　一方、東軍先鋒の水野勝成は、一面に立ち込めた濃霧の中を探るように前進し、ようやく国分越えに達しようとしていた。五月四日の深夜である。

　国松と呼ばれた幼少時代から、数え切れないほどの戦を経験し、その多くを主君である徳川家康と共に過ごしてきた。今年で五十二歳。明石全登と同い年である。全登と同様に戦場を知り尽くし、濃霧に起こる不可避な災難にも対応すべく、何人もの物見を用心のため出していた。

　深夜であるため、河内平野の風景が漆黒を乳で濁らせたような色をして、勝成の前に展開している。分別盛りの大将である彼をもってしても、この異様な夜景は、不吉なものとして心を波立たせずにはおかなかった。

「平野から藤井寺まで、松明を確認。その数、三千」

　物見の報告に、水野勝成は馬上で頷いた。兜の庇から霧による露が一滴落ちた。その一瞬の間にも、勝成は数え切れないほどの憶測を巡らせていた。

「三千？……それはまことか」

敵先鋒軍にしては少なすぎる。敵将は誰だ、と勝成は馬を進めながら物見に訊く。

大坂方の兵が少ないことは周知されているが、撹乱作戦を疑ったのだ。

「敵先鋒は、後藤又兵衛の様子」

勝成は再び頷く。恐怖が瞬く間に身体中に浸透する。

（又兵衛が出てきたか）

これは、五分に組み合って勝てる相手ではない。死ぬことになるかもしれない、と戦場での本能が告げていた。唯一の頼みは、敵である又兵衛の兵力が、わずか三千にすぎないということだ。

霧が深すぎるため、水野勝成は堀・丹羽隊の少数の銃兵たちに松明を持たせた。夜襲に明かりをつけることは避けるべきだが、この場合やむを得ない。進軍がまったくできないからである。

「そうか、霧だ」

勝成は、唐突に手を打って叫んだ。側近が驚いて理由を尋ねる。

「霧で進軍に支障を来しているのは、敵とて同じことだ。おそらく、敵先鋒の又兵衛の後詰が、霧で遅れているに違いない」

「だから三千なのだ」

と、勝成は後藤又兵衛が夜霧の中、孤軍となっているという推測を説明した。

水野勝成の予想は当たっていた。

道明寺に到着した後藤隊三千は、当初の作戦どおり、第二軍の真田信繁を待っていた。夜明け前に道明寺で第二軍と合流し、夜明けとともに攻撃を開始する手はずとなっていた。

だが、一兵たりとも後藤隊の後に続く兵が現れない。

「真田が裏切ったのではないか」

という声が、闇の中ひそひそと聞こえる。又兵衛は目を閉じて腕を組んでいた。このまま夜が明けると、東軍の大軍にたった三千の兵を晒してしまうことになる。

時は残酷にも、止まることを知らない。やがて白々と夜が明けた。又兵衛は、ついに立ち上がって兵たちに告げる。

「我々は牢人して、草木と共に朽ち果てるべき身であったところ、思いがけずも右大臣家（豊臣秀頼）のお招きにより、このような晴れがましい戦場を与えられた。皆の者、今こそが右大臣家のご恩に報いるべきときである。それぞれ一期を飾るべし。以上である」

後藤隊は、石川の河原西岸に布陣し、渡河を決行した。この川を渡れば小松山があり、それを先取りすべきだった。このとき、幸運は後藤又兵衛にももたらされた。それは夜が明けても深い霧が晴れず、敵先鋒・水野勝成から後藤隊の姿が見えなかったことである。

水野勝成とて、小松山の戦略的意図を知らなかったわけではない。仮に小松山に三万五千もの大軍を布陣させたとなると、敵に対して先端部分を突き出さざるを得ない。敵が後藤又兵衛ほどの戦巧者であれば、先端のみを叩かれ緒戦は勝ちを譲らなければならないかもしれない。

ゆえに、勝成は小松山を初めから放棄していた。又兵衛が小松山に登れば、それを大軍で包囲し、時間をかけて砲火等で殲滅させればいいという安全策を採った。

他の東軍大名たちからは、当然のように小松山を占拠しないことについての苦情が、次々と勝成のもとに届いた。が、勝成は黙殺し、あるいは、

「それがしは、大御所さま（家康）より直々に『命に服さざる者は斬れ』と仰せつかっている。意見は無用だ」

とことさら強い意志を示した。現に三万五千の大軍は一部が河内にかかり、最後尾である松平忠輝の軍一万は、奈良で宿営している。

そのとき、他の大名と違う意見を申し出た外様大名が一人いた。奥州仙台の領主・伊達政宗である。

「我が手は一万もの多数でありますゆえ、国分村の狭い土地にすべて収容できません。よろしければ、小松山の裾にでも野営させようと考えますが、いかがでござろう」

政宗の心中には、実は期するものがあり、外様の遠慮も手伝ってことさら謙虚に水野勝成へ提案した。勝成は、

（なるほど、政宗は野営と称する伏兵を小松山に置こうというのか）

と理解し、彼の兵力に三百もの鉄砲隊がいることも考慮したうえで、これを許可した。政宗はその知らせを使者から聞くと、その隻眼を闇の中できらりと光らせた。彼は、明石全登が「上総介さまを頼りなさい」と天海に助言を受けた、松平上総介忠輝の義父である。

「小十郎、小十郎を呼べ」

政宗は、彼の右腕と自他共に認める、片倉小十郎重綱を近習に呼びにやらせた。片倉小十郎は、三十を超えて間もない若武者で、武芸は伊達家第一であるうえ、美貌で知られていた。

彼は、関ヶ原戦役の二年後に初めて上洛した京の二条城で、城中の女官たちはもちろん、なんと関ヶ原の戦場で裏切りを働いた小早川秀秋にも、本気で懸想されたという逸話はあまりにも有名だ。

甲冑姿の片倉小十郎が参上すると、政宗は人払いさせ、小十郎に耳打ちしていった。

「大坂方の後続部隊は、霧でまだ国分に到着しておらぬ。後藤又兵衛の軍だけでも六千は下るまいが、次峰の薄田隼人正や山川、井上らさえ間に合わぬらしい。とすれば、又兵衛の部隊の最後尾となる明石掃部（全登）どのの到着は、さらに遅れることになると思う」

片倉小十郎は、その美貌をわずかにこわばらせて、主君の言葉を耳朶《じだ》から逃すまいと神経を集中させている。

「おそらく、小松山は又兵衛に取られる。となると、日向守（水野勝成）は苦戦するだろう。時をこそ惜しめ。又兵衛の首級を、おぬしの手で挙げよ」

今からただちに伏兵を二手に分け、小松山の裾に向かえ、と政宗は幾つかの指示を手短に小十郎へ言い渡すと、

「掃部どのを死なせてはならない。分かっているな」

と念を押すようにいった。「御意」と、片倉小十郎はよく通る声で応じると、駆け足で政宗の陣所を出た。

後藤又兵衛が石川河原から渡河し、敵が一兵もいない小松山を占拠したのは、夜明け間もない午前六時だった。

霧が晴れると、小松山の山頂に無数の旗が翻っており、東軍をひどく動揺させた。先鋒大将の水野勝成さえ、情けないことに馬上で鐙《あぶみ》に掛けた足が震えたくらいだから、

足軽たちに至ってはその狼狽ぶりが推して知れよう。

白地に模様のない「総白」と呼ばれる旗指物は、天下の名将・後藤又兵衛のものであることは一目瞭然であった。


後藤又兵衛が、重い具足を踏みしめるようにして小松山の山頂を登り切った頃、東軍の先鋒・水野隊は国分村から山麓まで真っ黒にひしめいており、後藤隊先鋒とさかんに銃撃戦を開始していた。

戦闘が一望できる場所に床几を置かせると、又兵衛はその光景を花火でも見るように、

「ほう、やっとるのう」

と大きな声でいった。よい戦になりそうじゃ、と部隊に細かな伝令を飛ばしつつ笑った。

東軍の水野勝成は、深い霧を警戒し、我先にと小松山めがけて攻め上ろうとする諸隊を引き留めていた。しかし「大軍に戦術なし」とはよくいったもので、松倉重政と奥田忠次の二隊が命令を無視して後藤隊の先鋒・山田外記に襲いかかった。

「日向守（勝成）は、戦の勢いを知らぬ。攻めて攻めて、攻め潰すにしかるべし」

松倉と奥田は口々に喚き立て、小松山山麓を登っていく。

このとき、東軍は後藤隊の予想外の行動に再び狼狽した。なんと、三百の少兵にもかかわらず、先鋒の山田外記は小松山の急所勾配を利用して、一気に攻め下り、次々と東軍の小隊を潰し始めたのである。

大和の国大名である松倉重政は、さすがに年を重ねているだけあって、攻めつつも後藤隊の展開を窺うことを厭わなかったが、奥田忠次はそれをよしとせず、尻込みする味方を嘲りつついった。

「ここで臆してどうする。大和衆が世間の物笑いにされるで」

松倉重政は正しかった。たちまち、坂道から後藤隊の山田外記と片山助兵衛が同時に槍隊を繰り出し、奥田忠次は抵抗する間もなく戦死した。奥田に追随していた徳川家康の旗本たちも、主だった五、六人の将はすべて討ち死にしてしまった。

「見てみい、いわんこっちゃないわ」

松倉重政は奥田が討ち死にすると、密かに側近に笑いながらこう語ったという。

松倉は、兵を迂回させ後藤隊の左側面に向かった。もはや積極的に攻勢に出るのではなく、水野勝成ら後続部隊の援軍を待つ時間かせぎである。

それを、後藤又兵衛は見逃さなかった。

「外記、松倉を崩せるか」

山田外記は、奥田隊を壊滅させた勢いそのままに、「お任せあれ」と馬上で両手を広げて見せる。

　又兵衛は、本隊を二隊に分けて一手を山田に任せた。山田外記はたった三百の兵で坂道を雪崩のごとく駆け下り、迂回中の松倉隊側面に突撃する。

「まさか……」

　松倉重政は蒼ざめて、壊滅状態にある自軍の中を、馬の首にしがみついて逃げ惑った。ただ、時間かせぎの効果はあって、後続の堀丹後守が救援に駆けつけたため、危うく彼は一命を取り止めた。

　山田外記はさらに勇を奮って、驚くべきことに国分村に駐屯する水野勝成の本営を直撃しようとしたのである。

　山田の旗印をはるかに望む水野勝成は、衝撃のあまり床几から立ち上がった。

（なぜ、崩れぬ……三百だぞ、なぜ勝てぬのだ――）

　余剰兵力を持たない三百人の突撃部隊は、躊躇なく勝成の本営に迫る。

「鼓を鳴らせ、旗をはためかせよ。合戦だ」

　ついに水野勝成は、本隊四千を後藤隊三百に向けた。伊達政宗は、かねてから伏せてあった一万の兵を小松山南方に巡らせ、松平忠明隊は水野勝成隊に続く。昨夜奈良に宿営していた松平忠輝もようやく後詰として到着し、ついに小松山にある後藤又兵衛隊は、徳川の大軍に包囲されてしまった。

「時は、今ぞ。兵たちを起こして鉄砲に火を付けさせよ」

合戦開始から五時間が経過し、さすがの後藤隊にも疲労の色が目立ち始め、山上から駆け下りる兵たちの足が鈍る。それをいち早く発見した伊達政宗配下の片倉小十郎は、伏兵一万に攻撃命令を下した。午前九時のことである。

又兵衛はついに馬上の人となり、山田外記率いる突撃部隊の収容を開始した。自軍の壊滅するときが近いことを知ったからである。

片倉隊は一万の大兵力と圧倒的な火力で、山裾からじりじりと後藤隊を圧迫し始めた。それでも又兵衛の防御は巧緻を極め、数度にわたってその攻撃を押し戻したばかりか、山田率いる三百の兵たちを収容することに成功した。

しかし、午前十一時を回る頃、猛烈な初夏の熱気が戦場を包み始めた。後藤隊の兵たちはすでに水筒の水などは飲み尽くし、田の水をすすって奮戦したが、次々と片倉隊の銃撃に倒れた。小松山の包囲網はいっそう縮小し、山上まで伊達軍の兵たちが駆け回っている。

「そろそろ戦仕舞いじゃ」

兵をまとめた後藤又兵衛は、血にまみれた甲冑を重そうに纏い、肩で息をしながら明るくいった。兵たちは、息を呑んで大将の言葉を聞く。

「死にたくない者もいるだろう。今なら西から落ち延びることができよう。逃げよ。

後発の（薄田）隼人正も到着し、陣を敷き終えた頃だ」

　山田外記や片山助兵衛は、涙を流しつつ何度も首を横に振ったという。

「分かった。ならわしについてこい」

　又兵衛は、呆れた表情でそれを許可した。顔をしかめたのは、やはり感無量なのであろう。

　小松山の東側を一群になって整然と攻め下る後藤隊に、東軍の丹羽隊は怖れをなして攻めかかれない。数発の銃撃をしては、槍先を揃えた又兵衛本人率いる一隊を前に足を竦ませた。

　しかし、戦の決着はすでについていた。

　山上の山田・片山両隊は、片倉小十郎率いる一万の兵に包囲され、まさに殲滅されようとしていた。それを見た又兵衛は、彼らを救出に向かうという。

　片倉小十郎は、後藤又兵衛が数十騎を率いたのみで山上に登ってくるのを物見から聞くと、暗い表情でいった。

「又兵衛ほどの武士に対する作法としては無礼であるが、やむを得ぬ。鉄砲で倒せ。お家の大事である」

　最後に、隠してきた秘事が本音となって口から出た。側近らは、むろんその意味など気にしてはいない。

又兵衛は、耳を劈《つんざ》くほどに貝を吹かせ、陣鉦と太鼓を打ち、兵たちの士気を鼓舞し続けた。負け戦だが、彼の予言はことごとく当たり、何度も東軍の将兵たちを潰走させ、その心胆を寒からしめた。

霧さえなければ——国分の狭い回廊へ、次々と真田信繁率いる一万余の軍勢を予備兵として投入でき、敵を打ち破ることができたに違いなかった。

唐突に、又兵衛は側にいる足軽へ叫ぶようにいった。言葉をかけられた足軽が、意外そうな顔をすると、

「真田は、まだか」

「いや、もういい」

と短くいった。又兵衛の表情は兜でよく見えなかったが、笑っておられるのか、とその足軽は思った。そして、今の言葉が又兵衛自身への弔鐘となった。

片倉小十郎率いる銃卒の一人が放った銃弾が、単騎先頭に立った又兵衛の胸板を貫いたのである。かつて又兵衛は戦場で何度も銃弾を受け、それが常にかすり傷であったため、そのことを彼は「吉兆だ」と周りに話していた。

大坂冬の陣でも、鳴野・今福の戦場で銃弾に倒れたことがあった。しかし、それはまたもかすり傷で、戦場での勝利を得ることができた。

胸を撃ち抜かれて落馬した又兵衛を、将兵たちは、あり得べからざる光景のように

覗き込んだ。彼らの指揮官が、「秀頼卿のご運、強し」と笑って再び立ち上がるのを待った。

しかし、又兵衛が再び起き上がることはなかった。あれほど勇気と明るさに満ちた表情には、すでに死相が浮かんでいる。

「どうした……敵に、我が首を渡すな。さあ、走れ」

血を吐きながら、又兵衛は最期まで配下への優しさを忘れなかった。かすれた途切れ途切れの声で、逃げよといった。慌てて近習たちが身体を担ぎ起こそうとしたときには、又兵衛はもう息絶えていた。

「ああ、悲しや。大将が逝ってしもうた」

金馬平右衛門という武士が、泣きながら又兵衛の首を落とし、陣羽織に包んで逃げた。他の兵たちも皆又兵衛の後を追うように、片倉小十郎の鉄砲隊に進んで突撃し、討ち死にした。

小松山山上で奮戦していた山田外記と片山助兵衛も、又兵衛戦死の知らせを聞くと、大声を放って泣き、

「後藤又兵衛のいないこの世など、生きていてなんの意味があるだろうか」

と力尽きるまで槍を振るい、戦死した。

後藤又兵衛の部隊が壊滅した後、生き残った兵たちは、混乱した戦場を脱出し始め

た。もはや無傷の者は一人としておらず、槍を杖代わりにしてよろよろと逃げる者、鎧兜を捨てて身一つで走る者など、数時間前まであれほど戦意を昂揚させていた部隊とは思えない惨めさであった。

敗残兵を追った東軍は、その圧倒的兵力で次々と後藤隊の兵を斬っていく。戦国期までは、あくまで戦場での槍働きで武功を上げたものだったが、関ヶ原戦役から十五年も経ったこの頃になると、無抵抗の敗残兵から首級を挙げることが手っ取り早い恩賞となる風潮ができていた。

敗走する後藤隊が、ようやく後続部隊の薄田兼相と井上時利の三千六百の部隊に辿り着いたのは、応神天皇陵のある誉田《こんだ》八幡宮付近である。霧の中を駆けつつ、ようやく予定戦場に到着した薄田と井上ではあったが、迎えてくれたのはわずか数百の敗残兵たちと、それを追う数万にものぼる東軍の追撃軍だった。

「戦は勢いである」と、後藤又兵衛と戦って死んだ奥田忠次はいったが、死者は自分が死ぬ少し先を見ることができるという迷信は嘘ではないのか、薄田と井上は、後藤隊の生き残りを収容する間もなく、東軍武将・水野勝成と本多忠政の大軍に呑まれ、蹂躙された挙げ句討ち死にした。

霧がようやく晴れた午後、明石全登の部隊二千が道明寺に到着した。そのときにはすでに、後藤又兵衛はもちろん、薄田兼相や井上時利も戦死しており、わずか二千の兵で、敵に当たるのは自殺行為でしかない状況となっていた。

　牢人兵の悲しさだ、と全登は落胆を気取られないように心中情けなく思った。平地戦や籠城戦は訓練で形にはできるが、野戦、特に行軍についてはどうしても正規兵ばかりの東軍に比べ能力において及ばない。

「これから、薄田隊の救援に向かいますか？」

　沢原孫太郎が、全登をせっつくように訊く。彼も、朝からの進軍の遅滞行為にほとほと神経を苛立たせている。全登は孫太郎をなだめながら、

「負け戦とはこういうものだ。勢いに乗った敵を止めることなどはできぬ。ここで我が隊を進めても、各個撃破を狙う敵の望むところだぞ。今朝の霧で、又兵衛どののご運は尽きたのだ。それより、藤井寺村まで一旦退き、後続の左衛門佐（真田信繁）どののと豊前（毛利勝永）どのの部隊と合流し、平地での合戦に臨むのが得策だな。戦の流れを一度変える必要がある。落ちてくる味方の兵があれば収容せよ。敵が現れれば、鉄砲で防御して時をかせぐ」

　薄田・井上両隊が奮戦したため、東軍の追撃する矛先は明らかに鈍っていた。明石隊が殿軍を務め、銃撃と反転攻勢を小刻みに繰り返しながら、山川賢信、北川宣勝、細川興秋ら諸隊は当初の集合地点であった道明寺を放棄し、藤井寺村にある誉田陵の

南まで撤退した。

疲弊していても追撃する伊達隊が中心の東軍の士気は凄まじい。明石隊の十字架の旗印を見てにわかに動揺を見せたものの、怒涛の勢いで槍を突き出し鉄砲を放ってくる。

自ら殿軍で槍を奮い指揮していた明石全登がついに数発の銃弾を浴びた。

「まだまだだ……」

痛みで貌《かお》が蒼白になった全登は馬の首にしがみついて落馬を免れつつ、事態を知り驚いて馬を寄せてきた沢原孫太郎たち側近に固く守られながら敗残軍の退却指揮をまっとうした。

全登の傷は指揮でさかんに振り上げていた右二の腕のみで、他の銃弾は南蛮鉄の鎧兜に跳ね返されていた。幸いなことに右腕の銃弾は貫通しており、傷病兵を手当てする従軍キリシタン衛生兵が念入りな消毒と止血、南蛮製塗り薬の治療を施し清潔な包帯で二の腕を巻いて固定した。

誉田の森を基点に、大坂方は陣を南北に敷いた。明石全登の二千の部隊は、その最も北方に位置している。天王寺を出発している真田・毛利の両隊は、まず藤井寺村に到着するはずであり、その際に疲労度が比較的少なく数の多い明石隊が合流すれば、もう一度戦いを挑めるはずだと全登は考えたのだ。

（又兵衛は、どうして待てなかったのか）

全登は傷の手当てを受けながらで、ついさっき死んだ盟友を思っていた。自慢の南蛮鉄で作られた鎧も今は色褪せて見える。

孫太郎は、又兵衛が東軍に内通していることを疑われていたので真っ先に自滅的な死を遂げたのだ、と悔しそうにいっていた。だがそれは違う、と全登は又兵衛に成り代わって反論した。どう違うのですか、と訊く孫太郎に、

「負けは負けだからな」

と答えた。このとき、全登は死んだ又兵衛が自分に憑依したような錯覚を覚えた。そして、彼の死の意味らしきものを理解した。そうだ、又兵衛ならきっと笑ってそういったはずだ。負けは負けだからな、と。

後藤又兵衛は、一見自らの死に花を咲かせるような自儘な軍事行動で、霧で遅滞した後続部隊との連携を諦めたかのように見える。しかし、後続部隊を夜明け以降に道明寺で待っていれば、彼が軍議の席で絵図面が破れるほど指摘してきた「小松山」という最重要拠点を東軍が易々と通過し、結局は国分越えの狭隘路で敵に打撃を加えることができず、河内平野での平地決戦に戦術を移行せざるを得ない。

平地戦では、先発の第一軍がすべて揃ったとしても、六千人の兵しかいない。四万を超える東軍と策のないまま合戦に及ぶのだから、今より無残で一方的な敗北を喫し

ていただろう。

つまり「負けは負け」なのだから、又兵衛は自前の三千の兵だけで小松山に登り、数時間に及ぶ死闘を演じ、自らの戦略の正しさを実践して見せたうえで、全登たち後続部隊に陣形転換する時間的余裕を与えたのだ。

身勝手な、自己顕示欲的行動と誤解されるのを承知で、又兵衛は霧で遅れている第一軍の後続部隊と真田・毛利の第二軍が合流して、疲労した東軍を破ることができるように、犠牲になったのではないか。少なくとも、現実は全登の推測どおりになりつつあった。

その頃、第一軍の先鋒・毛利勝永が藤井寺に到着したからである。勝永が全登の部隊に遭遇したとき、彼はまだ又兵衛の死を知らなかった。その際に起こった毛利隊の動揺は、「父ヲ喪ヒシワラベノゴトキ」と史書に著述されている。

「掃部どの、行こう」

三千の毛利隊が加わったことで、明石隊もようやく戦闘態勢が形となった。しかし毛利勝永の弾むような口調は、それでも後藤・薄田らの諸隊を破って勢いに乗った、東軍の先鋒大将・水野勝成率いる一万余の軍勢に立ち向かわざるを得ない悲壮さから出たものだった。時に、午前十一時のことである。

誉田には、至るところに松が密集しており、そのわずかな隙間から、東軍の大軍がひしひしと毛利・明石隊を包囲しつつある。

　ところが、敵は威嚇射撃を間断的に行うのみで、一斉攻撃には移らないかのように見えた。毛利勝永は松林から見える、水野隊の黒地に永楽銭の旗印を眺めながら、うむ、と納得したように頷いた。

「敵からも、我が軍の旗印が見えるはずだ。敵が動けないのは、掃部どのの花十字架の旗印を認めたからに違いない。白兵戦となれば、いくら少数とはいえ、ほぼ無傷な、死をも恐れぬ勇敢なキリシタン兵たちとの戦いを避けたくなるのは当然だ。何しろ、敵の水野日向守は早朝から戦い詰めで、ようやく得た戦功にケチをつけたくないのだ。掃部どのの本陣に使いを出せ。ここで時をかせげば、左衛門佐（信繁）どのの軍が到着するとな」

　膠着状態が一時間ほど続いた正午、霧が晴れてくると、住吉街道の方面から砂煙を上げながら真っ赤な甲冑に身を固めた一軍が、疾風のごとく現れた。真田信繁率いる三千の部隊が全力疾走で、ついに戦場に到着したのである。

「今から、敵陣に突撃をかける」

　信繁は明石隊本陣に到着するや、全登の手を取って遅参したことを詫びながら、繰り返しいった。もはや又兵衛が立てた当初の戦略は崩れ、いかに戦場で少数部隊を繰り出したところで戦況を挽回できないことを、信繁は知っていたからである。

「それよりも、ここは巧く戦場を退き、後日天王寺で右大臣家（秀頼）を奉じつつ、敵大軍と最後の決戦に持ち込むことです」

信繁が握る右手の痛みに顔をゆがめながら全登は、なだめるように信繁へ説いた。信繁は彼の部隊が身に着けた赤い甲冑と同化したように、顔を紅潮させていたが、気を取り直したように、

「そうだ。ならば、軍の撤退はまず攻撃から開始するべきだ」

とこぶしを握り締めていった。この後に見せた真田信繁の戦術は、彼が野戦司令官としても一流であることの証明ともいえるものだった。

信繁は、誉田の林から馬を進めて敵の布陣を見渡して、

「今最も勢いがあり、多勢なのはどの部隊ですか？」

と全登に訊いた。全登も馬を信繁の横に進めて、

「伊達勢一万でしょう。又兵衛どのだけでなく、（薄田）隼人正と井上の首級も、先鋒大将の片倉小十郎一手で挙げている」

と教えた。信繁は「よし」と歯切れよく応じて、「野中村まで進め。敵は伊達勢だ」とその場で命を下した。全登が話しかける間もあればこそ、真田隊三千は風のごとく、誉田村後方にある野中村に向けて移動し終えた。

伊達勢一万を望む丘の上に指揮所を立てさせた信繁を見て、まず攻勢を仕掛けたの

は、伊達の先鋒を務める片倉小十郎だった。

「赤隊の中に、我が家を亡命した者がおります。是非、赤隊を撃たせていただきたい」

初め小十郎は、道明寺へ退いていく大坂方のどの部隊を追撃すべきか迷っていた。そこへ家臣の丹野某が、しきりに正面に位置する部隊——旗幟や甲冑をすべて赤色に統一した異様な一団を撃ちたいとせがむので、彼の指揮する騎馬兵を進めさせることにした。

ちなみにこの場合の騎馬兵とは、伊達家特有の兵種で、銃卒を馬に乗せて射撃しながら突進する部隊である。長槍を持たせた騎馬兵も混入してあって、戦の序盤戦に投入すると必ず敵は大混乱に陥る。発案者は、伊達政宗である。

一時は両軍混戦となって、真田隊の赤い陣形が乱れた場面も見られた。しかし、そこでも信繁は指揮官としての非凡さを発揮する。

「一列になって、地に伏せ。兜を取り、槍も横に置け」

と自ら前線を馬で駆け回りつつ、兵たちの動揺を鎮めるために奇策を授けた。地に伏せるのは、騎馬隊から銃撃される射程範囲を狭め、ぎりぎりまで敵を引き付けるためで、兜や槍まで身から取り上げたのは、至近距離で敵と戦う恐怖心を払拭させるためである。

猛射を浴びせつつ迫る伊達の騎馬隊が、三間（五・四五メートル）まで近づいたとき、「兜をつけよ」と信繁が命じる。地に置いた赤い兜をかぶるだけで、不思議と兵たちの恐怖は鎮まった。さらに騎馬隊が進んだのを見計らって、「槍を取れ」と叫んだ。

これが反撃の狼煙となった。

真田隊の兵たちは槍とともに勇気を奮い立たせ、寸前まで到達していた伊達の騎馬兵に突撃した。今度は伊達隊が混乱する番となった。地面から突き上げられるという攻撃を、伊達の騎馬隊は経験していなかったからである。

伊達隊は崩れに崩れた。たちまちのうちに、真田隊の追撃を受けて七、八町も退いた。しかも、他家にも知られた三十名にも及ぶ指揮官を一度に討ち取られるという惨敗となった。

「大坂にも赤備えがおったか」

後世、「鬼の小十郎」との異名をとった大将の片倉小十郎は、戦慄を隠すように悠然と槍を取った。「赤備え」とは、その昔無敵を誇った武田信玄の配下に山県昌景という名将がおり、彼の直属部隊が甲冑をすべて赤く統一していたことから世間にそう呼称されていた。山県昌景が長篠の戦いで戦死し、武田家が滅びた後は、徳川家康が彼の遺臣をすべて召し抱え、井伊直政によって再編成させている。

「井伊の赤備えよりも、こちらの赤の方が手強いわ」

小十郎はひきつった笑顔で、槍を抱えて馬に跨る。大将が槍を取るなど、主だった指揮官をすべて失ったとき以外あり得ない非常事態といえる。彼はこの後白兵戦にも挑み、自ら真田兵に組み敷かれるなど、その身に軽傷を幾つも負った。片倉隊苦戦の報を受け伊達政宗は、慌てて無傷の本隊を押し出した。約三倍の伊達本隊を前にして、真田隊三千は多少の動揺を見せたものの、再び前線でさかんに督戦する信繁により士気を鼓舞され、反転攻勢するや一丸となった猛突撃で政宗の本営に迫った。

射撃して進撃、さらに迂回という、真田隊が展開する流れるような波状攻撃を前に、伊達の大軍は赤子同然に翻弄された。

「真田の倅め、砦を守るだけが能ではないのだな」

伊達政宗は敵の信繁に感嘆し、自兵が疲労していることを見て取ると、ひとまず軍をまとめて誉田村まで退却した。

毛利勝永と明石全登も防戦に努めてよく水野勝成隊と戦った。やがて夕日が戦場を染め始めると、伊達隊を追い落とした真田信繁と共に、大坂へ向けて軍を撤退させる。戦闘六時間という長きにわたる苦境を、ともかくも勝ちつつ収束させたことは、大坂方の善戦といえるだろう。なお、東軍は戦死者百八十名、大坂方の戦死者は二百十名である。

（政宗は、明石隊を避けて軍を進めたのだ）

全登は、黒く精悍な眼帯をつけた、戦国生き残りの気風漂わせる伊達政宗を思い浮だけの未来図を描いている最中かもしれない。

なさそうだ。しかしなお、「独眼竜」の異名を持つ野心家は、それ以外にも伊達政宗

かべた。この一連の行動から、彼が天海が描く未来構想に賛同していることは間違い

い。

さて、東軍の先鋒大将にして大御所・徳川家康から指揮委任を受けている水野勝成

は、おめおめと大坂方の反撃に甘んじ、その撤退中ただ指をくわえていたわけではな

「藤井寺村に布陣している毛利と明石の部隊に、我が手勢で攻撃を加えれば、自ずと

野中村の真田隊は孤立するはずだ。しかし――」

勝成は軍扇で、凝り固まった自分の左肩を叩きながら、

「我が三千八百の兵だけが動けば、その側面を真田の赤隊が衝くに違いない」

と顔をしかめていった。真田隊を牽制すべき部隊が、どうしても一つはいる。

「やはり、陸奥守（伊達政宗）に頭を下げるしかないか」

水野勝成は、未だ心底の知れぬ不気味な隻眼の大名のもとに、度胸をもって知られ

た軍監の中山助六郎を使者として送った。慇懃な通常の使者より、むしろ政宗を怒ら

せてでも、彼が真田信繁への苛烈な圧力を加えてくれることを勝成は望んだのである。

「陸奥守どのさえ、御馬標をお進めいただければ……大坂の息の根を止めることがで

きます」

中山は、誉田村の民家で休息していた政宗の前にまろび出るように参上して、すがるような大声で訴えた。政宗は、小姓に投げ出した右足を揉ませながら、こりこりと首の凝りをほぐしている。

「年でござる。もう五十前ですからな」

は？　と出端を挫かれた使者の中山が、目を白黒させる。

「余力がな、もうございません。これに控える片倉小十郎も……ほれ、この様でござる」

政宗のちらと向けた視線の先には、伊達が誇る名将が、痛々しくも首に膏薬を塗る手当てを受けている。確かに将領級の武士たちが、あちこちで手傷の治療を施されており、薬を待つ負傷兵たちが列を成している。

使者である中山助六郎の復命を受けた水野勝成は、怒りをあらわに軍扇を地面に叩きつけて叫ぶ。

「一万だぞ！　あたら大軍を有し、将器にも恵まれながら、疲労や年を理由に牽制すら怠るとは、政宗のなんたる不甲斐なさ」

地団駄を踏んで、真田・毛利・明石等の諸隊が撤退する背中を歯噛みしながら見送る勝成のもとへ、驚くべきことに、伊達政宗本人が現れた。

「婿殿（松平忠輝）や越前少将（松平忠直）も、兵を出せぬというておりまして。それがしが真田に敗れたので、若者たちが老人を憐れんでいるのでしょう。お許しくだされい」

とやたら丁寧に頭を下げるのである。水野勝成は腰が砕ける思いであった。しかし、政宗の言葉の裏には、勝成の想像よりはるかに悪意にまみれていた。

「婿殿、兵を出すな。わしが動かねば、言い訳はなんとでもつく」

政宗は娘婿の松平忠輝に、あからさまに不戦を示唆していたのである。忠輝は、にこりと無邪気な笑顔を義父に向けて、

「では、掃部（全登）どのは無事戦場から脱けたのですね」

と小鳥が囀るようにいった。

「さ、そのようだな」

政宗はゆっくりと歩きながら、忠輝に無関心を装った返事をした。

（やはり、天海どののいうとおりだ。婿殿の優しさでは、将軍〈徳川秀忠〉の陰湿な詐略の餌食にならざるを得ぬわ。この片目の爺が、一肌脱いでやらねばなるまいて）

夏草で蒸せ返るような、夕暮れの村への帰路、政宗は河内平野の向こう――明日の戦場となるはずの天王寺の方角を眺めていた。

午後四時過ぎになって、明石全登隊を先頭に諸隊が整然と大坂城に向けて撤退を始めた。殿軍はいうまでもなく、真田信繁率いる三千の赤備え部隊である。

古来、撤退する敵軍を追撃することは、兵法においても初歩とされている。追撃する方が多数である場合はなおさらであるが、道明寺近辺や国分村を埋め尽くす東軍の大部隊は、一兵たりとも真田隊の後を追う者はなかった。

「東軍百万を号すれども、ついには一人の男子もいないのか」

このとき馬上から後ろを振り仰ぎつつ、嘲笑した真田信繁の言葉は、後世の語り草となった。

毛利勝永は少数の銃隊を残し、民家を放火しつつ退いたが、それでも東軍が翻す無数の軍旗は動きを見せなかったという。

十二

道明寺の合戦があった五月四日、豊臣秀頼は天守閣に鎮座し、兜は小姓に持たせているものの、その堂々たる容姿は威風あたりを払うものがあった。

彼は、直垂《ひたたれ》に流れる汗も気にしない様子で、落ち着き払った表情をしている。

豊臣家の近衛兵の長である速水甲斐守守久は、逐一戦況を報告していたが、

「お味方、勝利の様子でございます」

とひたすらいい続けた。道明寺の戦で死んだ後藤又兵衛や薄田隼人正のことは報告しなかった。ただ、真田信繁・毛利勝永・明石全登らの善戦については、詳細に伝えることを憚らなかった。

「また、戦で白眉といえるものは、八尾で戦った宮内少輔（長宗我部盛親）どののお働き」

とことさらに、別働隊の一人である長宗我部盛親の戦果については強調し、八尾の戦場から送られてきた数え切れないほどの敵の首を実検させた。

「宮内少輔どのは、歴戦のつわものとして知られる、藤堂和泉守（高虎）の部隊を壊滅させ、主だった侍大将すべてを討ち取ったのでござる」

秀頼は、巨躯を揺らせながら、白州に並べられた藤堂家の重臣たちの首を丁寧に検分して回った。

＊

長宗我部盛親が、五千三百人の兵を率いて大坂城の城門を出たのは、五月六日の午前四時である。玉造、平野を経て河内に至り、長瀬川を渡って八尾に向かうためだ。八尾には、徳川家康・秀忠両御所の先鋒部隊である、藤堂高虎と井伊直孝が到着しつつあった。

盛親は出陣前、物頭以上を集めていった。

「今回の戦では、長宗我部の旗を再び戦場に立てる千載一遇の機会を得た。関ヶ原で苦い思いをした者、その後草の根を食らい飢えを凌いだ者、時は今である。悔いのない戦いをするように」

関ヶ原の戦いでは、毛利の武将・吉川広家が施した調略により、長宗我部隊は戦うこともできず、戦場から撤退した。撤退中に追尾する敵で多くの損害を蒙り、戦後は所領である土佐一国を召し上げられるという屈辱を受けた。

一度は国元を離れ、散り散りとなった長宗我部家の武士たちは、胸を熱くしてこの御曹司の言葉を聞いたであろう。

あたり一面に立ち込めた深い霧と闇の中で、久宝寺村に到着した盛親本隊は、南方の道明寺から激しい銃撃の音を聞いた。後藤又兵衛が夜明けと同時に、東軍・水野勝成隊と戦端を開いたことを盛親は直感する。


片や道明寺に向けて進軍を続けていた東軍・藤堂高虎は、霧深い前方からおぼつかない足取りで浮き出てきた物見から、予想外の報告を受けていた。

「八尾方面に、五千は上回るかという部隊あり」

戦国生き残りを自他共に認める六十歳の老人は、泡を食ったように周りに目を泳がせ、

「すわ、一大事。大御所（徳川家康）にご指示を仰がねば」

と砂村にある秀忠本陣に馬首を回《めぐ》らせようとする。そして藤堂隊はそのまま道明寺に向けて進め、という。それを聞いた桑名一孝という武士が、

「このまま西に兵を向け、敵を討つべきです。霧のため敵部隊は、我が方の懐に入っているのですぞ。もしや、それを捨て置けば大御所の本陣を衝かぬとも限りません」

と忠告した。桑名は元長宗我部家の譜代の臣で、牢人後は藤堂家に召し抱えられていた者である。

「それは、いかん」

高虎はなおも狼狽して、大御所の命令を自分が勝手に変えたとあれば示しがつかぬ、砂村の本陣にて指示を仰いでくるゆえ、皆は目前の敵に向かえ、といい残すと、馬に跨りただ一人で駆け去ってしまった。

（寝技で成り上がった大名よ。伊達陸奥守と比べる世間がどうかしている）

桑名一孝は、暗然として主君の背中を見送った。

確かに、藤堂高虎は諸国遍歴の後、豊臣秀吉の弟・秀長に仕え、伊予宇和島八万石の大名となったが、秀吉の死後は露骨に家康に接近し、徳川家の犬のごとく諜報活動等を自ら行い、現在ある伊賀二十二万石の所領を手に入れた。

気骨ある大名たちは、高虎のことを「寝技師」と嘲り軽侮した。家康は、犬馬の労を厭わぬ彼を評して「今日戦というものを知るものは、和泉守（高虎）と陸奥守（伊達政宗）のみよ」といったが、これも高虎が東軍諸大名になめられぬよう配慮したリップ・サービスの類であろう。

藤堂兵は、大将の混乱した指示により、明らかに統率が取れていなかった。長瀬川の堤に差し掛かったとき、突然左右の草むらから敵の攻撃を受け、脆くも隊列は散り散りになった。長瀬堤は狭い路で、下は麦畑になっている。槍の突き上げと鉄砲の一斉射撃を受けた藤堂兵は、次々と堤上の路から麦畑に追い落とされた。

「落ち着け、馬を鎮めよ、槍を取り直せ……うっ」

ただでさえ動きの取れない麦畑で、態勢を立て直すように兵たちを叱咤する桑名一孝は、前方の光景を見て絶句した。

日が高くなり、霧が晴れ始めた堤上に、数え切れないほどの敵兵がびっしりと槍先を揃え、こちらを見下ろしていたからである。

「おお、あの旗印は――」

堤上に翻る旗印は、「地黄に黒餅」すなわち桑名の旧主、長宗我部家のそれであった。

(では、あの馬上の大将は御曹司か)

先頭に立つ馬上の人物は、桑名の推測どおり長宗我部盛親だった。盛親も、高所から見る兜や旗印で、敵の指揮官が誰かを知ったのだろう。身動きもせず、じっと桑名を見つめている。

「敵は、宮内少輔だぞ！」

麦で足を取られて身動きできずにいる兵の一人が叫んだ。桑名一孝は、魅入られたように盛親の勇姿に痺れ、身を震わせながら心中でいった。

(宮内少輔……そうだ、御曹司は今、亡き父君・元親公の官位を継いでいるのだ。見事な戦の駆け引き、この一孝、確かに見届けましたぞ。見よ、我らの宿願、長宗我部の旗が戦場に翻っている……。土佐を追われ、家臣を養うために死人のつもりで藤堂などという犬に仕えた甲斐があった。そうだ、皆馬を降りよ、御曹司が振る采の先へ、一団となって駆け下りるのだ。そうすれば、勝利は目前である……）

桑名一孝の目前に、長宗我部盛親の下知によって雪崩のごとく駆け下った徒歩の槍隊が殺到した。

「あれにいるは、桑名弥次兵衛（一孝）ではないか」

「裏切り者め、土佐の槍を受けよ」

長宗我部隊の兵は、皆桑名を目の仇にして、二度三度と槍を突き入れた。麦畑に倒れ、血に視界を遮られながら、桑名一孝は馬蹄の音とその上から発せられた声をかすかに聞いていた。

「弥次兵衛、久しいな。冥土で会おう」

桑名は、息絶える直前、声の主との――長宗我部盛親との古い記憶が走馬灯のように甦っていた。土佐の緑溢れる山野を共に馬で駆けた若い日々、夜明けまで地酒を酌み語り合った夜、雨降りしきる関ヶ原の戦場から無言で落ち延びて行く光景。

盛親が発した短い言葉で自らの生涯が終わることに、桑名一孝は神の慈悲を感じた。

この時点まで、長宗我部盛親の部隊は完勝といっていい戦闘結果を残していた。藤堂隊の主だった指揮官で大坂方に討たれた者は、藤堂高刑《たかのり》、藤堂氏勝ら六人にものぼる。

その後、盛親は若江で一方の別働部隊である木村重成隊が敗北した情報により、孤軍になることを恐れて大坂城へ撤退した。その際、藤堂隊に属していた名将・渡辺了《さとる》の猛追撃を受け、六百弱もの死者を出す苦杯を喫した。

後藤又兵衛と同様、盛親の前にも兵数という壁が、勝利への障害となったといえるだろう。

藤堂高虎にとっても手痛い戦であった。徳川幕府が軍を発する場合、常に外様から藤堂、譜代から井伊を先鋒に任ずることが慣例となっていた。しかし翌七日の決戦では、この日の戦術的敗北から、高虎は自軍の損傷が著しいことを理由に、涙を飲んで先鋒を辞退せざるを得なかった。

*

夜になって、早朝からの戦に疲労し尽くした兵たちが、次々と大坂城に帰還してきた。深い闇を陣所の松明が照らし、黒い巨城の外壁に意匠として施された金の金具と金箔瓦を、きらきらと浮かび上がらせている。

すでに帰城していた真田信繁と明石全登は、天守閣二階にある休息所で、豊臣秀頼と対面を済ませて降りてきた長宗我部盛親に会った。

「こちらは、又兵衛どのを失った」

信繁が悄然とした口調で、別働隊長を務めていた盛親に申し訳なさそうにいった。

「聞きました。こちらは、若江で長門どの（木村重成）が討ち死にしたらしい。木村隊の残兵たちが、ようやく城に戻ってまいりまして。詳しいことは分かりませんが」

盛親は、力ない笑顔を見せるのがやっとの様子で答える。

「お互い力は尽くしましたが、兵の連動が……霧さえなければ、という悔いは残るが、寄せ集め衆の脆さが出てしまいました」

全登が労わるように、盛親の落とした肩に手を置く。盛親は目を伏せたまま、震える声を絞り出すようにいう。

「これから城を抜けよう、と思うております」

信繁と全登が驚いて盛親を見た。いつしか、盛親の目が真っ赤になっていたからである。

「土佐の国元に、桑名弥次兵衛という家臣がおりました。幼い時分から長宗我部の家に仕え、それがしと共に育った武士です。関ヶ原の戦が終わり、国を召し上げられた後、その者は牢人して藤堂の家に仕えました。彼は義心篤い男で、京に閑居するそれがしに、俸禄料の二千石を割いて密かに送り続けてくれたのです。剛直で、よい男でした。その男を――」

盛親は両目に涙を溢れさせて、

「それがしが、今日、戦場で殺したのです」

といったきり、言葉を詰まらせた。三の丸大手門に、戦闘で討ち取った敵将の首を梟《きょう》す白州がある。おそらくはその実検の場で、盛親は秀頼から拝謁の栄誉と賞賛の言葉を受けたのであろう。

「戦とは、数奇なものでござる。人の世の喜び、悲しみや憎しみ、すべてがその場に一度に現れては消えてゆきます。それを忌み嫌い、二度と戻るまいと心に決めたのに、我らはいつもそこに戻ってゆくのです。それが槍に生き、槍に死す武士の宿命」

全登が差し出した杯を、盛親は泣きながら飲み干した。

長宗我部盛親の最期は、幾つかの史料によっても判然としない。

ただ確かなことは、彼が大坂落城の際にその場にはいなかったという事実である。

「汝ラ、イズクトモ落チヨ。コノ城ニテ功立テンコト今叶イガタシ。自ラモ落チヌベシ、我ニ志アラバ重ネテ義兵ヲアゲンヲ待ッテ来ルベシ、モシ我捕ラエラレルトモ、何トゾ謀ヲメグラシ命全クセン」

『常山紀談』によると、この言葉のとおり、盛親は執拗なまでに生への執着を見せ、山城（京都府）まで血路を開いて逃げ延びたが、ついに男山で蜂須賀兵に捕らえられたという。

彼が雨降りしきる二条城の玄関で縛られたまま晒し者になったとき、薩摩の島津家久は、小者に命じ傘を差し掛けさせた。また徳川譜代の臣・井伊直孝は、自らの袷の衣を手ずから盛親に掛けて城に入ったと伝えられる。

「それほどまでに生きたいか、だと？　ああ、生きたいさ。生きておれば、大御所（家康）や将軍（秀忠）をおれのような姿にできるのだからな」

五月十五日、「出家するので斬るな」とまで命乞いした盛親は、洛中引き回しのうえ京の三条河原で斬首された。

大坂方司令官のうち唯一人の元国持ち大名は、死の最期の瞬間まで、彼を慕った土佐の侍たちの道標になることを欲したのだろうか。

十三

夜になり、大坂城内のあちこちで女官たちのすすり泣く声が聞こえる。

「どうしたの？　戦はまだ終わっていないでしょう。なぜ泣いてばかりいるの」

泣きじゃくる幼い女官の一人に、お由は優しく問いかけた。

「いえ、もう、終わりでございます。長門さま（木村重成）が……長門さまが若江で亡くなられたのですから」

お由は、胸を衝かれたようにぎょっとして、

「木村長門さまが……。宮内少輔（長宗我部盛親）さまは見事な戦果をお挙げになったと聞いていたのに」

と放心してあたりを見回した。泣いている女官たちは、戦の勝敗などに興味はなく、ただ彼女らのアイドルであった美貌の若武者がこの世からいなくなったことだけに、悲劇的な感傷を覚えているに違いない。

「ジュアニーさまは……いえ、明石掃部さまは、ご無事なのだろうか。大和口に出陣

しておられた後藤又兵衛さまや薄田隼人正さまは、真っ先にお討ち死になされたとか。同じ部隊におられたジュアニーさまは、どうなされたのでしょう」

城内のあちこちをさまよい歩き、本丸奥御殿にいる何人もの女官たちに、全登の安否を確認して回ったお由だったが、皆重成の死に打ちひしがれ泣くばかりで、満足な返答をする者は誰一人いなかった。

「明石掃部さまなら、ご無事ですよ」

騒然とする本丸御殿の中で、その言葉だけが低く響くように、突然お由の鼓膜を振動させた。

お由が声の方に目を向けると、奥御殿出口の柱の陰に、一人の男が佇んでいる。基本的に男子禁制である奥御殿に、茶坊主などは別として男が侵入しているのは奇異なことだといえるが、不思議なことに誰一人その男の存在を違和感なく受け入れているようだ。

（忍びの者かしら）

お由は、その町人のような服装をした四十がらみの男を、なんとなくそう感じた。すると、その感覚から呼び覚まされたように、一つのおぼろげな記憶が自然とお由の口を衝いて出た。

「あなたは、まさか――鵺さん？　ジュアニーさまが親しくしておられるといっておられた……」

鵺は、小さく頭を下げると、

「掃部さまからは聡明な女性だと聞いておりましたが、まさにそのお言葉どおりの方だ。さようです。わたしが、その鵺です。そして、あなたがお探しになっておられる明石掃部さまも、あなたをお探しになっておられます。これから、明石隊の陣所までご一緒いただけませんか？　掃部さまより、いや、明石ジュアニーとして、由どのにお願いしたいことがあると承ってまいりました。いかがですか？」

とお由を城外に誘った。

「えっ、あの、ジュアニーさまが？　まいります、まいりますとも。明石隊の陣所やらまでお連れくださいませ」

お由は、殺気や不安を一切感じさせない鵺という忍者を、信頼していいと思った。仮に不安を感じたとしても、死ぬ前に全登に一目でも会えるのであれば、誰にでもついていくだろうと、お由は胸の動悸を意識しながら、足音も立てない鵺の後に続いて城門を出た。

＊

「これが、木村長門守重成の首でございます」

　夜の首実検で、徳川家康の前に重成の首級が差し出されたとき、家康はしばし言葉なくそれを凝視した。

「この若造は、討ち死にではなく、逃げ延びる覚悟だったのではありませんか。その証拠に、この月代《さかやき》」

　将軍徳川秀忠は、少し伸びた重成の月代を指して、

「噂に聞く爽やかな男子ならば、死を決するときは身だしなみを正し、月代は剃るものでございましょう。存外なことですな」

と薄ら笑いを浮かべ、列席している大名たちに同意を求めた。

「愚か者、これを見よ！」

　家康の棘のある叱責に、秀忠は首をすくめた。家康が命じて取り寄せた重成の兜は、忍緒《しのびのお》がほどけないようにきつく結ばれており、端までが切られていた。秀忠を含め、一同の間に粛然とした空気が流れた。

「若者の決意の表れだ。生きては兜を脱ぐまいとな。それに、この薫りの芳しきことよ」

　と家康は感に堪えない様子でいう。

『見聞談叢』には、

首ハナハダ薫ズ

と記されている。早速群臣に重成の首を嗅がせてみた。皆一様に、その薫りに驚く。

「死して敵に首を預けるとき、見苦しくないように、香を焚き染めたのであろう。このような若者に、誰が典雅な嗜みを教え、後代までその名を残さしめたのだろう」

そういうと、家康は目を潤ませた。

秀忠は他に聞こえないような舌打ちをして、

「大御所も老いたものだ。あのような葉武者風情の死に、心乱されるとはな」

と側近の本多正純にいった。

「そうでしょうか」

正純は、秀忠に顔を向けずに、無機質な声でそういった。「何！」と、秀忠はムキになって正純に詰め寄るが、彼はどこ吹く風といった様子である。

（この大戦が終われば、武士たちは刀や槍を櫃に仕舞い、やがては武士の気風すら消えてゆくのだろう。大御所はその寂しさを、美しく散った敵の若武者に託したのだ。その心情を理解できない将軍は、なぜ叱られたかすら理解できないのか……やんぬるかな）

重成は出撃の前日、真田・毛利・明石・後藤の四将と訣別の杯を交わした後、自宅に戻り、新婚の妻に命じて兜に香を焚き染めたのであった。

五月六日の戦闘で、一時は藤堂隊先鋒を壊滅させ、勝利を手中に収めた重成であったが、駆けつけた東軍のもう一方の先鋒・井伊直孝の大軍との戦いで、疲労と寡兵が災いし、大敗を喫した。

藤堂隊を破ったとき、ある弓頭が重成に、

「もう充分なご勝利を得られました。城にご帰還あそばせ」

と勧めると、重成は首を何度も横に振って、

「我はまだ、大御所と将軍の首を取ってはおらぬ」

といい放ち、具足や旗をすべて赤に統一した「井伊の赤備え」部隊に、自殺的な突撃を敢行し、討ち死にした。

木村重成の持つ武士としての美意識は、まずその死後、敵将である徳川家康の絶賛を浴びた。また、彼がにわか指揮官であるにもかかわらず士卒に慕われていた証拠に、今でも若江村周辺では、

「うちのご先祖さまはな、木村長門守さまの足軽として働いたんやで」

と誇りとする旧家が多い。

さらに、江戸期以降の講談では、真田信繁と並び木村重成は悲劇のヒーローとして、民衆の人気が高かった。重成の短い生涯を通じて、そのドラマティックな生き様が、泰平の世に慣れた民衆の憧憬と結びついたのだろう。

鵜が操る馬の背に乗り、お由は本丸桜門を出て、夜の松屋町筋を駆けた。幼い頃近江の郷里を出てから、難波村の明石屋敷を除けば、城の外の世界を見るのは二十年ぶりである。

＊

「由さんは、近江のお生まれか？」

鵜が、背中にしがみつくお由に訊く。お由は意外そうな声で、

「お分かりになるのですか？　元浅井家の縁で、親類のつてを頼り、大坂のお城でご奉公させていただいているのです。鵜さんは、ジュアニーさまの仰るとおり、なんでもご存知なのですね」

と感心した。すると鵜は、それを誇る風もなく、

「あなたの言葉訛りですよ。わたしも、近江の出身ですから」

と親しみを込めて答える。まあ、同郷なのですね、と喜ぶお由に鵜は振り返って一瞬微笑を見せ、

「さあ、掃部さまが露営している一心寺に着きました。間もなくご対面が叶いますよ」

そういって馬からひらりと降り、お由の手を取って馬から降ろすと、小者に馬を預

けて一心寺の境内へと案内した。

境内では、朝からの戦闘で疲労し、負傷したキリシタン兵たちが脚を投げ出して休息を取ったり、傷の手当てをしている。

「お由さんじゃないですか。どうなさいました、このような戦場におられては危険です。我らのことはお気になさらず、はや城を抜けられるがよろしかろう」

難波村の明石屋敷で月日を過ごした信徒たちは、驚いてお由に声をかける。

彼らとの再会を懐かしむ以前に、お由は絵巻物で読んだ戦と、初めて目の当たりにする戦場の違いに凄惨な衝撃を受けて絶句した。

「おお、由どの。ご無沙汰であった。息災であられたか」

本堂近くの茶室で待っていたのは、真新しい衣服に身を包んだ、明石全登その人であった。横には、側近の沢原孫太郎がいた。全登は親しくお由の手を取り、城を抜けるとき怖くはありませんでしたか、馬には初めて乗られたでしょうが、乗り手の鴾が上手であるので快適でしたろう、と彼にしてはぎこちないほど饒舌な挨拶をした。

(ジュアニーさまは、明日死ぬつもりなのだ)

お由は、全登との再会を喜ぶと同時に、彼の沐浴を済ませたばかりとおぼしき姿に、切なさで耐え切れない思いだった。

「よくぞ、ご無事で……。ジュアニーさまは、やはり神のご加護をお受けになっておられます。キリシタン奉教人の方々も、必ずや勝利と信仰の自由をジュアニーさまの御もとへともたらしてくださいますよ」

「ありがとう」と全登はお由に礼をいうと、何かを切り出そうとした言葉を飲み込み、再び「ありがとう」といって笑った。

「今日、ご無理をいって城を抜けていただいたのは、他でもない。これから、ある娘御と共に陸奥守の陣へ行ってもらえないだろうか」

お由は驚いて、

「だ、伊達政宗さまのところへ？　あのお方は、大坂の敵でございましょう。それに、ご一緒する娘御とは……」

唐突な話にたじろぎ、咄嗟に状況確認と質問の入り混じった支離滅裂な返答をしてしまった。全登はまず用意した席にお由を着かせて、言葉を選びながら一つ一つ説明を始める。

「まず、その娘御とは、真田左衛門佐（信繁）どのの娘御です。由どのはもうご存知であろうが、今日の合戦で十万いた味方の兵は多くが逃亡し、明日の決戦では半数の五万を動員できるのがやっとであろう。つまり、もはや十五万を超える敵との勝敗は決したも同然。あとは、大坂方それぞれの将が奮戦して終わりを全うし、右大臣家（豊臣秀頼）への忠節を尽くすのみとなった」

　お由は、全登から厳然とした事実を聞き、唖然としつつ頷く。

「左衛門佐どのは、すでに死を決しておられる。その彼から、わたしは最後の願い事を受けました。すなわち、紀州九度山から連れてきた娘御を、東軍のいずれかの大名を頼り託してもらいたい、という一事です。わたしは、すぐに彼の願いを承諾しました。なぜなら、真田左衛門佐どのこそ、右大臣家からのお招きに当たり、真っ先にこの掃部をご推挙してくださったお人だからです。娘御をどの大名に頼むかについては、伊達陸奥守をと考えました。先程、由どのが疑問に思われたのは無理もありますまい。伊達どのはまぎれもなく、今朝から我らと戦を交えている敵である。しかし」

　全登の声が別人のように低く湿ったものに響き、お由は思わず姿勢を正す。

「この戦の後ろには秘密裏に、信仰を背景とした人々が、戦のない世をつくるために動いています。その中の一人が伊達陸奥守であり、彼の娘婿である松平上総介（忠輝）どのも同様です」

　お由は声を震わせて、おずおずと全登に訊く。

「その、戦のない世をつくる人たちの元締めといいますか、首領はジュアニーさまなのですか？」

「そうではない。この共同作業には、前提として首領はいません。ただ、その作業を指揮する監督者が一人いる。その方の名前は――南光坊天海。徳川将軍家から、宗教政策を一手に任されている天台宗僧侶です。しかし、彼は元高名な武士なのです。由どのは、豊臣家にお仕えされて長いでしょう。噂くらいは、耳にされたのでは？」

全登の問いに、お由は思い当たる節があり、その名を口に出そうとしたが、迷いに苛まれ頭を振った。

「天海さまの正体は、いいえ、城中の根も葉もない噂……のはずですわ。でも、まさか、そんなはずは――天海さまが明智光秀さまだなんて」

「信じがたいことですが、それは事実です。明智光秀どのは、山崎の合戦で太閤殿下（豊臣秀吉）に敗れ、小栗栖《おぐるす》の山中で土民に殺害されず、叡山に逃れた――そして、南光坊天海として大御所（徳川家康）に仕えたのです」

「………」

「天海どのは、冬の陣が終わった今年の一月、そう、ちょうどこの一心寺のこの部屋でわたしに、彼が描く壮大な計画を打ち明けたのです」

さらに全登は、関ヶ原の合戦で多数の敵に取り囲まれた自分を救ったのは天海の指図によるものであり、その天海が全登を指導者として西日本の地下に潜伏するキリシタン教徒たちに連絡網を構築させ、スペイン・ポルトガル等の海外列強諸国による侵略を防がせるという秘密政策を、お由に語った。

「では、わたくしがこれから真田さまの娘御と向かう伊達さまは、キリシタンなのですか？」

　お由の問いはあくまで率直な単純なもので、全登は言葉を選びながら、真摯にそれに答えていく。

「陸奥守（政宗）は、キリシタンではありません。結論からいえば、彼の娘婿である松平上総介（忠輝）がキリシタンであるため、こたびの計画に参加せざるを得なかったといえるでしょう」

＊

伊達政宗の娘・五郎八姫を正室とする松平忠輝は、徳川家康の六男である。

忠輝の母はそもそも遠州（静岡県）に住む鋳物師の妻であったが、たまたま鷹狩りで当地を訪れた家康の側室となった。天正二十年（一五九二）に忠輝が生まれたとき、そのあまりに怪異な容貌を嫌悪した家康は、

「捨てよ」

　といったと伝えられる。彼が「捨て童子」の異名をとる所以である。一時は風前の灯とも見えた忠輝が、慶長八年（一六〇三）には信州川中島十四万石を領し、越後少将という官位まで上り詰めたのは、彼がその醜悪な容貌に似ず、豊かな教養と優しさ

を兼ね備えていることを、家康が密かに認めていたからだ。

家康が最も恐れたのは、後継者の秀忠が六男の忠輝を抹殺しないか、ということだった。ちなみに次男・結城秀康、五男・武田信吉という、秀忠より優れた資質を持つといわれた将軍後継者候補は、関ヶ原戦役から大坂戦役までの十数年間で、相次いで不可解な死を遂げている。

家康が、ことさら忠輝に対し冷たい態度を取り続けたのは、秀忠に忠輝が将軍位を脅かす敵手であるかもしれない、という疑心を抱かせないためである。家康が見せた配慮はそれだけではなかった。

松平忠輝が信州を領した際、幕府の代官頭である大久保長安を家政補佐に加えたのだ。長安は、鉱山発掘の技術官僚として名高く、

「長安の手にかかると、金銀が涌き出るようになる」

という噂が立つほどだった。現に、彼が佐渡奉行に就任してからは、石見銀山、佐渡金山、さらには伊豆の諸鉱山の産出量が飛躍的に伸びた。

ところが、この大久保長安は、極秘にキリスト教を信仰していたらしい。

忠輝はもともと江戸城下の貧民に食糧を与えたり、薬を調合するなど、慈善事業を私的に行うことを好んでいたから、彼が長安の影響を受けて密かにキリスト教を信仰し始めたのは想像に難くない。

大久保長安が持病の中風で急逝したのは慶長十八年、大坂の陣を遡ること三年で人々の記憶にも未だ新しい。しかし世間が留めた記憶とは、長安の功績ではなく、彼が幕府に対して謀反を起こそうとしていたとの風評だった。

「駿府にある長安の自宅を捜索した結果、彼の居室の床下から、石でできた箱が出てまいりました」

将軍秀忠は、家康の顔色が変わるのを愉しむかのように、得意げに数枚の書状を広げたものだ。

「こちらが、上総介（忠輝）を将軍にまつり上げるために書かれた連判状です……そして、このイスパニア語で綴られた書状は」

秀忠は、わざと深刻な皺を眉間に寄せて見せて、当惑が隠せないといった演技を交えながら、

「スペイン国王に、将軍位継承戦争が起こった際、助勢を乞うたものでございます」

といった。さらに家康が努めて平静を装って書状に目を通すのを横目で見ながら、

「真偽はともかく――世間や大名が、どう噂するかを危ぶみます。上総の仕置き、ぬかりなくせねばなりますまい」

とひそひそと囁いた。こういう秀忠の陰湿さが家康には我慢できない。

「そのことなら、考えてある。長安の家を取り潰す。息子たちは、すべて殺す。奴の

全財産は、幕府で没収だ。これで、文句はあるまい」

家康が、目をしばたたかせながら、疲れた様子で秀忠に告げると、秀忠は殊勝げに頭を下げた。

「結構ですな。しかし、上総の義父が……陸奥守（伊達政宗）が後ろ盾となって、わたしに戦を挑むという噂もあります。まさか、上総や陸奥守が幕府に弓引くとは思われませんが、一応お心の内に」

伊達政宗にも制裁を加えよ、と秀忠は催促しているのだ。キリシタンを憎悪している秀忠は、長安の死後に彼がキリシタンを信仰していたことを知り、幾つかの状況証拠から謀叛を示唆する書状を捏造したに違いない、と家康には分かっていた。

秀忠は、家康が信頼している南光坊天海の宗教政策が何より気に入らないし、長安謀叛の噂が蔓延しさえすれば、天海のみならず、将軍後継者候補の有力者である松平忠輝をも追放できる、と笑いが止まらなかったに違いない。

家康は、大きく嘆息した。

「よかろう。大坂の戦役が終われば、上総の所領は没収しよう。ただし、それは、わしが死んでからだ。これ以上、わしを悪者にするな。それから、陸奥守は大坂で戦が起これば兵を出させよう。その戦働きをもって、彼の忠誠を世に問う。おぬしの期待に沿わぬときは、改易なり、刺客を送るなり、好きにせよ。よいな」

部屋を出てゆく秀忠の背中は、父の家康から見ても滑稽なほどだった。今にもはしゃぎ出したい衝動を抑えようとしているが、ありありとそれが他者に分かってしまうのだ。

家康はこの不肖の息子であり二代目将軍である秀忠に、嫌悪を通り越して不憫ささえ感じ、虚しくなった。

（このわしを、出し抜いたと思うておるか。情けないことだ）

謀略にかけては、家康の方が秀忠より格段に長けている。懸案の松平忠輝と伊達政宗の処遇については、家康と天海が様々な情報を駆使し、秀忠の思惑どおりにはいかないよう、手を打った後であった。

「発想の転換をすべきですな」

と、まず天海が家康に意見した。地下に潜む七十万のキリシタン信徒を治めるには、指導者にもやはり地下に潜伏してもらう方が都合がいい、と天海は勧める。西日本のキリシタンを統括する指導者に、元宇喜多家家老の明石全登を充てるべく、数年かけて交渉している過程を報告したうえで、

「東日本にいる数十万のキリシタン信徒たち……彼らの指導者には、松平上総介（忠輝）さまを考えております」

「ううむ、西の明石に、東の上総か」

家康は思わず手を打って天海の進言を喜んだ。家康の死後、所領を秀忠に没収されるはずの忠輝は、配流先では数え切れないほどの隠れキリシタンからの保護を受け、身の安全を保証されるだろう。

「だが、政宗が大人しく従うかな」

家康の懸念に、天海は「ご心配なく」と冒頭を抑えて、澱みなく答える。

「陸奥守（政宗）は、二年ほど前（慶長十八年）から、支倉《はせくら》某という使者をスペインに送っています。彼は異国との貿易を振興し、産業はいうまでもなく、軍備を拡張しようとの野望があるのです。こたびの大久保長安が企てたとされる謀叛の疑い。その首謀者に婿である上総介どのが挙げられ、陸奥守自身がそれを後方支援しようとしていたという噂と、スペインとの貿易で軍備を拡張しようとしているという二点で圧力をかけましょう。さすがの独眼竜とて、協力せざるを得ますまい」

松平忠輝のみならず、伊達政宗が天海の申し出に賛同したことは、先述した小松山での後藤又兵衛との合戦描写からも理解できることと思う。

だが徳川家康は、持って生まれた疑い深さと慎重さで、なお自分の死後、政宗が領地没収されるであろう忠輝を擁して、秀忠の将軍位を簒奪することを目論んでいるのではないか、と天海に訊く。

「それは、現時点では否定できません。政宗は野心家です。大御所の死後に、上総どの後見人として、状況に応じ上杉、毛利、島津ら外様大名に号令を発し幕府転覆の叛意を隠し持っていると思われます。ですから、大御所さまと拙僧のできることは、現将軍の嫡子である竹千代君が持つ英邁な気質を一日も早く啓蒙し、三代将軍として強固な幕府体制を築くことです。そうすれば、老いた政宗は、気鋭の新将軍に盾突く覇気が失せ、大名としての栄達、さらにはお家の存続のみに力を尽くすことでしょう」

のちの三代将軍となる竹千代こと徳川家光は、「生まれながらの将軍」と自称するほどに、地方大名から成り上がった祖父家康や父秀忠とはまったく異なる環境で、将軍としての資質を養う帝王学を学んで成長した。

彼の教育は、乳母であるお福ことのちの春日局が担当している。彼女は、明智光秀の家臣である斎藤利三の娘で、京での公募により家光の乳母に登用されたといわれている。

お福は、三歳のときに本能寺の変に伴う兵乱で父を失った。十三歳で三条西家に奉公するまでの十年間、比叡山で光秀すなわち天海から教養や作法を授けられていたと思われる。

ちなみに二代将軍徳川秀忠は恐妻家で知られ、側室すら持たなかった。その理由は、正室お江が織田信長の妹・お市の娘（淀殿は姉）であり、異常に気位が高かったからである。

お江は、伯父の信長を誅した明智光秀を嫌っていたし、その縁者であるお福に子の家光を教育させることには常に不満であった。その不満は、夫秀忠とて同じだったが、お福と天海が徳川家にもたらした恩恵を顧みると、家康に向かってその不平をぶつけることができなかった。

その恩恵とは、お福の夫である稲葉正成が、関ヶ原の合戦において、彼の主君小早川秀秋を東軍に寝返らせるという大功を立てたことである。本能寺の変で、信長を討った明智光秀（天海）を見殺しにした負い目も、家康は痛く感じていたと想像できる。家康は、天海を宗教政策最高顧問に就任させるとともに、お福を三代将軍の乳母に抜擢して、彼らの功績に報いたと見るべきである。さらには、お福の子稲葉正勝は老中となり、養子を迎えた堀田家は、幕末に至るまで代々幕府の要職を歴任することになる。

秀忠の側近である本多正純は、幕府の中枢を明智家縁者が侵食していく様を見つつ、

「ああ、葵の後ろに桔梗が咲き誇っておるわ」

と嘆いた。葵とは徳川家の家紋であり、桔梗とは明智家の家紋であることはいうまでもない。

＊

「そうでございましたか……徳川にも人にはいえない内紛があるのでございますね」

お由は、全登から依頼を受けた、真田信繁の娘と伊達家に亡命するというだけの行為が、実は複雑な政治・宗教に関わる事項なのだということを知り、自分の覚悟を固めざるを得なかった。

「当面の生活には事欠かない用意は、あちらにしてあります」

襖が襖を開けると、隣の部屋に女官らが使用すると思われる、衣服や生活用品が手際よく荷造りされていた。

「分かりました。わたくし、奥州仙台にまいります。真田さまの娘御を、無事に伊達政宗さまのもとにお連れいたします。でも、なぜにジュアニーさまは、このわたくしのようなありふれた侍女を、このような大任にお選びになったのですか？」

全登は、お由の荷物をあれこれ確認していた手を止めて、

「由どのが、信のおける方だという安心があったからです。難波村の屋敷で奉教人たちの世話をしていただいていた頃から、家中の者は皆あなたに心を許していた。信頼というものは、一朝一夕に築くことができるものではない。日々誠実に暮らし、生活

を共にした者の間にだけ生まれる、崇高な関係です。そうした由どのの人柄、そして城で培われた教養や作法は、必ずや奥州でも真田の姫の支えになるだろう、と思いました」

と理由を述べたうえで、最後に一言、

「また由どのには、明石ジュアニーとして、戦のない世の中を見ていただきたかった」

と付け加えて、子供のように悪戯っぽく笑った。

お由は、涙が溢れ出そうになるのを懸命にこらえながら、

「では……ジュアニーさまも、真田さまのように死を覚悟されているのですか？　ここにいるわたくしたちは、今日で永の別れになるのでしょうか」

と訊いてはいけないと知りながら、全登に訊いた。

全登は、お由を咎める気色も見せず、穏やかな普段の口調に戻っていった。

「死とは、生と同様自ら選ぶことができないものだ、とわたしは常々心にいい聞かせています。キリシタンは教義で自殺を禁じられているからだ、と世間は物知り顔で囃すかもしれない。しかしそれは、わたしの考えに近いようで違う。この美しい現世に生を受け、神から与えられた役割を自らが果たしたとき、初めて神はわたしを天国へと救い上げてくださると信じています。明日、わたしは戦場に倒れるかもしれない。しかし、地上を離れたわたしの魂が、いつか星の光となり、風となり、花となって、

再びこの地上を訪れる日をわたしは夢想するのです。そのとき、わたしは憧れたいのです。地上にある人々の営みが、野に咲く花々が、木々の緑が、川のせせらぎが、いかに奇跡に溢れ美しいものであったかを。魂が天に召されるとは、ただ地上にあるこれらの奇跡を、地上から離れるときに愛しいと憧れることなのだ、と感じたいのです。明日は、そのことのみを考え、信徒たちと槍を取り馬に跨ります。由どのも、もうこれ以上悲しまないでいただきたい。いつかどのような形であれ、この地上でわたしたちは再び出会うことになるのですから」

世の成らぬ先に
父なる神の　御心のうちに
生まれし御子は
萬の物の初め　また終はりなり
栄えあれ永久に

境内の信徒たちが、全登の言葉が終わるのを待っていたかのように、心が震えるような澄んだ声で聖歌を唄い始めた。

いにしへの人の
等しく告げし　新しき御代は
ここに開けぬ
造られし物みなよ　ともに迎へよ
栄えあれ永久に　アーメン

お由は若い瞳を美しく潤ませて、グレゴリオ聖歌を唄った。三百年の昔からヨーロッパで唄い継がれてきたこの歌を、千年の昔に救い主が十字架とともに背負った「初めの終わり」を胸に温めながら。

沢原孫太郎と鵺も声を和し、全登も目を静かに閉じて胸の前で手を組み、それに加わる。

栄えあれ永久に
栄えあれ永久に

その夜、鵺が供をした真田信繁の娘であるお梅を乗せた輿が、伊達政宗の陣営に進んでいた。

お由は鵺の後ろに従いつつ、

「鵺さんは、これからどうなさいますか？　確か、天海さまのお側で働いておられるとお聞きしていましたが。真田さまの姫を伊達さまにお任せした後、天海さまのもとへお戻りになるのですか？」

と心配げに訊いた。土民の姿に身を窶《やつ》した鵺は、わずかに振り向いて、

「ご心配なく。天海さまには、お暇をいただきました。明日は、掃部さまのもとで戦います」

と気にも留めない風に答えた。「まあ、どうして」と戸惑うお由に、鵺は前を向いて歩きながら、

「明石掃部どのに惚れ申した。百姓の若い男などが、娘に惚れるのとは訳が違いますよ。将として……人間として、掃部どのに惚れたのです。いや、こちらの方が衆道（男色）より忍びにとっては質が悪いのですが」

といって夜空を眺めた。そこに光る星を数えるように、遠い目をしている。

「由さん、あなただってそうでしょう」

「……そうですね」

お由は、数ヶ月前まで大坂城より外の世界を知らなかった自分が、世に聞こえた忍びの術者とこうして話していることが、不思議に思えてならなかった。

「人が、信仰について語るとき、世の中に生きる猥雑さや困難に負け、その当初の理

想が捻じ曲げられ、原型を留めることもなくなり、それに耐えられないと口々にいいます。長く続いた戦乱の世には、人々が諦めかけていた時代があったのです。ところが、明石掃部さまはそのような苦しい境遇にありながらも、決して人が本来持つ理想を諦めたりはしない。『人の世の幸福』などという、この百年間誰もが真剣に考えることなく、口に出すことすら憚り嘲ってきた言葉を、あの方は当然のことのようにいつも考えておられるのです。掃部さまは、自分が戦の名手で、元宇喜多家の筆頭家老であったためだけで豊臣家に招かれたことを知っておいでです。戦に勝てば、キリシタン信仰の自由を得ることができるという公約が反故になることも知っているし、何よりこの戦は大坂方に勝ち目がまったくないことも知っておられます。それらのことを知ったうえで、掃部さまは、人間は良いことを為しうるし、また良いことを為さねばならぬと信じておられるのです」

お由は、いきなり鵺が多弁になったことに驚いたが、それに頷いていった。

「そうです。ジュアニーさまは、現実離れした夢想家——。でも、わたくしたちは、そこが好きなのです。人が人として生まれ、この世にただ一度きりの生しか受けないのであれば、どうして人間が果たすことができないという夢を、美しい理想を、思い描かずにいられるでしょうか」

前方にかがり火が見えてきた。伊達家先鋒大将である片倉小十郎の陣営と思われる。

門番の兵士二人が訝しげに駆け寄ってくる。

「明石掃部さまのことは、お任せください」

鵺は、後ろに従うお由に目配せして、そっと囁いた。本物の自信を持つことが許される者だけの、迷いのない声だった。

やがて陣所の奥に、鵺・お由・真田梅の三人が案内された。そこには、大将の片倉小十郎本人が腰掛けていたが、三人の姿を認めるとうやうやしく立ち上がって一礼し、

「お話は、主である陸奥守（伊達政宗）より伺っております。主にも相談いたしますが、今宵はそれがしの仮屋でお休みいただけるでしょうか」

と美しい表情をいくらかこわばらせていった。お由は、片倉小十郎が彼なりに気遣いを見せていることを理解する。

「悪いお方では、なさそうですよ」

「そうみたいね」

お由とお梅は、安心したように言葉を交わした。


「承って候、と鵺には伝えよ」

伊達政宗は、小十郎からの報告に即答した。

「明石どのの申し出ではありますが、先程に手痛い目に遭った敵の娘でございますか

らな……。このことが知れたら、家中の者はともかく他の大名連中がどういうか」

「その方、先年に連れ合いを亡くしたな。一人では寂しかろう。真田の姫を養女にでもすればどうだ」

片倉小十郎は、当惑した表情で「はあ、まあ……」と、政宗の提案を聞く他なかった。政宗は、

「男児ならともかく、女ならなんとでも理屈はつく。何しろこちらには、大御所（家康）と光秀（天海）がついておるのだからな」

と小十郎の背中をぽんと叩き、「よきに計らえ。ではな」と寝所に入っていった。

今朝からの戦闘の疲れが蓄積しているのだろう。

小十郎は釈然としない思いを抱えながら、彼の仮屋に向かった。仮屋の中には、お由と真田梅が並んで座っていた。無言で小十郎を見つめている。

「ご安心なされ。それがし、土間で眠りますので」

小十郎は、月代が少し伸びた頭を掻きながら、藁を掻き寄せて横になった。

やがて、粗雑な態度だと反省でもしたのか、二人の方に振り向き、

「どちらが真田の姫君かは分からないが——今日戦ったお父上は、強かった。それがしが、これまで戦ったどんな敵よりも。いや、悪くいっているわけではないのです。とにかく、あの赤は、今も目から離れぬ……」

そういったところで、小十郎は大きな欠伸をした。慌てて口に手を当てる。疲労という点では、片倉小十郎の方が、政宗より数倍消耗していたことだろう。早朝から後藤又兵衛との激戦、薄田・井上勢を撃破した後で、午後は遅れて戦場に到着した真田信繁と戦い、敗れたのである。

「明日は、それがし、お父上と戦わなければなりません。そのためにはよく眠らねば……お二人には申し訳ないが、そちらの壁にでももたれて眠っていただけまいか。お寒ければ、横にある藁なりお掛けになるがよろしかろう。それでは」

お由が、「片倉さま」と声をかけたときには、すでに小十郎は泥のような眠りについていた。わずかな寝息と横顔には、まだ幼さが残っている。

「大胆なお方。これで刺されることだってあり得るのに」

お梅は、懐剣を小袖から出して、土間に置いた。小十郎は、もちろん気付いてはいない。

「本当に強い男とは、少し茫洋としているものらしいですよ。片倉さまも、英雄の資質をお持ちなのではないでしょうか」

お由がお梅にそう話しかけると、二人は伊達の陣に入って初めて微笑みを交わした。

十四

その頃、明石全登は、三百の騎兵を率い船場にいた。

船場は、大坂城の南西にある民家の密集した地域で、その民家に三百人の明石隊は隠れている。全登本人も、比較的大きな商人の屋敷に潜み、出撃の時を待っていた。

夜はまだ更けてゆく途上であって、夜明けの戦闘開始までにはまだまだ時が過ぎなければならないと思われる。

半数が討ち死にしたとはいえ、大坂方の司令官の一人に任じられている全登が、たった三百の騎兵しか持たず民家に隠れている事実は、誰もが疑うべきであろう。

全登は、最後の決戦で特別な任務を負っていたのである。それは、真田信繁が発案し、毛利勝永と全登が具体案を幾つか挙げて完成させた作戦である。

——大御所徳川家康の本営を、遊軍で討つ。

その目的だけのために編成された決死の騎兵部隊が、明石隊三百人だった。

*

決戦を翌日に控えた五月六日の夜、茶臼山に本陣を構えた真田信繁は、毛利勝永と明石全登を呼び、最後の計略を説明した。その内容は、

①東軍本隊を率いる徳川家康を、射撃と白兵戦によって、四天王寺の狭隘地に誘い込む

②四天王寺の右翼に布陣する真田隊と左翼に布陣する毛利隊が、東軍本隊を引きつけた場合、その陣形が南北縦長く伸びきることになり、家康本営が戦闘地域から南部に孤立する

③がら空きになった家康本営を、船場に潜む明石隊三百の騎兵部隊が、戦闘地域を迂回し、急襲する

というものである。明石全登と毛利勝永は、その戦術を聞いたときにはしばし唖然とし、互いに目を見合わせた。

(この男は、まさか、天才か……?)

特に野戦経験が最も豊富な全登は、信繁が立てた戦術の発想に我が耳を疑った。な

ぜなら、その戦術自体が完璧に近い実現性を有していると同時に、家康一人を殺すという達成目的で完結していたからである。

（絶望の中で、なおこのような策を立てるとは）

信繁の作戦には、戦場での希望的・突発的な要素を排除しており、各将が忠実に信繁の指示に従えば、ほぼ間違いなく徳川家康は、明石全登率いるキリシタン部隊にその首を預けることになるだろう。

「我々三人が死を決している以上、老賊を討つことは容易い」

毛利勝永の言葉に偽りはない。しかし彼の言葉の裏には、「家康は殺す。しかし、大坂方の勝利ではない」という意味が込められている。兵力差六倍以上の東軍を戦場で撃破することは、堀が埋められている城に拠って戦う大坂方にとって、物理的に不可能だ。

信繁は、万死に一生を得ようというのである。

むろん、豊臣秀頼をはじめ大坂方の武将は、誰一人生き残ることはできないだろう。その中で、敵の総帥である家康を殺すことのみによって、滅びゆく豊臣家の栄光とし、その武勇をして後世への伝説とならしめるのである。

「掃部どのの役割は、本来宮内少輔どの（長宗我部盛親）か長門守どの（木村重成）にお任せしようと考えておりました。しかし、お二人がここにいないうえ掃部どのが負傷されていることもあり、一番の結束が期待できるキリシタン部隊をそれに充てざるを得なかった。大名格の明石掃部どのに、たった三百の兵を率いていただくのは情けない限りですが、非常の策です」

信繁の釈明を、全登は手で制する。

「天下の大御所、徳川家康と刺し違えるのです。不満などあるはずがないでしょう」

「これで、我が事は成った」

信繁は、明るくいった。そして今胸中に去来している、亡父との思い出を語り始めた。

「かつて紀州九度山に蟄居させられていた頃、我が父（真田昌幸）が、よくこういっておりました。『もし、わしに寿命があり、大坂と関東の戦が起こったならば、わしは桑名（三重県桑名市）まで三千の兵を率いて出撃し、そこで備えを固めて家康を待つだろう。家康は、わしに一度も勝てなんだ男よ。軽々しく攻めたりはすまい。その間に豊臣恩顧の諸大名は、大坂城に駆けつける。動揺した家康めと何度か矛先を交わしつつ、わしは瀬田（滋賀県栗太郡）の橋を焼き落とし強固な柵を設ける。西への道を封じられた家康が日を費やす間に、ますます大坂に入城する大名や牢人が増えるだろう。これで狸は退けられ、天下は治まる……どうだ』。わたしが、『お見事な策です。豊臣家はこれで安泰です』と感心すると、父は苦しげにこういったものです。『わしならば、その策も実現するだろう。しかしおぬしでは無理じゃ』と。わたしでは重みが足りない、真田昌幸ならばその策に皆従うであろうが、無名である昌幸の子には誰も心からその指揮に服すまい、といいました。病床の父は、わたしに大坂からの使いが来ても、『おぬしでは無理なのだから応じるな』といいたかったのか。それとも真田昌幸の子ならばその無理を打開して、大坂方の指揮権と信頼を勝ち得てみよ、といいたかったのか。やがて大坂に入城し、戦の日々を重ねるうち、その疑問はいつまでも晴れませんでした。しかし──」

蝋燭の灯火に映し出された信繁の表情は、意外にも晴れやかなものだった。

「今、やっと父がいった言葉の意味が分かりました。父は、『諦めるな、寿命が尽きる自分でさえ、かくのごとき計略を搾り出せるのだ。まだ若いおぬしが、どのような苦境に立たされても、それを乗り越えることができないはずはない。諦めるな。絶望の淵にあっても、一筋の光明を掴め。おぬしにはそれができる。なぜなら、おぬしは真田昌幸の子ではないか』といいたかったのです。死の床につきながら、父は『諦めるな、わしを見よ』と、何度もわたしを叱咤していたに違いありません」

毛利勝永も、彼の亡父・毛利壱岐守勝信のありし日をしみじみ思い出し、

「我が父は数少ない、太閤殿下（豊臣秀吉）に故郷尾張中村からお仕えしていた下級武士でした。『わしは、かつて尾張中村の土として果てるべきであったものを、年長

の太閤殿下が草履取りに取り立ててくださり、今日の地位を得たものである。尾張の百姓では、威厳も何もあるまいとのお心遣いで、中国毛利氏から毛利の姓までいただいた（元は森氏）。よいか、勝永。豊臣の御家に有事あれば、万難を排して駆けつけ、秀頼さまをお助けせよ。それが、不肖の父の遺言である』と。豊臣家恩顧の諸大名らが、太閤のご恩を忘れても、我ら親子は決してそれを忘れない。それがしは、配所で亡くなった父の遺志を継ぎ、明日こそ故太閤殿下のご恩に報いるべきときだ、と思い定めています」

と信繁に共感した。

「キリシタンの古い教えに、ある伝説があります」

全登は、神が愚かな行いをしていた人間や生物を滅ぼそうと考えたとき、神の教えに忠実だった一人の賢者に箱舟を作らせ、賢者の家族や清い動物たちのつがいをそれに乗せ、救う契約を結んだという逸話を話した。

やがて、数日間の大雨で世界が水に沈んだとき、船中にいた賢者と神に選ばれた動物たちは、命を取り止めて新しい世界を築いたという。

「新しい世界――新しい時代といい直してもよろしいが、我ら三人は、元亀・天正の匂いを残す戦国にしか生きることのできない人間です。武士が槍を持たず、権威のみを振りかざし、農民を支配する、そのような時代に迎合したくはない。我ら戦国を生き残ってきた者は、やはり新しい時代には必要のないものなのでしょう。時代に逆らって、体制側と戦ってきた結果、我らの今日があるのですから。それならば、いっそ神が古の昔になさった反対のことをするしかない。すなわち、大坂の城を大きな船に見立て、戦国という時代そのものを——古い時代を生き抜いた、新しい時代からはみ出した人間たちを敵味方問わず乗せて、船出するのです。やがて押し寄せる泰平という名の大波は間違いなく、この大きな船を呑み込み、大海の藻屑へと変えてしまうでしょう。しかし、新しい泰平の時代に生き残った人間は忘れないでしょう。一身の利益よりも高き志が尊ばれた古い時代の精神を。理不尽な体制に従わず、戦場で旧主の遺子に捧げた健気な魂たちのことを。明日の決戦で、一つでも多くの荷物を箱舟に乗せて船出してやろうではありませんか」

旧約聖書に記された大洪水前のような静けさが、夜の茶臼山を覆っていた。

夜が明けて、東西決戦の日。

豊臣秀頼から直々に陣羽織を与えられた真田信繁は、三千五百の兵で天王寺よりやや南方にある茶臼山に布陣した。

信繁が秀頼に与えられた陣羽織は、太閤桐が入っていて、かつて故秀吉が山崎の合戦で明智光秀と戦ったときに着用していたものである。

「ワガ名代ノツモリデイヨ」

秀頼は、金革の采をも信繁に与えている。この采配も、秀吉が小田原征伐などに使用した家宝であったから、このとき初めて秀頼は信繁に全軍の指揮を委譲することを意志表示したわけである。

毛利勝永は、四天王寺南門付近に陣を敷いた。この主力部隊からはるか後方の船場に、明石全登が三百の騎兵を伏せている。

もう一方の戦場となる岡山口には、大野治長の弟・治房が、敵軍を天王寺方面に誘い込むことを目的とし、軍を厚く二段に構えていた。

「家康は、茶臼山に向けて軍を進めているらしい」

という情報が斥候により真田隊本営にもたらされると、信繁は会心の笑みを見せた。

「家康は、大坂方の主力が布陣する天王寺口に自ら進み、その軍勢を蹴散らしたうえで、城攻めを行いたいのだ」

信繁は、老齢の家康が岡山口に進み、将軍秀忠に主力決戦と城攻めを任せはしないかと危惧していた。むろん秀忠ごときの軍勢に、信繁が敗れるとは露ほどにも考えていなかったが。

しかし、秀忠率いる数万の兵を打ち負かした後、大坂方の軍勢はほぼ消耗し尽くし、家康の本営を狙う余力は削《そ》がれていることは疑いない。

「馬鹿息子を信用していないようだな、古狸は。何より天王寺に寄せる東軍の先鋒諸将が、怠戦する恐れがある。将軍には、彼らを叱咤督戦する人格的圧力などはない。だから、大御所家康自らが主戦場に進み、抜け駆けする大名を抑え、怯える士卒を奮い立たせるつもりなのだ。さらに」

家康が最も恐れているのは、秀頼自身が金瓢箪の馬標を掲げ、天王寺まで出馬してくることである、と信繁はいった。

「今、右大臣家の御出馬があれば、東軍の武人たちの心中は動揺し、豊臣恩顧の大名たちが、寝返るとまではいかないだろうが軍を動かさない可能性が生まれる。家康は、ますますそれら大名たちを戦わせなければならず、軍を前線まで押し上げてくるだろう——。そうだ！　今をおいて御出馬の機会はない。早馬を走らせて、金瓢箪の御馬標を立てて天王寺まで秀頼さまをお連れせよ！」

信繁は彼にしては珍しく面を朱を注いだように染め、興奮した口調で命じた。

茶臼山から展望する阿倍野の野には、無数の敵兵が群がり始めている。

——右大臣家（秀頼）お一人で十万の兵に匹敵する。

信繁は「諦めるな」と自分に言い聞かせるように、何度も胸の内で同じ言葉を繰り返していた。父昌幸が最愛の子に遺した、最後の言葉を。

「申し上げます」

信繁の子、真田大助が大坂城より復命して、信繁のもとへ参上した。

「どうであった？　右大臣家は、昨夜のお約束どおり御出馬してくださるか」

ところが、顔を上げた大助は、あからさまな絶望を表情に浮かべていた。

「それが……無念です。事ここに至って、和議の使者が東軍より遣わされているようです。常高院（淀殿の次妹）が、将軍（秀忠）のもとから書状を預かって入城しておりました」

大助の話では、きらびやかな甲冑を身に纏った秀頼が本丸から登場すると、一同目を見張り、その美しさに感嘆したという。しかし、そこで淀殿からの使いが東軍から和議の使者が到着したことを告げ、出馬を思い留まるよう必死に秀頼を説得した。秀頼も、側近に出馬を止められ、前線の信繁に停戦命令を出さざるを得なかったというのが、事の顛末である。

「そのようなものは、敵の調略だ！　将軍（秀忠）とお袋（淀殿）は――いや、今はそれどころではない。大助」

信繁は、大助に耳打ちして意を含めた。

「よいか。これは、足軽に至るまで死を決する我が軍の士気を下げるために、敵が仕掛けた謀略だ。前線で一度死を決した兵たちが、城で和議の交渉が行われていることを知ればどうなる。もしかすれば命が助かるか、と戦の矛先が鈍ること甚だしい有様となろう。それが敵の望むところなのだ。そなたは城に戻り、何があろうと、右大臣家の御馬を天王寺までお曳きしてくるように。身を賭してでも、ご説得申し上げよ」

嫌がる大助を、信繁は断腸の思いで見送った。信繁には、かねてから東軍と内通している噂が絶えなかったため、嫡子大助を人質のつもりで秀頼のもとへ送ったのだった。

その後、待てど暮らせど、秀頼の出馬はついになかった。東軍も目前の真田隊に攻撃は仕掛けてこない。信繁は、それでも待たざるを得なかった。

日が中天に差し掛かり、家康はついに床几から腰を上げた。和議の使者を送った後、待たされた大坂兵たちの士気が鈍った頃だと判断したからである。

「前線に使いを出せ。寄せよ、となる」

大坂夏の陣最後の決戦が幕を開けたのは、正午頃であった。

*

天王寺方面に布陣した東軍の先鋒は、本多出雲守忠朝である。

彼は、「徳川四天王」の一人と名声が高かった本多平八郎忠勝の次男で、昨日の戦闘で被害甚大だった井伊直孝と藤堂高虎に代わり、急遽先鋒に抜擢された。

将軍秀忠は、常日頃から家康が忠朝に辛く当たっている現場を目撃していて、彼が適任だと判断した。

（忠朝が先鋒になれば、死力を尽くして戦うだろう）

いや死ぬな、と秀忠は脳裏に浮かんだ言葉を置き換えた。家康が忠朝を罵倒するのは、彼の亡父忠勝への強い愛惜がさせる行為であることも、秀忠は承知している。

家康は、秀忠から先鋒を本多忠朝にするという提案を受けると、一瞬苦渋の表情を浮かべてから、

「やむを得まい。出雲守（本多忠朝）には、死んでもらおう」

と決断した。先鋒の駒が揃っていれば――と家康は悔やまれてならなかった。井伊・藤堂という先鋒の常連が動員できない今、真田信繁に勝つためには、討たれても討たれても後に退かない死兵を充てる他ない。

外様大名なら、伊達政宗、黒田長政、細川忠興など兵の進退に長けた将が幾人かはいた。しかし家康は、できるだけ外様大名には手柄を立てさせたくなかったのだ。関ヶ原の合戦の頃ならまだしも、今豊臣家を滅ぼしたところで、分け与える領土は摂津六十五万石しかない。

本多忠朝抜擢の効果は、開戦後すぐに表れた。

本多隊正面に位置する毛利勝永は四天王寺南門に布陣しているが、忠朝は怯える銃

隊を背後からせっつき、無理やり前進させた。

「撃つな、撃つな」

毛利勝永は、東軍先鋒の尋常でない殺気を感じ、毛利隊左右の先鋒を務める竹田永《えい》翁《おう》と渡辺紀に何度も伝令を飛ばした。

「牢人上がりが、分かったような口をきくな」

大坂譜代の臣である竹田・渡辺の両将は、いらいらした態度で使者には目もくれず、

「目前まで敵が迫っておるのだぞ。撃て、撃ちまくれい！」

と、ついに射撃命令を下してしまったのだ。斜面の下から草や木に隠れつつ進んでいた本多隊も応戦し始め、轟音とともに戦場は硝煙の煙に覆われた。

（すまぬ、左衛門佐どの）

毛利勝永は、自ら馬に跨り前線での発砲を止めさせようとしたが、すでに戦況は銃撃戦から白兵戦へと移行しつつあった。混戦である。

そのとき、真田信繁は茶臼山山上で、左翼の毛利勝永隊が発砲し始めた様子を見て、自らの戦術が水泡に帰したことを理解せざるを得なかった。

（諦めるな、諦めるな）

しかし信繁は、金革の采配を投げ捨てることなく、改めて強く握り締めた。

「山を下りる。これから越前少将の相手だ」

信繁は、総司令官から野戦司令官になった。接近してくる正面の越前兵と戦うためである。

越前少将とは、松平忠直のことである。また越前衆は皆、大坂冬の陣で真田丸を攻撃した際、手ひどい敗北を喫しており、真田隊の赤い旗や鎧を見るやたちまち恐怖が全軍に蔓延した。

松平忠直は、開戦の朝、狂ったように立ったまま朝食を済ませ、

「これでよし。死しても餓鬼道に堕ちる心配がなくなった」

と叫んだといわれている。指揮官の忠直自身が恐怖し、死を決していた証であり、当時は空腹のまま死ぬと餓鬼道に堕ちるという言い伝えが信じられていたのだ。

信繁が茶臼山を下山すると同時に銃撃戦が始まり、時を置かず白兵戦へと移った。鬨の声が上がり、早くも激戦となった。

「掛カレ、掛カレ、タンダ掛カレノ越前衆」

松平隊の鋭鋒は凄まじく、このときの戦場を、後世大坂市井ではこのように里謡として伝えている。

それでも、真田隊の闘志は、松平隊のそれをはるかに凌駕していた。鉄砲の猛射と騎馬突撃の反復運動で、松平隊の右翼がついに崩れた。

その頃、毛利勝永は敵の本多忠朝を射程距離にとらえようとしていた。

勝永の戦闘術は、往年の明石全登を彷彿とさせるもので、先鋒を二隊に分け、本多隊を左右から攻撃した。本多隊はたちまち左右に分裂し、毛利勝永率いる本隊が、本多忠朝のむき出しになった本隊に突撃をかけたのである。

本多忠朝は自ら馬に乗り、突入してきた敵兵二人を槍で倒したが、次の瞬間銃弾を肩に受け、痛みで落馬した。

「無礼者、出てこい」

身に二十箇所以上もの傷を負った忠朝は、彼を撃った狙撃兵を見つけ出して斬り、なおも敵中を進む。やがて意識が朦朧としてきたとき、溝につまずいて転び、そこで毛利隊の中川某に討たれた。本多隊は、大将の戦死をもってほぼ壊滅したといえよう。右翼の小笠原秀政・忠脩父子も戦死した。


そこに、真田信繁に思いもかけない幸運がもたらされた。

本多隊右翼の敗残兵が、隣接していた松平忠直隊に流入してひしめき合い、混乱を来し、敵味方の区別さえつかないほどになったからである。

「家康を討つなら、今しかない」

信繁は瞬時に決断し、馬上の人となった。

「これから、家康の本営を衝く。豊前（毛利勝永）どのや主馬（大野治房）どのらへ伝令を出せ。各々のご武運を祈る、とな」

信繁は、ここでも冷静さを失わず、味方へ自分が戦場を一時離脱する意味を周知させた。目前で連絡不能となり、大混乱に陥った敵を反面教師としたのである。

さらに信繁の影武者が二人いて、信繁本人と同じ装束・鎧兜を身に着け、同じ馬標を掲げ、合わせて三人の真田信繁が戦場のあちこちに出没した。

「西で左衛門佐（信繁）が現れたぞ」

「何、でたらめをいうな、わしはさっき左衛門佐の手勢と戦っていたのだぞ」

敗色濃厚な東軍の各部署で、ばらばらな信繁の目撃証言が出たのはこのためであった。

「浅野どの、裏切り！　浅野どの、裏切り！」

時を同じくして、戦場に驚くべき情報が駆け巡った。なんと、東軍の浅野長晟が、大坂方に寝返ったというのだ。

結論を先にいうと、これは偽情報であり、真田信繁が忍者の服部才蔵――通称霧隠才蔵に命じ、戦場のあちこちで叫ばせたことに端を発している。

しかし、頽勢著しい東軍が、紀州街道から急いで越前松平隊の西側を通り抜けた浅野隊を裏切ったと信じ、恐怖を増幅させたのも、ある種独特の戦場心理といえるだろう。

この諜報効果は決定的で、本多隊や松平隊の敗残兵たちが、あろうことか徳川家康の本営まで流れ込んでしまったのである。

真田信繁率いる五十騎の手勢が、その流れに混じり、家康の本営に迫ったのはいうまでもない。


本陣の大御所・徳川家康は、当初ゆとりを持って戦況を見守っていたが、先鋒の本多忠朝・松平忠直が押されている様子を見て、眉間に皺を寄せた。

「さすがは真田……一筋縄ではいかないな」

その言葉を横で聞いた南光坊天海は、遠く人馬が入り乱れる様子を見ると、家康の近習に、

「今のうちに、馬を——できれば、二頭」

と耳打ちした。馬を曳いてくる近習を見て、家康は訝しげに天海に訊く。

「どうなされた。まだ進まぬぞ」

「いえ、逃げるのです。もうすぐ、真田が来ます」

家康が驚いて立ち上がる。あっという間もなく、大崩れに崩れた味方が、本営に向

かって逃げてくるではないか。

「六文銭の旗印が見える――真田が来た！」

天海は、戦慄して立ち尽くす家康を素早く馬に乗せ、自らその側に寄り添った。馬に鞭を入れ、ただちに本営を棄て、後方に下がらせた。

まさに間一髪である。

直後に、真田信繁率いる五十騎が、逃げる東軍兵たちの大波に乗って、疾風のごとく家康本営に殺到したからだ。天海の機転がなければ、家康の命も危ない場面を迎えたかもしれない。

本営を守るべき旗本たちは、大方が逃げ散ってしまい、徳川の象徴ともいえる金扇の馬標は、ぶざまに田に放置されたままになっていた。それは、わずかに踏み留まっていた兵の一人、槍奉行の大久保彦左衛門が拾い、敵の手に渡るのを防いだ。

一時本営は、真田兵たちの蹂躙に任せる始末となった。

家康は、過去三方ヶ原の合戦など、逃走には慣れた武将であったが、このときはよほど肝を冷やしたらしい。側近数人に従われて玉造方面に逃げたが、真田隊の鋭鋒に晒されて、

「もう逃げられぬ。腹を切る」

と二度も口に出したという（『朝野旧聞裒藁』）。そのつど天海は家康をなだめて、

「まあ、お待ちなさい」

と繰り返し、自殺を思い留まらせた。

信繁は、その後もう一度家康の本営に攻め込んだが、そのとき家康は天海らに守られて逃走した後だったので、空だった。

真田隊による二度目の突撃の際、本多正純は迫りくる六文銭の旗印を凝視しつつ、逃げなかった。

そこに、血か本来の色か区別のつかない、全身を赤い鎧兜で飾った大将が、目前に騎馬姿で現れた。それが真田信繁だった。二人はしばし無言で視線を交わすと、

「大御所は？」

「もう、おられぬ」

と軍馬の嘶きと陣鉦の音の狭間で、応答した。信繁は、馬首を返して去っていった。このときが、信繁が戦場で目撃された最後である。

毛利勝永も、別方面から家康の本営を襲ったが、ついに家康本人には届かなかった。真田信繁と毛利勝永の隊は、結局余剰兵力を持たなかったため、ついには数を頼む東軍に敗北せざるを得なかったのである。

家康の本営を目指したのは、真田・毛利の二将だけではない。大坂方七人の司令官の一人、明石全登も三百の決死部隊を率いて船場に潜み、千載一遇の好機を窺ってい

た。

「本日正午開戦のもよう。毛利・真田の両隊は先走る兵を抑え切れず、すでに東軍本多・松平両隊と激しい合戦を行っています」

物見が戦況を報告すると、明石全登以下騎兵部隊の長らに絶望の表情が浮かんだ。

真田・毛利が東軍を引きつけ、伸び切った陣形を明石隊が迂回しつつ、徳川家康の本営を衝くという策は、この時点で実行不可能となったからである。

「左衛門佐（信繁）どの、豊前守（勝永）どの、共に大御所（家康）の本営に突撃をかけましたが、届きませんでした。今や押し寄せる東軍の群れにお味方は呑まれ、真田隊は壊滅、毛利隊は兵をまとめて城に引き揚げる途中です」

さらに鵜が馬を飛ばし、戦場の最新情報を全登らのもとに届けた頃、明石隊の役割は完全に無に帰していることを、誰もが知ることになった。

「皆の者、よく聞いてほしい。神は、今、豊臣の家を見棄てられた。これから、わたしは家康本営に最後の突撃をかける。これは、万が一の成功をも望めない賭けであるから、去りたい者は、去ってよし。ついてくる者は、ただちに馬に乗れ。神に栄えあれ。以上である」

全登は、呆然と立ち尽くす決死部隊全員に判断を委ねた。沢原孫太郎が真っ先に馬に跨り、鵜も続いて馬上の人となった。

「神に栄えあれ」

部隊全員が、全登の言葉に呼応するように叫び、馬に乗った。


その頃、毛利勝永隊をようやく打ち破った越前兵たちが、退く兵を追って大坂城へと進軍していた。その側面から突如騎馬兵が出現し、焔のような攻撃をかけてきたので、その隊列は大いに乱れた。

「伏兵だ、敵がまだいたぞ！」

「あの旗印は……キリシタンではないか」

「明石掃部じゃ。恐ろしや、まだ生きておったか」

松屋町筋を疾駆し、越前兵に側面打撃を加えた明石キリシタン部隊は、大坂入城時と同じように、先頭には十字架を掲げ、聖ヤコブを描いた長旗六本が翻っていた。ようやく手にした勝利に酔い、逃げる敵兵を討って手柄にしようと浮き足立った追撃軍が、恐怖に逃げ惑い、追い立てられたのはいうまでもない。

越前兵は、明石隊の攻撃になす術なく敗走し、途中北上してきた藤堂隊に混じり、さらに逃走を続けた。午後二時のことである。

「これを追えば、大御所の本営に行きつくか」

「それは、なんともいえません」

槍を抱えた全登が、並走する鵺に訊く。鵺は彼にしては珍しく曖昧な返事をした。忍びとして戦場で年月を過ごしてきた彼は、馬上で戦った経験がなかった。したがって、彼の得る情報は、目前で判断できるごく限られた素材しかなかった。

「鵺、これも戦だよ。『勢イアリシ時ハ進メ』だ」

沢原孫太郎が馬を寄せてきて、鵺の槍に自分の槍先をカンと合わせた。鵺も、陽気な声で、

「進みましょう。勢いに任せて」

と笑った。全登も頷いて、進撃を命じる。

（そうだ、おれは駆けたかったのだ──晴れやかな戦場を、槍を抱え、旗を靡かせ、馬で駆け抜けたかったのだ。三十年を忍びとして暮らし、戦場の闇しか知らなかったおれは、いつしか鵺と呼ばれていた。しかし、今日は違う。十字架の旗のもと、おれは、人間としての誇りを取り戻し、胸を張って白昼の戦場を駆けているのだ）

鵺は、一月の雪降る一心寺の屋根で、「我が身も長くはあるまい」と予感したが、その予感は当たった、と幸福な気持ちになった。

もはや、諜報員として戦場の緻密な情報を分析し、一切の感情を持たない鵺は死んだ。馬上の自分は、人間としての感情や期待に任せ、全登に「進みましょう」と意見

したのである。

逃げる越前兵と藤堂隊は、さらに北上してくる水野勝成隊に混じり、それを追う明石隊と再び戦闘状態に入った。水野勝成は、昨日東軍の先鋒として後藤又兵衛と戦ったが、疲労と消耗が激しかったので、今日は後方の阿倍野村に布陣していたのだった。

ここで、ついに明石隊の勢いが止まるときがきた。

一時は水野隊を蹴散らし、勝利を得たかという場面もあったが、次々に東軍の後続部隊が到着し、敵味方入り乱れての混戦状態になったからだ。

倒しても倒しても予備兵力が後から後から補充される東軍に対し、明石隊はわずか三百人にすぎない。疲労し、多数の敵に囲まれたキリシタン部隊は、一人また一人と戦死していった。

「サンチャゴ」

キリシタン兵は、こう叫びながら敵の波に向かって走り、討ち死にした。「サンチャゴ」と唱えれば、天国に召されると当時は信じられていた。

「もう、このあたりか。のう、孫太郎――」

全登が振り返ったとき、沢原孫太郎の姿は、充満する敵兵の中に消えていた。

「沢原さまは、敵に討たれました」

返り血を浴びた鵜が、急いで全登のもとに馬を寄せる。すでに半数の兵が戦死し、もしくは落ち延びていった。

「届かなんだなあ――」

徳川家康の本営に、である。全登は右腕の痛みをこらえ、群がる敵兵を槍で突き伏せながら、悲しげにいった。

「まだ、進むか」

「いえ、もうよろしいでしょう。豊臣への忠節は、充分にお果たしになりました。これ以上、勝ち目のない戦は――」

鵜は、全登の背後から迫る敵兵に小刀を投げつけて、

「ご宗旨に反するかと、存じます」

つまり、キリスト教が禁止している「自殺」に当たるといった。全登は、天を仰いで、

「では、退くか」

と力ない表情で呟いた。むろん戦場の大音声では、全登の声は聞こえないから、鵜は読唇術を用いてその意を汲んだ。

「掃部さま、ここは、それがしにお任せあれ」

鵜のよく通る声を聞いたとき、なぜか全登はにっこりと笑い、馬首を返した。

鵜の言葉は、十五年前の関ヶ原で、全登が主君である宇喜多秀家にいった言葉と同

じだったからだ。むろん鵺はそこまでの事情は知らず、不思議な表情で全登を見守っている。

「鵺。次に会うときは、友として会おう。いいな」

そういって全登は馬を返し、比較的包囲が手薄な城東に向けて血路を切り開いていった。生き残ったキリシタン兵も、次々と全登の後に続く。

「最後になって、やっと報われたわい」

鵺は、槍を構え直してしみじみといった。この一言——神の言葉と鵺は信じているが——を美しい天上から汚れた地上に引きずり下ろすためだけに、自分は風雪に耐え、千里を走り、泥水さえすすって忍びを続けてきたのだ、と悟った。

このとき、退却する明石隊を執拗に追撃したのは、大和の国高市郡で六千石を領していた神保相茂《じんぼうすけしげ》という小名だった。鵺は兵法を駆使し、自らが殿軍を務めつつ、神保隊約三百人と戦った。

さすがの鵺も、早朝からの諜報活動と数時間にわたる激戦で、慣れない馬上での槍さばきが危うくなってきた。そのときである。

耳を劈くばかりの銃声が響き渡り、硝煙のもやの中で追撃する神保隊がばたばたと倒れ始めた。鵺は味方の加勢か、と目を疑ったが、銃隊の後ろに見える旗は、白地に竹に雀——伊達陸奥守政宗の旗印であった。

「我らは、東軍だぞ。見間違えるでない」

伊達隊の銃卒たちは聞こえぬふりをして、弾丸を雨あられと撃ちまくる。

政宗は周到なことに、これより前に家康に拝謁し、

「疑わしい者が先鋒に混じっているようです。その者の始末はお任せを」

との承諾を取りつけていた。家康は、政宗が越前兵の後から明石隊に向かうことを知っていたので、

（政宗め、わしと天海に恩を売るつもりだな）

と内心苦笑した。

政宗の命令により、神保相茂以下三十二人、雑兵二百九十三人が、一時に射殺された（『旧記雑録後編』）。この事件は「伊達の味方討ち」として、当時疑惑の事件となったのだが、

「伊達家の軍法は、敵味方を区別しない。敵に押され逃げ帰ってくる味方は、敵諸共討ち果たさねば、こちらも共倒れになって戦に敗れるであろう。神保は、明石兵に負けて我が隊に崩れかかってきたのだから、敵と同じように撃ったまで。これで伊達隊三万は崩れなかったのだから、東軍への貢献は大であることを疑わない。もしご詮索があれば、そのように申し開きするまでよ」

と政宗が開き直るので、神保が明石隊に負けていたのか、という疑問も残るが、結

局沙汰止みとなったのである。

政宗が神保を銃撃している間に、殿軍を務めた明石隊は、霧のようにいつしか姿を消していた。

*

この日、五月六日の東西合戦は、真田信繁隊が大軍の中に潰え、明石全登隊の突撃が止んだときをもって、終止符が打たれたといっていいだろう。

後世の戦史家は、皮肉な解析結果として、「戦略面では東軍の勝利、戦術面では大坂方の勝利」という者もいる。正午の開戦から、午後三時に大勢が決するまで、戦場では常に大坂方の戦術が東軍を震撼させ、最後にはどの局面でも兵の数で東軍が大坂方を圧倒して勝利した。

仮に東軍と大坂方の兵力が同数であれば……という仮定も、この大坂戦役においては歴史家から庶民に至るまで、語り尽くされた話題の一つである。

しかし、戦争において戦う両者が同条件であるということは、古代の戦史を繙いても一つも見当たらず、先述した仮定は史的分析というよりは空想の範疇に属するのかもしれない。

戦術は、戦略の一要素にすぎない。

大坂冬の陣・夏の陣を通じて、大坂方は野戦においては真田信繁と後藤又兵衛を中心に、東軍を大いに苦しめた。

一方、東軍の総大将である徳川家康は、全国の諸大名をして一名たりとも大坂方に参戦せしめず、ついには冬の陣講和において大坂城の惣堀を埋め立てるという謀略によって、最後まで大坂方を戦況優位に転換させなかった、という事実が、如実にそれを証明しているといえる。

また、それとは別の視点で、「歴史とは何があったかではなく、人々が何を信じたかである」という興味深い意見も古くから存在する。

江戸期以降に上演された大坂戦役を題材にする講談の多くは、家康を悪玉として扱っており、天王寺の合戦で真田幸村（信繁）に追い立てられ、命からがら逃げ回る様に、庶民は喝采を送るのである。

判官びいきという気質も手伝って、絶対的な権威に立ち向かう健気な武士たちを、市井は密かに支持し続けていた。その傾向は現在においても変わらず、徳川政権が倒れてなお歴史愛好家や庶民に愛されている、大坂方七人の司令官たちこそが、ある意味普遍的な勝利者なのかもしれない。

さて、夜になって東軍の首実検が行われたとき、徳川家康の隣席に、虚脱した風体の将軍秀忠がやってきて、しなびた野菜のように腰掛けた。

「主馬（大野治房）に、痛い目に遭わされたそうだな」

「……申し訳ございません」

恨めしそうな目で父を見返す秀忠に、

「なに、よいではないか。最後には勝ったのだ。わしも、真田に追いまくられて、骨が折れたわい」

と家康は上機嫌な口調で慰めた。秀忠は、うなだれて黙り込む。

主戦場の天王寺口から東にある岡山口へは、徳川秀忠自身が六万の兵を率いて進んだ。大坂方の主将は、大野主馬治房が二万の兵を真田丸跡に布陣して、それを迎え撃った。

「主馬とは、大野治長の弟かよ。さほどのこともないな」

秀忠は軍扇を煽ぎつつ、旗本たちに漏らしたほどだった。

しかし大野治房は、東軍の誰もが予想だにしないほど強かったのである。

天王寺口とほぼ同時刻に開戦した岡山口は、たちまち乱戦となり、闘志さかんな治房隊は、鉄砲猛射と白兵戦で、東軍の中央部を断ち切ったのだ。

さらに治房はその時機を見計らって、秀忠の本営に軽騎を率いての突撃を断行したのである。大野治長と同じく女官の子でしかない治房が、このように果敢な軍事指導力を発揮するとは、秀忠も夢にも思わなかったから、本営は驚天動地の騒ぎとなった。秀忠の旗本で討ち死にする者が後を絶たず、二十人余が治房隊の仕掛けた猛攻で犠牲となった。秀忠自身も顔面蒼白となって槍を取り、老将安藤重信が両手を広げて逃げ惑う兵たちが本営に流入する事態を防ぐのがやっとであった。

「戦は、つまるところ兵の数よ。お互い、数に助けられたのう」

東軍から見た大坂戦役を語るとき、家康が秀忠にいったこの言葉ほど的を射た表現はないだろう。

大野治房も、真田信繁や後藤又兵衛らの例に漏れず、一旦手にした勝利を数倍する敵を前に棄てざるを得なかった。それは彼の部隊に、勝利を持続させるための余剰兵力が皆無だったためで、四度にわたる反撃も報われずに城へ撤退した。

治房の首は、ついに家康と秀忠のもとへは届かなかった。

彼は大坂落城の際、本丸まで撤退してきたものの、城外の戦場から逃げ帰る兵たちが、燃え盛る城内への侵入を阻んだため、やむなく秀頼への殉死を諦めて落ち延びていったといわれる。

『老士語録』という記録には、播州姫路（兵庫県姫路市）で大野治房を匿った彼の親友である内田勘解由という武士の逸話を残しているから、姫路を経由して西国へ逃亡したのかもしれない。

「さて、真田（信繁）の首であるが……」

家康と秀忠の前に差し出された首を見て、二人はしばし無言でそれを見やった。感慨が深かったからではない。この首が本当に真田信繁の首であるか、判断がまるでつかなかったのである。

人体から切断された首が、生前のそれと人相がまるで変わることくらい、戦国を生きてきた家康と秀忠は承知している。しかし、この首を含めて八つもの「信繁の首級」が本営に届けられており、真偽のほどは困難を極めていた。

明らかに、幾つかは信繁が仕立てた影武者のそれであろう。そこをふるいにかけ、厳選した首が、今両御所の前に捧げられているのである。

「隠岐（真田信尹）に見分けさせるか」

結局、信繁の叔父で、冬の陣でも東軍から誘降の使者として信繁と二度対面している、真田信尹が召されることになった。

信尹は、この数ヶ月でさらに老いが目立ち、痩せた背中を曲げながら、おぼつかない足取りで参上した。

「どうだ。この首は、左衛門佐（信繁）に相違ないか」

秀忠がこめかみを引きつらせて、信尹の返事を急《せ》かす。信尹は、困惑を隠せない表情で、さかんに首を捻り、

「これは……どのような根拠で、左衛門佐の首だと？」

と逆に質問を返した。家康が、扇子でその額を指し示し、

「ここに、古い傷があるであろう。これが証拠じゃと、首級を挙げた者がいうておる。あとは、左衛門佐がかねてから愛用していた鎧だな」

「………」

真田信尹は、首の周りを一回りしてから、

「これは、左衛門佐ではありません」

と断言した。これには秀忠が驚き、

「どうしてだ！　額の古傷に見覚えがないか？　鎧もよく見ろ。そら、もう一度しかと見てみい！」

とさかんに喚き立てた。

「そのような傷は、見覚えがありません。去年二度も大坂へ使いしましたが、彼の額に傷はありませんでした」

「おぬしは、左衛門佐の陣中に入れてもらえず、返事だけもらって帰ったのではないのか」

「いえ、夜ではありましたが、左衛門佐本人に二度会いました。あれは、わたしを用心して、側までは近づけませんでしたが、このような大きな傷の有無くらいは、この老人でも判断がつきます」

「その首級は、真田左衛門佐その人のものです」

秀忠と信尹の押し問答に割って入ったのは、かつて大坂城に間諜として潜入し、軍師として用いられていた小幡勘兵衛であった。

「左衛門佐どのとは、昔甲斐武田家へ共に仕えた間柄。また、こたびの陣中でも軍議で何度も顔を合わせています。間違いありません。彼の額には、大きな傷がありました。鎧具足も同様。中央に切り抜きで、南蛮胴の鉄二枚胴——そして三十二間筋兜。左衛門佐どのが愛用していた鎧に相違ありません」

勘兵衛の説明を聞いた家康は得心した様子で、

「最後までわしを悩ませおって。父（真田昌幸）譲りの曲者であったわ」

といった。目前の首級を、真田信繁と認めたのである。

「確かに、鎧具足は左衛門佐自身のものでありましょう、ですが——」

そういって、真田信尹が続く言葉を飲み込んだ。本気で徳川家康を討とうとした信繁が、わざわざ本人と分かるような出で立ちで、家康の本営に斬り込むなどという詰めの甘い行動を取るだろうか。影武者を何人も仕立て、執念といってよいほどに家康を追い詰めた信繁だ。彼が愛用する鎧具足など、影武者の誰かに着用させて、自分が突撃する別方面に「信繁現る」の情報攪乱を画策したことは、誰の想像にも難くない。

家康は、おそらくそれを知ったうえで、小幡勘兵衛に偽の証言をさせたのだろう。信尹の役割は、すでに終わっているのである。

「何故、傷を見覚えておらなんだか」

秀忠がしきりに信尹を責めた。秀忠も、薄々これが真田信繁の首でないことくらい気が付いている。

（左衛門佐よう……いったいどこへ消えたのじゃ。叔父のわしをいつも困らせおって）

真田信尹は夜空を仰ぎ、心中呟いた。胸中には、冬の陣で使者として信繁を訪ねたとき、「勝ち負けなどの問題ではない」と叫んだ彼の言葉が、何度もこだましていた。むろん、そのときの信繁の額に傷などなかった。

真田隠岐守信尹が去った後、秀忠はきつい目で父家康を見返し、

「五万石はどうなさるのですか。偽首を持ち込んだ百姓兵に与えるのではありますまいな」

と咎める口調を隠しもせず非難した。ただでさえ、諸大名に恩賞として与える領土は寡少なのである。にもかかわらず家康は、「信繁の首級を挙げた者は、五万石をつ

かわす」と公言していたのだった。件の首級を挙げたのは、越前の土侍である西尾久作という男だった。四天王寺の安居《やすい》天神で意識朦朧としていた「真田信繁」を、名乗りを上げたうえで殺したという。

「そう、騒ぐでない。わしに任せよ」

家康は秀忠に冷たくいうと、早速恩賞を与えるためと西尾久作を呼びにやらせた。参上した西尾は興奮し舞い上がり、おろおろと周りを見回した後、おもむろにがばっと土下座した。いくら武士を気取ってみても、育ちの賤しさは隠しようがなかった。

「お前が西尾か。真田を討ち取った様子を話してみい」

家康が上機嫌で直接話しかけると、西尾は四天王寺にある安居天神で、疲労困憊した大将が馬から転げ落ちる様子をたまたま見かけたのだという。

家康は微笑み、身を乗り出すようにして西尾の話に頷き、幾つかの質問さえした。西尾は、五万石が自分の手中にあることを実感したのであろう。百姓特有の図々しさから、巷説にいう十万石さえ家康から賜るかもしれない、と得意になった。

「それがでございます。さすがは天下の名将・真田左衛門佐信繁、最後の抵抗と、それがしに向かい、鬼の形相で槍を繰り出してまいりました。それがしも少々槍の腕には覚えがありまして、二度、三度と打ち合ううち、数箇所身に手傷を負いましたものの、ようやく真田めを突き伏せた次第でございます……」

喜色満面で、西尾久作は家康に媚びる姿態をつくりつつ、自らの武勇伝を身振り手振りを交えつつ、大袈裟に語った。

（五万石——いや、十万石じゃ）

ところが、西尾の夢が潰えたのは、一瞬ののちであった。

「嘘を申すな！」

先程まで温厚で好意的な態度を取り続けていた家康が、その態度を急変させ、激怒し始めたからである。

「左衛門佐は、早朝から大軍を指揮し、午後からは自らが兵を率いて戦場に馬を駆け巡らせておった。それほどの働きをし、疲労のあまり馬から転げ落ちるほどの大将が、なおも槍を取り、お前のごとき雑兵と槍を交えることなどあろうはずがない。控えろ、下郎！　お前は戦場での働きを怠け、戦場から外れた神社で、落武者狩りでもする算段であったのであろうが。顔も見たくない。下がれ！」

西尾は畏れおののき、ただ平蜘蛛のごとく平伏すると、何やらもごもごと言い訳らしきことを口にしていたが、家康の近習に連れられて、本営を追い出された。

家康の推理は正しかった。

西尾久作は天王寺の主戦場ではなから戦わず、安居天神で落ちてくる大坂方の敗兵を討ち、身包《みぐる》みを剥ぐくらいのつもりで待機していたのだった。

真田信繁らしき大将を討ったときも、その大将は疲労と身に受けた数十箇所の傷から、昏睡状態に近かった。

やがて、落ちてきた大将が息を引き取ったのか、動かなくなったのを見届けてから、西尾は名乗りを上げ、死体となった大将の首級を挙げたのである。

西尾久作の夢――五万石は、儚くも沙汰止みとなってしまった。

十五

大坂落城は、天王寺の合戦があった五月七日の午後六時頃である。

この日の野外決戦が終了すれば直ちに城に攻めかかれるよう、東軍諸大名の数人は、前夜から水辺に布陣して時機を待っていた。

備前島の京極忠高、天満中之島の池田利隆らがそれである。彼らは東軍の勝報が届くと、兵をまとめて天満川を渡河した。加えて、大坂方の敗残兵が城内に退却するのを追跡して、多数の東軍兵が三の丸に殺到した。

まず、城内に火の手が上がった。

「御台所から火が……御台所頭大角与左衛門が敵に内通し、藁を積み、火を放った様子です！」

台所は本丸にあるため、火は隣接する天守閣の下層部分に延焼し、やがては天守閣自体が瞬く間に紅蓮の焔と化すのは時間の問題だと誰もが思った。

「何だと！　与左衛門が……彼奴、太閤殿下が藤吉郎様と呼ばれていた頃から召し抱えられていた御恩を仇で返しおった」

大野治長は思わぬ凶報に、怒りで顔面を蒼白にして身を震わせた。

大角は秀吉に古くから召し抱えられた料理人であったが、合戦当初より京都所司代・板倉勝重に内通しており、最も効果的な謀反の時を虎視眈々と狙っていた。

たしかに東軍が野戦で勝利しても城郭を攻略する手間がかかったはずであり、この大角の放火による天守閣の炎上が東軍に勇気を、豊臣方に絶望を与えた。ちなみに彼の料理人が寝返りを決意させた理由は不明である。

豊臣秀頼が具足を着用し、ようやく桜門から出陣しようかというとき、城中から放火の恐れありとの注進があり、本丸に引き返した午後四時過ぎのことだった。

「なぜ、ここまで来て火の手が上がる本丸まで右大臣家（秀頼）を連れ戻した？　お袋様（淀殿）は、右大臣家が華々しく戦場で散ることを惜しむのか。このままでは、燃え盛る天守閣や本丸から出ざるを得ず、むざむざと虜囚の辱めを受けてしまう」

大野治長は、手に持っていた采配を壁に叩きつけて悔しそうに唇を噛んだ。天王寺で奮闘し、城内に戻っていた毛利勝永は、

「修理（治長）どの、右大臣家やお袋さまたちを、北の山里郭へお連れしてください。それがしも、後に続く……やり残した最後の仕事がありますから」

と冷静な助言を治長に与えた後、取り乱した侍女らに罵声を浴びせている淀殿を見

た。

人々が逃げ惑う中で、置き忘れられた豊臣家の象徴、すなわち金瓢箪の馬標が散乱していた。毛利勝永は、悲しげな目でそれらの金瓢箪を眺めていたが、静かに自分の兜を脱いでそこに置き、本丸を立ち去った。

東軍の将兵は、本丸から煙が上がる様子を見ると、我先にと三の丸の柵を乗り越え、二の丸までなだれ込んだ。

二の丸には大野治長の屋敷があり、兵たちはそこにも放火したため、いきおい二の丸が燃え始め、それが焼け落ちた後、隣接する本丸がついに炎上したのは、午後五時頃のことである。

＊

「見ろ、大坂城が……」

「おお、落ちる……」

徳川家康は、真田信繁が本営を置いていた茶臼山に登り、そこに仮本営を置いていた。東軍諸将らは炎上する本丸を見物し、幼子のように口を開け、単純な感想を交わしていた。

六畳一間を半分に区切っただけの小屋である仮本営に、次々と東軍大名が謁見にやってくる。そこで、諸将と型どおりの挨拶を交わした家康は、夕食を終えてから、肥満した身体を横たえて休息を取っていた。

「姫さまが、城から出られましたぞ」

そこへ極秘情報を携えた本多正信が、肩で息をしつつ参上した。正信は、家康とほぼ同い年で、年老いた彼には茶臼山のようななだらかな斜面を登るのですら、苦しそうである。

「何、千が……。もう、こちらの陣におるのか?」

家康は驚いて身を起こし、正信に訊いた。千姫は豊臣秀頼の正室であり、家康の孫であることはすでに触れた。

「はい、姫さまはご無事です。修理が家臣の米村権右衛門に、姫さまを関東の陣へお届けせよ、と命じたようです」

「そうか」

家康は、喜びと当惑を内に秘めた思案げな表情で、しばらく燃え盛る大坂城を見つめていた。

「天守閣が、燃えるぞ！」

大名の誰かが錯乱したような、大声を上げた。

天守閣が、本丸から燃え移った火で、内側からどう、と焔を上げた。

応仁の乱以来、百五十年にわたって続いた戦乱が、今終わる。

家康は、自分が成し遂げたことを、世間がどう非難しようとも、それに折れない心を持ち続けようと改めて思った。

「御所（秀忠）を呼んでくれ。話がある」

年老いた本多正信が仮本営を出ていき、しばらくして秀忠が、色白な顔をめいっぱい紅潮させてやってきた。冷静さを装ってはいるが、自分の愛娘である千姫が救出されたことと、大坂城を炎上させるという宿願が叶い、地に足がついていないようにふらふらしている。

「念願が叶ったな。どうだ、大坂の夜空が、昼間のごとく明るいではないか」

家康は秀忠を見ず、視線を燃える大坂城に向けたまま、声をかけた。

「はい……わたくしは、これまで……それは、もう」

秀忠は、官能的ともいえる異様な大坂の夜空に酔ったように、返事にならない返事をした。家康は憐れむように秀忠を見やり、

「これで、気が済んだであろう。千はな、本来ならば秀頼と共に死すべき定めにあったところを、修理（大野治長）が馳走してくれたのだ。分かるな」

「…………」

「よく考えて、秀頼の死を許せよ」

家康の言葉に、紅潮していた秀忠の顔色は、たちまち蒼白になった。

「わしの言葉を、どうとらえようとおぬしの裁量に任せる。秀頼の仕置きについて、わしがいえることはそれだけだ」

「はい」と、力なく応じて仮本営を出ていく秀忠の背中には、心の迷いが明白に滲み出ていた。

「心配するな。神罰は、わしが受けてやろう。おぬしは、おぬしの信念に従って事を成し遂げよ」

家康のかけた声に振り返った秀忠は、

「はい。仔細承知いたしました」

と我が意を得たように、にわかに毅然とした態度を取り戻した。

仮本営の小屋を出て、茶臼山を降りてゆく秀忠を見送りながら、家康は大きく溜め息をついた。


五月七日、大坂戦役において「大坂夏の陣」と呼ばれる決戦の日は、両軍合わせて戦死者が二万人を超えるという、中世までの戦史では他の追随を許さない戦闘の激しさであった。

かつて全登が天海に、「右大臣のご運を傾けさせたのは、大坂の巨城である」と語ったが、その言葉は、大坂方が一万余の戦死者を出した原因、明確なその理由たり得たであろう。

明石全登とキリシタン兵たちがデウスを信仰したように、豊臣家が召し抱えた牢人兵たちは大坂城を信仰していたといえる。

彼らが河内平野の各地や天王寺で死闘できたのも、戦国の世を象徴するこの巨大要塞が存在したためであり、戦況が悪化するとともに、彼らはその信仰を断念して次々と自殺的な戦死を遂げた。

死んだ後藤又兵衛がかつて全登に、「誰しも『依り代』を持ってこそ、自己を具現化できる」といったが、大坂方の牢人兵たちは、大坂城という依り代、あるいは信仰を失った瞬間から、自己を具現化する手段を失ったのかもしれない。

しかし、豊臣家の上層部の淀殿らはそうではなかった。彼らはまだ生きる望みを失っていなかったし、大野治長などは家康の孫娘にして秀頼の妻である千姫を解放することによって、なんとか秀頼の一命だけは助けたいとすがるような思いであったろう。

淀殿と秀頼を筆頭とする豊臣家幹部たちが今、燃え盛る天守閣や本丸の中にいるのではなく、火災が起きている建物の北方――山里郭の土蔵に潜んでいるのはそのためだった。

「秀頼が、糠蔵に隠れているだと？　それは、まことか」

黒煙をうねらせる大坂の夜空を眺めていた家康は、片桐且元から秀頼の居場所についての注進を受けたとき、驚いて訊き直した。

まさか、右大臣という高位にある太閤の遺子が、蔵の中などで盗人のように身を震わせているとは想像もできなかったからである。あるいは、このとき家康は秀頼に失望に似た嫌悪を覚えたのかもしれない。家康と同じ時代を生きた伊達政宗は、

「散々比興（卑怯）なる」

と彼の子である宇和島領主・伊達秀宗に手紙を送っている。彼らは過去に豊臣秀吉に仕えていたから、秀頼にも最期だけは秀吉のように天下人らしく振舞ってもらいたいという願望があった。

（今なら、逃がしてやれるかもしれない）

秀頼を、である。今大坂城へ攻撃を仕掛ければ、夜間の不確定要素が複数働き、秀頼は兵たちにまぎれて無事逃げおおせるかもしれない。城攻めは夜間を避けるというのが兵法の初歩ではあるのだが。

家康は悩んだ。そこへ本多正純と井伊直孝がやってきた。二人とも深刻な顔をしている。

「大御所、ご決断を。右大臣さま（秀頼）には死を賜るよう……。さもなくば、御所

さま（秀忠）は――」

秀頼を逃せば、将軍である秀忠の沽券に関わるというのだ。ここまで苦労して戦場で勝利し、炎上する敵城を完全包囲しているというのに、情けから敵の大将を逃がしたとなれば、幕府の動員した諸大名や兵士たちに面子が立たない。

「そのとおりだ。夜が明けるまで待とう」

家康は、二人に申し訳なさそうに決断を告げた。夜が明けるまで待ち、秀頼を討ち取るという意思表示をしたのである。

＊

「二位局はまだか、まだ帰らぬのかえ！」

淀殿の絶叫するような悲鳴が、薄暗い蔵の中に響き渡った。大野治長は腕を組み、事態の好転を願っていた。

夜が明け、城郭の火は消えつつあったが、なおも焼け崩れた天守閣に残された柱や、二の丸、三の丸からは煙が上がり続けていた。

城郭のあちこちで焼け死んだ人馬の死体が散乱していて、戦慣れしていない若い兵士はもとより、歴戦の古兵でさえ、その壮絶な光景と異臭に目を背けざるを得なかった。

井伊直孝が入城し、本丸跡から山里郭の蔵へ使者を送ったのは、五月八日の早朝であった。

「修理どの（大野治長）はおられるか。お聞きくだされい。右大臣と御方さま（淀殿）のご助命は叶いましたぞ。国替えも行われるそうです。ご安心めされい」

直孝の使者が大声で蔵へ呼びかけると、狭い蔵の中で歓喜の声が上がった。

西軍の使者として選ばれたのは、二位局という女官だったが、彼女は古くから幕府と内通していることを、大坂方は誰も知らなかった。

秀頼と淀殿の助命、国替え、蔵にいる者の名簿の受け渡しなど、何度も慎重な交渉が、大野治長と井伊直孝の間で行われた。

ところが、交渉に赴いた二位局が、三時間を経過しても一向に蔵へ戻らないのである。先に淀殿が叫んだのは、このときだった。

一方、将軍徳川秀忠が取った行動は、地味で愚鈍な彼の経歴の中でも白眉に値する劇的な効果があった。

茶臼山にある家康の仮本営に出向くと、戦勝の祝賀を述べている諸大名の前で、こういい放ったのである。

「昨夜大御所（家康）は、寛大なお心で秀頼を許してやれ、と仰せになった。しかし、自分はそれには応じられませぬ、といった。秀頼が一度ならずも二度までも謀叛し、天下を騒擾させた罪は、生きては贖《あがな》えないものと考える。大御所の仁慈はありがたいものであるが、お優しさのみでは天下に静謐をもたらすにあたわず。ここは、それがしの裁断に任せてもらいたい」

戦勝気分で和やかだった本営が、しんと静まり返り、やがてざわめき始めた。

「馬鹿者めが」

茶臼山に到着したばかりの伊達政宗は、誰にともなく、吐き棄てるようにいって顔をしかめた。

秀頼ら大坂方の幹部たちが立て籠もる山里郭にある糠蔵に、東軍武将・井伊直孝らの手勢が一斉に銃弾を撃ち込んだのは、二位局が交渉のため去ってから四時間が経過した正午に近い時間だった。

昨晩から一睡もせず、食事も摂っていない蔵の中の人々は、最後の期待を裏切られ、絶望の淵に立たされ死を覚悟した。また、その覚悟を促す意味での銃撃であることも、誰もが知っていた。

「古狸め、やはり我らをたばかりおった」

速水守久が怒りに身を震わせて地団駄を踏む。饗庭局《あえばのつぼね》が、秀頼と淀殿のもとへ駆け寄り、平伏しつついった。

「もはや、これまででございます。右大臣ほどのお方が、敵の手にむざむざとかかられてはなりません。事ここに至っては、豊臣家の威光をお汚しになられぬよう、すみやかに御腹めされ（切腹する）ませ……」

秀頼も覚悟を決めたらしく、切腹の用意を速水守久らに命じ、残された城方の者たちも震えながら、各々自害する手立てを講じ始めた。

「饗庭、豊臣家の威光であると？　笑わせるものではないわ！」

突如甲高く、狂気じみた声が、薄暗く湿った蔵の中に響いた。皆が唖然として視線を向けた先には、淀殿が幽霊のようにかすかに左右に身体を揺らしながら立ち尽くしている。

さらに秀頼らを戦慄させたのは、淀殿の表情が恍惚として、あたかも官能の悦びに浸っているかのように、満たされたものだったことである。

「我が事成れり、じゃ。やっと猿に復讐してやったわ」

猿、とは淀殿の夫にして秀頼の父、故太閤豊臣秀吉が若年の頃から呼ばれていた蔑称だと、誰もが気付き、蔵内外の事態が急変していることに戸惑わない者はなかった。

なおも、淀殿はきいきいと笑いながら語り続ける。

「豊臣家、とはなんぞや。もう知っておろう、秀吉に子種がなかったことくらいは……。数百の女に手をつけながら、誰一人子を孕ませることができなんだ男よ、秀吉は。わらわだけに子が授かるなど、あの猿め、本気で信じておったのか。愚か、愚か。豊臣の家は、とうに絶えておったのじゃ。白痴の殺生関白（豊臣秀次）がぶざまに横死したときにのう」

そして、充血し、瞳孔が開ききった両眼で、秀頼を見据える。

「おお、可愛いや、右大臣――我が子秀頼よ。おぬしは、織田信長公の血を引き、近江の名族浅井長政を祖父に持つ、真の天下人ぞ。あの猿は、わらわの父と母を小谷城と北ノ庄城で焼き殺し、あろうことか主君の信長公さえも謀にかけて弑した逆賊ぞ。ああ、積年の恨み、ようやく晴れたわ。見たか、大坂の城が一夜にして燃え上がり、消し炭に成り果てた景色を。絶景かな！　これこそ、賤しい草履取りが見た夢の成れの果て。因果というものよのう」

「さて皆の衆」と、淀殿は呼吸すら忘れたかに見える蔵の中の人々に対し、隣の秀頼を初めてお披露目する子供を見るような仕草で、はしゃぎながらいう。

「改めてご紹介いたそう。こちらが、右大臣浅井秀頼どのなるぞ。そして、この右大臣が真の父は――」

「きゃあっ！」

侍女の一人が悲鳴を上げた。淀殿が、背後から突然袈裟斬りにされ、右肩から鮮血を噴き出したまま、ばた、と床に倒れ込んだからである。

即死した淀殿の背後に、血塗られた太刀を持って立っていたのは、毛利勝永であった。勝永は落ち着いた物腰で、静かに太刀を淀殿の屍の側に置き、秀頼に向かって平伏していった。

「右大臣豊臣秀頼卿。御母君は、一足早く太閤殿下のもとへまいられました。僭越ながら、この豊前守勝永が、ご介錯つかまつりましたことをお許しください」

倒れ込んだ淀殿の肥満した顔は、死してなお、家老の大野治長を見つめていた。蔵の中にいる者たちは、「ああ、やはり……」と心中思ったが、今はもうそれを糾弾している場合ではない。当の治長は、粛然とした面持ちで、しゃがみ込んで淀殿に手を合わせていた。

「豊前ヨ」

そのとき、やや甘い悠長な声で、秀頼が勝永にいった。

「はい」

「ソナタノ父、壱岐守（毛利勝信）ト親子二代ニワタル豊臣家ヘノ忠節、大儀デアッタ」

毛利勝永は、無表情に見える若き主君の白い風貌を驚いて見上げた。

（お忘れでは、なかったのだ）

その昔、尾張中村の農村では、秀頼の父秀吉と勝永の父勝信は友人だった。豊臣秀吉が出世し、優れた幕僚を召し抱えた後も、毛利勝信は変わらず秀吉の後ろに従った。同郷の友を支えるために、農民の無学さを補う献身的な謙虚さを忘れずに。今、秀吉は死に、彼が豊臣家の安泰をすがった家臣たちの多くは徳川に寝返り、あるいは徳川に抗って敗れ去っていった。

今、この薄暗く狭い湿った蔵の中に、秀吉の子と勝信の子だけが残った。毛利勝永が聞いた秀頼の言葉は、秀吉がいった言葉のように胸を打った。きっと先年亡くなった父勝信も、息子が自分の遺言を守ったと誇らしく思うに違いない。

外の銃撃音が一段と激しさを増してきた。真田信繁の子、大助が大声で治長にいった。

「このままでは、鉄砲が瓦や壁を砕ききってしまいます。どうか、早くご覚悟のほどを」

大野治長は、淀殿の亡骸を横たえると、蔵の中に隠れている一同を見回して呼びかけた。

「これより、蔵に火をかける。煙硝を撒き終えてあるので、死の苦しさはない。わたしは、右大臣のお供をして太閤殿下のもとへ行く。女や子供は、逃げ延びるがよい」

毛利勝永が、蔵の隅にある大きな木箱をどけて、地下通路を示した。勝永が突然蔵の中に現れた理由は、この抜け道にあった。

「それは、なりません！　父から、右大臣家に従うように、厳しく申しつけられております」

真田大助は、泣きながら治長の指示に抗う。勝永が、大助の痩せた両肩に手を置いて諭す。

「豊臣の家には、我らが殉ずる。弱腰の者たちを率いて落ちるがいい。お父上が待っている」

大助が驚いて勝永を見つめる。勝永は微笑み返すと、大助の小柄な身体を無理やり地下通路に押し込んだ。数人の女官たちや子供もその後に従う。

「火をかけるぞ！」

大野治長が、これから死ぬ者、生き残る者に向けて、最後の言葉を絶叫した。


「蔵から火が噴き始めた！」

井伊直孝が指揮する鉄砲隊の隊長が、銃卒たちに告げる。

「近づくな、伏せろ」

直孝が事態の意味を悟って、銃撃を止めさせた。間もなく耳を劈くほどの爆音が、蔵を包囲する兵士たちの鼓膜を震わせた。

「……終わったか」

おそらく、蔵に火薬を充填させたのは大野治長であろう。彼の行動については賛否両論あっただろうが、最後に東軍の目前で、豊臣家の存在を灰燼に帰してしまうという潔さは、やはり並の男ではなかった、と井伊直孝は思った。

その頃、家康は茶臼山の仮本営にいた。

そこへ続々と戦勝祝賀を述べる諸大名がやってくる。家康は、いちいち会釈を返し、

「このたびは、ご苦労さまでござった」

といった。しかし、その言葉は関ヶ原での戦勝時における、諸大名らへの気配りには遠く隔たりがあって、ひどく素っ気ないものに聞こえた。秀頼が死に、豊臣家が滅びた今、徳川に叛く大名はいなくなったといっていいだろう。

その意思表示として、あえて家康は関ヶ原と違う冷淡な態度を、東軍諸大名らに取ったのである。

関ヶ原の合戦に勝利した際、家康に自ら手を取ってもらった黒田長政は、密かに不機嫌な気色を示したが、同僚の細川忠興が、

「もう、よそう。時代が変わったのだ」

と、この朴訥な友人をなだめた。なおも引きも切らぬ大名たちの戦勝拝賀の列に混じり、一人の老人が茶臼山の坂道を登ってくる。

仮本営の前で、倣岸な態度を取っていた小幡勘兵衛が老人を認めると、にわかに態度を改め、深々と礼をした。

「おお、入庵どのではないですか。どうぞ、こちらへ」

家康も板の間に老人――上杉謙信の一族である上杉入庵を招き入れた。かつて軍神と畏れられた謙信に若年から従い、数々の戦で勇敢な功績を上げたこの人物を、家康は賓客として招き、敬愛していたのである。

「入庵どの、また勝ちましたわ」

家康は、上杉老人の手を取って、子供のように喜んだ（『校合雑記』）。家康はもはや、どの大名であれ、その手を取って戦勝を喜んだりはしない。外様大名の機嫌を逐一取り結ぶ必要がなくなったからだ。家康は自分一人の喜びを表現したいがために、政治権力とは無縁の老人を相手に選んだのである。

上杉入庵は、そのことさえ見抜いたかのように、ただ微笑むのみで、ひととおりの祝いを述べただけで茶臼山を下りた。

天海が、痩せた身体を折り曲げるようにして茶臼山仮本営に到着したのは、上杉老人が家康のもとを辞したわずか数刻後のことだった。家康は天海の機転で、真田信繁の鋭鋒から逃れることができたので、

「天海どの、また死ねなんだわ」

と恥じ入るように苦笑した。

「昨日、天王寺で討ち死にすれば、秀忠も後で苦労がなかろうと思いました。ですが、性分ですな……死ぬことが恐ろしゅうて、恐ろしゅうて、気が付けば無我夢中で逃げておった。三方ヶ原で、武田信玄に散々打ち負かされた昔を思い出しましたよ」

「それが普通です。死を怖れない人間はおりません」

天海は、そういって家康を慰めた。


家康が、京都所司代の板倉重昌を含めた百人余りの小人数で、大坂城の焼け跡を実検し、疾風のごとく京都二条城に去ったのは、午後四時のことだった。

勝利に歓喜する軍の群れを縫って走り去る質素な駕籠を、誰も家康であるなどと気付くはずはなかった。

後日二条城に到着した将軍徳川秀忠は、

「大坂方の残党に襲われるのを怖れられたのであろう。また秀頼が本当に死んだのか、ご自身で見届けなければ気が済まないご性分なのだ」

と嘲笑したが、それもあっただろう。しかし、家康はこの恥にまみれた戦場を一刻も早く立ち去りたかったのである。

「大戦の後は、必ず雨が降る。蓑を用意せよ」

大坂城の京橋口を出て京に向かう最中、家康は板倉重昌にいきなり命じた。晴天を見上げ首を傾げる重昌は、ともかくも雨具一式を用意した。

すると、家康の予言どおり、枚方を過ぎて大雨が降ったという。鳥羽で雨は止んだが、家康は駕籠から馬に乗り換え、二条城にその夜十時に到着した。

＊

大坂落城後の五月は、滅亡した豊臣家の残党狩りがさかんに行われた。

五月十一日には長宗我部盛親が捕らえられ、二十一日には豊臣秀頼の庶子である国松が捕縛された。二人とも京都の六条河原で斬首されたとあり、これで豊臣家の血筋は完全に絶えたことになる。

他にも大野道犬（治長・治房の弟）や細川興秋（細川忠興の子）らが捕らえられて自害させられた他、山川賢信と北川宣勝は、逃亡した二人を匿った住職が逮捕されたのを聞いて自首したため、その心情を酌量されて放免となった。

その他逐一に言及することは煩雑で、主題から逸脱すると思われるので、記述を省略する。

　さて、大坂方七人の司令官で、戦後行方を完全に絶った者が一人いる。元五大老宇喜多家筆頭家老にしてキリシタン指導者、明石掃部全登である。

　六月九日、将軍徳川秀忠は下総守松平忠明に大坂城を守らせ、伏見城に帰った。関ヶ原戦役の吉例にならって凱歌を奏せず、ただ軍神のみを祭り、供には徳川義直・頼宣と藤堂高虎らが従った。

　二条城で家康と再会した秀忠は、大名らの前で見せた重厚な態度は露ほども感じさせない、以前にも増した神経質で沈鬱な気を周囲に充満させていた。

「どうした。戦は終わったのだぞ。少しは気を楽にしたらどうだ」

　家康が心配そうに秀忠を労わってやると、秀忠は腹痛をこらえる小児のように苦しげな上目づかいで老父を見やり、

「キリシタン坊主が……あの明石掃部（全登）だけが見つかりません」

　とうめくように訴えた。家康が怪訝そうに、

「たかが明石一人逃したくらいで、怯えるでない。いずれ残党狩りを命じてある西国大名の誰かから、首が届くであろう」

　と慰める。秀忠は大きくかぶりを振って、

「届くものですか！　奴は、西国に潜むキリシタン信徒たちの頭領なのですよ。あちこちの隠れキリシタンの隠れ家に身を寄せれば、幕府といえども居所を探すどころで

はありません」

と泣きそうな声でいい、頭を抱えた。

「探せば探したで、せっかく大人しくなったキリシタンたちを刺激することになりますし。幕府が弱みを見せれば、明石が首謀者となってキリシタンを煽動し、反乱を起こすかもしれません」

「情けないことを申すな。それ、おまえを喜ばそうと思い、土産を用意してある。これ、天海どのを呼べ」

家康が手を叩くと、近習が天海を呼ぶために席を立った。秀忠は、あたりをきょろきょろと見回し、「土産とは、なんですか?」と父に訊く。

「捕らえたのだよ、明石の側近を。沢原孫太郎だ。船場の戦いで、日向守（水野勝成）の手勢で絡め獲ったらしい。厳しく拷問をかけてあるから、今頃明石の行方を洗いざらい吐いているに違いない。所司代（板倉勝重）から、天海どのに尋問の結果が届いているそうだ」

秀忠は急に生気を取り戻し、目を輝かせる。

「沢原孫太郎といえば、明石家重臣中の重臣ではないですか。そうだ、孫太郎ほどの武士なら、きっと明石掃部の潜伏先を知っているに違いない」

しばらくして天海が部屋に入ってきて、両御所に礼をすると、板倉勝重から伝えられた沢原孫太郎の尋問結果を記す書状を読み上げ始めた。その内容を要約すれば、次のようなものである。

捕らえられた孫太郎は、厳しい拷問を受けても、全登の行方を供述することを拒んだ。さらに獄吏がいっそう苛酷な拷問を加えたところ、孫太郎はその目から涙を溢れさせたという。

「明石掃部の居所さえ吐けば、こないな痛い目に遭わんでも済むんや。もう、いい加減喋ったらどうや」

獄吏が情けから孫太郎に白状を勧めたところ、

「拷問が辛くて泣いたのではない」

と孫太郎は傷だらけの身体をよじり、涙を流したまま獄吏を見据えていう。

「わたしが泣いたのは、侍たるものがここまで堕落したかと、惨めに思ったからだ。侍たるもの、たとえ骨を刻まれたとしても主君を売ることなどは決してしないものと心得よ。いいか、戦の勝敗は時の運だ。もし、両御所（家康と秀忠）が戦に敗れていれば、わたしの主君と同じように、戦場から落ち延びていただろう。そのときは、反対に我らがあんたたちを絡め獲っていたはずだ。あんたたちは、仮に自分たちが捕らえられたときに、主君の行方を敵に白状する心を持っているから、わたしに同じことを期待して、拷問をかけるのだ。そのことに気付いたとたん、悲しくてやりきれなさで胸が詰まり、思わず涙がこぼれたのさ」

孫太郎の言葉に、取り調べに関わっていた一同、誰もいうべき言葉がなかったという。


「そうか、孫太郎はそのように申したか」

家康は、いかにも感に打たれた面持ちで、

「近頃にしては珍しい忠義な侍よ。のう、御所（秀忠）どの、孫太郎を赦してやってはどうだ」

と秀忠に提案した。秀忠は失望を隠せない様子で、

「仕方がないですな。奴を斬れば、各地に落ち延びた大坂方の残党が、捨て鉢になって蜂起するかもしれません」

そういって肩を落とした。天海が、二人の顔を交互に見ながら提案する。

「以前、明石掃部が身を寄せていた黒田家のような、明石家に縁故の深い家に預けるのは避けた方がよろしいでしょう。そこで例えば、細川家などはどうですか。拙僧と昔縁のあった家でありますし、忠興どのも粗略には扱いますまい」

細川忠興は、天海すなわち明智光秀の娘、珠子を妻としていた。世にいう細川ガラ

シャである。ガラシャとは、キリシタンの洗礼名であるのはいうまでもない。

彼女は関ヶ原戦役の前に、京の細川屋敷を西軍が包囲したとき、自分が捕虜になることで夫の忠興が存分な戦働きができないことを懸念し、家臣に命じて自らの命を絶たせたのだった。

忠興は、絶世の美女として名高かった彼女の死を悼んだと同時に、関ヶ原での戦功で熊本に大封を得た自分の今日があるのは、ガラシャ夫人の犠牲があったからと、いつも良心の呵責に苛まれていた。

義父である自分の申し出を無下に断ることもないだろう、と天海はいう。また彼は口には出さなかったが、キリシタンである明石全登の家臣を譲り受けることで、わずかなりともキリシタンだった妻への罪の意識が和らごうと、配慮しての提言であった。

事実、沢原孫太郎は後日罪を赦され、細川家に武士として仕えている。

「それより、大久保長安の遺した金銀が、関東のキリシタンたちに流れているとは本当か、天海どの」

天海は家康から質問を受けると、眉を曇らせて頷いた。

「残念ながら。やはり長安が仕えていた上総介（松平忠輝）どのを旗印に、弾圧を避けるための抑止力に使うつもりだと考えられます」

「か、上総を旗印に、だと？　どうしたことだ、長安の屋敷から財産はすべて没収したはずではなかったのか。いくらだ、いくらの金銀がキリシタンへ流れているのだ？」

秀忠が驚愕して、思わず立ち上がった。震えの止まらない腕を、天海が痩躯を挺してなだめる。

「それが……少なく見積もりまして、二百万両くらいかと」

「に、二百万両？」

へなへなと、秀忠は力が抜けたように座にへたり込んだ。家康が、秀忠の背中をさすって言葉をかけてやる。

「しっかりせよ。豊臣を滅ぼしたのは、御所どのであるぞ。相手は、所詮キリシタンだ。敵が挑戦してくれば、もう一度天下の兵をまとめ、合戦に及べばよいのだ」

「それは、大御所だからできることです。諸大名らがわたしを見下しているのはご存知でしょう。関東でキリシタンが蜂起すれば、真っ先に上総を奉じて彼の義父、陸奥守（伊達政宗）が呼応するでしょう。そうすれば、米沢の上杉ら外様大名も追随するかもしれない……。それに、まさか――」

秀忠は取り憑かれたように、視線を虚空に漂わせた後、すがるように天海の肩を掴んでいった。

「天海どの、関東のキリシタンたちが、西国のキリシタンたちと手を結ぶということは考えられないか？　西のキリシタンが、明石掃部を立てて兵を挙げるということは……」

「それは、あり得ます。さらに幕府に不満を持つ、長門の毛利、薩摩の島津らが各地で呼応することもご考慮された方がよろしいかと……」

「もう、いい！　聞きたくない」

「いや、聞くのだ、御所どの」

錯乱する秀忠へ、落ち着いた低い声がかかった。声の主は、家康である。

「わしが死ねば、天下はどうなる」

秀忠は、蒼白の表情で老父に向かっていった。

「天下は――乱れると思います」

「いいや、乱れまい」

家康が断言すると、秀忠はぎくりと背筋を硬直させて、家康と天海を見た。

「御所さまは、温厚篤実にして慎重なお方。大御所さまが、亡き（結城）秀康卿や上総介（忠輝）さまを差し置いて、天下をお譲りなされたのは、その美点をお認めになっておられるからでございます。どうか、ようやく得た平和を護持くださいますよう。隠れキリシタン信徒たちには、できる限りの寛容さをもって、武器を取らせ戦わせない心配りを。そうすれば、彼らは進んで、イスパニアやポルトガルなど強国が目論む、我が国に対する侵略行為の防波堤となるでしょう。外様大名たちも同様です。彼らがお互いに連携する名分がなければ、今の幕府には個々に太刀打ちなどできません。くれぐれも、キリシタンと外様大名らをいたずらに刺激し、追い詰めないことです」

天海の、一見秀忠を褒め称え、自信をつけさせようという優しい言葉の裏には、身も凍るような恫喝が隠れていることくらい、秀忠には理解できた。

さらには、明石全登の家臣を捕縛したという餌をぶら下げて、天海をして秀忠に最後通牒を叩きつけた父家康の凄みに、秀忠は完全に萎縮する。

(明石と上総を追うな、というわけか……)

秀忠は苦悶し、身をよじらせると、観念したように呟いた。

「城の堀を埋められたのは、秀頼だけではございませんでしたな」

これが、秀忠の家康と天海に対する、実質的な敗北宣言となった。

「気を悪くするな。天下万民を思ってのことだ。ひいては、御所どの自身の安泰に繋がる」

家康が、部屋から出ていく秀忠の背中に向かっていった。秀忠は苦笑する他なく、彼にしては珍しく闊達な、

「かないませんなあ」

という声を廊下に響かせて、遠ざかっていった。秀忠がいなくなると、家康と天海は、密かに微笑みを交わす。家康は満足げに、

「さて、これにてざっと済みたり」

と晴れやかな声でいった。天海も思わず相好を崩し、上機嫌の家康につられて屈託なく笑った。

神は大空を造り、大空の下と大空の上に水を分けさせられた。
そのようになった。

（旧約聖書『創世記』）

十六

「皆様、ここで源氏の君が詠んだ歌をご紹介いたします。

　みをつくし　恋ふるしるしに　ここまでも　めぐりあひける
　えにはふかしな

源氏の君は、明石の君の舟が去って難波に向かったことを知って、歌を贈ったのでございます。『身を尽くして恋をした甲斐があって、この難波江に来てまでも巡り逢った縁は深いことよ』という意であります。この歌を受け取った明石の君は、

　数ならで　なにはのことも　かひなきに　などみをつくし　思ひそめけむ

と歌を返します。『数にもならないわたしは、何事につけても甲斐がない者ですのに、なぜ身を尽くしてあなたのことを思いそめたのでしょう』という意になりますね。別れを惜しむ非常に情感的な歌ですけれども、源氏の君の歌にある『みをつくし』は明

石の君を乗せてゆく舟の水路を表しておりますし、明石の君の返歌にも、『なにはのことも』という言葉が、二人の別れた場所である難波を表した掛詞であることも忘れてはいけません。作者の紫式部は、男女のありふれた行きずりの恋でさえ、雅な趣向を凝らして劇的な物語に昇華させます。こういった部分も、この源氏物語が数百年の時を超えて、貴族から庶民までも魅了する理由の一つなのかもしれません……」

これは、奥州仙台城の本丸奥御殿で行われている、伊達家の侍女たちを対象とした源氏物語の講義である。講師を務めているのは、かつて大坂城の侍女だったお由その人だった。

このとき元和四年（一六一八）、伊達政宗が仙台城を築城して八年が経過していた。仙台の街の西部、青葉山の丘陵上に立つこの山城は、新しい木材の清々しい香りを放ちながら、城の周りを流れる広瀬川と調和し、人々から「青葉城」という別称で親しまれている。

「さすがは、大坂のお城でお勤めになっていただけのことはあられますわね」

「そうね、由さまの講義は分かりやすいし、京大坂の風雅な嗜みまでもが伝わるようでございます」

講義を終えて部屋を出ていく伊達家の侍女たちが、口々にお由の評判を語り合う。

お由は大坂落城の前夜、明石全登の委託を受け、真田信繁の娘・お梅を敵方である伊達政宗の陣まで送り届けた後、そのままお梅に従って奥州仙台までやってきたのである。

仙台では、政宗から大坂で高等教育を受けてきた経歴と親しみやすい人柄を評価され、伊達家ゆかりの子女や女官たちの教育も、日々の雑事とともに任されている。

（美しい都だ）

お由は、白河の関を越えて辿り着いた、かつて東夷と呼ばれ蔑まれてきたこの東北の地を、意外な思いで眺めたのを、昨日のことのように覚えている。

仙台は、伊達政宗が心血を注ぎ、綿密な土地区画整備に基づいて完成させた街である。城の麓を流れる広瀬川の東岸には広々と平原があり、わずか四里向こうには新鮮な魚介類が調達できる塩竈港、さらに奥州街道が貫通する仙台の地は、まさに城下町となるべくしてなった、新しい伊達の都といえた。

そこに住む町民たちの熱気もただならぬものがあり、連日城下には鑿《のみ》や槌の音が高く響き続けている。わずか数年前までは閑古とした村であったのが、今は人口五万二千を超える繁栄を見せていた。

お由は講義の資料をまとめた後、廊下を歩きながら、この天守閣を持たない新しく芳しい仙台城から空を眺める。

「同じ空の下……か」

　五月の晴れた青空に、雲が形を変えながらゆっくりと東の空へと流れてゆく。三年前、大坂難波にある明石屋敷で、全登がお由にいった言葉を思い出したのだ。

「主君の備前中納言（宇喜多秀家）を思うとき、あのお方が今配流されている八丈島の空を思い浮かべるのです。この大坂の空と、八丈島の空は繋がっているのだ、と。そうすると、悲しさが少し紛れたような気がするのです」

（ジュアニーさま、寂しいものは、寂しいですよう）

　明石全登の行方が今もって分からないということは、お由も真田梅や片倉小十郎から噂として聞かされている。

　船場の合戦で、全登は水野勝成の武将・汀《みぎわ》三右衛門に討ち取られたという戦死説もあった。しかし、今もって幕府が「明石狩り」と呼ばれる捜査活動を西日本を中心に行っているという事実や、全登を討ち取ったとされる汀がなんの褒賞も与えられていないことから、世間は明石全登が西国に逃げ延びたと信じているようだ。

「……さん、お由さん！」

「えっ？　あっ、はい、はい」

　廊下の後ろから追いついた馴染みの侍女が、ぼんやりと歩くお由に何度か声をかけていたようだ。

「お昼からは、鬼庭さまたちがご列席される、お茶席の準備がありましたよね。忘れていないですよ。ですから、そんな大声で脅かさないでください」

お由がどぎまぎしながら侍女に答えると、彼女は必要以上に手足をばたばたさせながら、

「違いますよ。もう信じられない、先ほど、小十郎さまからお声をかけていただいたんです！　あの片倉小十郎さまですよー」

と、お由の背中をばんばんと叩く。片倉小十郎は、お由にとって伊達家唯一の知り合いだが、城内の女たちにとっては、美貌の彼は政宗の重臣であると同時に憧れの的でもある。お由は咳き込みながら、眉をひそめていう。

「それは、分かりましたよ。で、小十郎さまが何か？」

「お由さんに、北の書院まで来てほしいと伝えてくれ、と。どういうことですか？あなた、小十郎さまと何かあったんですか？　教えてくださいよう」

「何もあるわけないじゃないですか。年も三十を過ぎた、このわたくしが……。きっと、お仕事の話ですよ」

「また、またー。お年なんて関係ないじゃないですか。おきれいですもの、お由さんは。ねえ、ねえ」

お由はきりがないと見て、侍女を適当にあしらって本丸北の書院に向かって歩き始

める。やがて書院の入り口に立つと、何人もの人の気配がし、お由を困惑させた。

襖を開けると、片倉小十郎の他に、なんと上座には伊達政宗がいた。その政宗の下座には、身なりの良い商人がきちんと正座しており、柔らかい物腰でお由に頭を下げた。

「まあ、鵺さんじゃないですか！」

お由は思わず頓狂な声を上げて、商人姿の鵺に近づき、その手を取って喜んだ。

「生きておられたのですね。もう、信じられない、突然こんな東の果てまでやってこられるなんて！　でも、よかった。ご無事なお姿を拝見して、安心しましたわ。あれ、ひょっとして商人になられたのですか？　なかなか、お似合いですよ……」

「ゴホン、ゴホン」

伊達政宗が不自然な咳をする。大名である自分が無視されて、面白くなかったからである。

「あっ……大殿さまじゃないですか。これは、失礼いたしました。あの、もう陸奥守さまではないのですね。参議さまにおなりあそばされましたものね」

お由は、慌てて政宗に対して毒消しを始める。小十郎は、正座を崩さず笑いをこらえている。政宗は、三人を見渡すと不機嫌な声で、

「参議さまへの態度ではないであろう。わしをないがしろにしおって。しかも、この

仙台を『東の果て』とは何事か、この無礼者が」

といじけたような態度でいった。

「しかし、いきなりお由を呼び出して驚かせてやろう、と仰られたのは大殿ご本人でございますぞ。人をからかおうとして、馬鹿にされたのでは世話がありませんな」

片倉小十郎が正面を向いて、政宗に視線を合わせないまま澄ました顔でいうと、政宗は、

「だから、余計腹に据えかねるのだ。小十郎、おぬし、最近死んだ親父（片倉景綱）に似てきたぞ。変なところまで真似をするな、命令だ」

といい加減な命令を下した。一同に笑いが起こる。

「お久しぶりです、お由さん。せっかく呼んでいただいた名前ですが、鵺という名はもう棄てたのです。今は、佐々木満高と名乗っております」

鵺は、全登がかねてから予感していたとおり、近江源氏の末裔であり、織田信長が主家の六角氏を滅ぼした後忍者となっていたが、現在は本名を名乗って商いをしているという。

「昨日でしたか、荷駄を積んだ馬が列になって仙台に入ってきた、という噂を聞きました。あれは、鵺……すいません、満高さんが率いてこられた商いの人たちだったのですね」

お由は、鵺が商人として身を立てていることを我がことのように喜んだ。そして何より、鵺が闇に生きる諜報の務めから足を洗い、白昼の街道を胸を張り、馬に揺られて進む姿を想像できるのが嬉しかった。

「お由、満高などという偉そうな名前で呼ばなくてよい。この鵺はな、わざわざこの仙台までやってきて、このわしから譲り受けたいものがある、というのだ。まったく、図々しい男よ」

政宗が、忌々しそうに鵺を睨む。お由は、政宗をあやすように機嫌を取りなしていう。

「大殿さまは、仙台六十万石の参議さまですよ。意地悪なさらずに、鵺さんにその物をお譲りなさいませ。もう、世間で戦国の生き残りは少ないんです。古いお知り合いは、大事にされた方がよいですよ」

政宗が「ううむ」と考え込むふりをしていると、片倉小十郎が、政宗の芝居にうんざりした様子で、

「お由、鵺は明石掃部どのに頼まれて、お前の身柄を引き取りに来たのだよ。それに、大殿はすでに鵺から賂を受け取っておる。ほれ」

と政宗の脇に置かれている、竹模様をあしらった縮緬《ちりめん》の包みを解いた。

小十郎が、お由の目の前に広げたのは、「紫羅背板地五色水玉文様陣羽織」という

紫の羅背板に、裾から袖の部分に大小五色（赤・青・黄・緑・白）を大胆にあしらった陣羽織であった。背の中央には伊達家の家紋である「竹雀紋」が金糸で大きく刺繍されている。

お由はしばし、その鮮やかすぎる陣羽織に目を奪われていたが、「余計なことをするな」と小十郎を叱責する政宗を横目に、乱れがちな思考を整理しながら鵺に訊いた。

「小十郎さまのお言葉は、本当ですか？　ジュアニーさまは……生きておられて、そしてわたくしに戻ってこい、と——仰られたのですか？」

鵺は大きく頷いて、

「そのとおりです。明石全登さまは……いえ、明石ジュアニーさまは、お元気に暮らしておられますよ。今は、薩摩（鹿児島県）の地に隠れておいでです。大坂の陣で戦場を抜けた後、天海さまがご用意くださっていた船で、難波の津から西へ行かれたのです。わたしも、掃部さまに無事に戦場から退いていただいた後は、自分の命がないものと覚悟しておりました。しかし、三途の川を渡ろうかという寸前に、政宗公が川の渡し守を撃ち殺してくださったのですよ」

「では、巷を騒がせた『伊達の味方討ち』とは——」

お由が驚いて政宗を見ると、政宗は得意げに、事件の真相を打ち明けた。

「そうさ。あれは、わしが命じてやったことよ。神保には気の毒だったが、掃部どのを追う部隊であれば、誰もが伊達の鉄砲隊の餌食となったであろうな。狸（家康）と坊主（天海）に脅されたのだが……どうだ、お由。わしを見直したか？」

「はい」とお由は笑顔で応え、

「素晴らしいです。大殿さま、ありがとうございました」

と手をついて礼をいった。

「あの日、戦場で死を覚悟したところで、鉄砲の轟音が響き、竹雀の旗が見えたときの安堵といったら、言葉に言い表す術を知りません。ですから戦場で、わたしが見た光景をこの陣羽織にしたのです」

鵺が示したとおり、紫は浄土を表し、色鮮やかな五色の水玉は、炸裂する伊達家鉄砲隊の銃弾にも見える。中央にあしらった金色の竹雀は、戦場での印象の強さを物語っている。

「明石掃部さまは、かつてのご主君（宇喜多秀家）が亡命した薩摩島津家を頼られたのです。幕府も、亡き大御所さま（徳川家康）内々のお言い付けを承知しているものと見え、しつこく掃部さまの身柄を差し出すよう迫ってはこないようでありますな。何しろ、掃部さまの後ろには、全国七十万人のキリシタンが付いているのですから」

家康は、大坂夏の陣から一年後、元和二年（一六一六）に胃癌で死去したが、幕府宗教政策指導者兼次世代将軍・徳川家光の後見人である南光坊天海は健在であった。

東国キリシタンの指導者である松平忠輝は、家康の没年に改易され、伊勢国朝熊《あさま》（三重県）に配流された。伊勢は九鬼守隆という大名が治めているが、元は天才と名高かった蒲生氏郷が生前に統治していた土地である。

蒲生氏郷は、戦国後期の青年武将の多くがそうであったように、熱心なキリシタンであった。したがって、今でも伊勢には数え切れないほどの隠れキリシタン信徒が、地下に潜伏している。天海と政宗が、伊勢キリシタンの長に忠輝の身柄を委ねたのはいうまでもない。

「そうでしたか……これで、上総さま（松平忠輝）の身も安全でございますね。陰険な将軍さま（徳川秀忠）も、ジュアニーさまと同じで、隠れキリシタンに堅く守られている上総さまには、簡単に手を出せないですものね」

お由が鵺と政宗に嬉しそうにいう。政宗も手を叩いて、秘密を漏らす。

「極めつけが、真田信繁だな。例の首は偽物で、本人は紀州九度山に隠れ住んでいるらしい。息子（真田大助）も一緒らしいが。紀州は高台院（豊臣寧々）の親戚である浅野家の所領だ。ということは、家康は高台院と謀って彼らを匿わせた上、隣国（伊勢）に配流された婿殿（松平忠輝）が兵を挙げるとき、紀州の真田親子を軍師に招聘する算段なのであろう。対真田恐怖症の将軍が、怯えて夜も眠れぬ姿を想像すると、愉快だわい」

ちなみに大坂城で殉死したはずの真田大助が、紀州九度山で老齢まで隠れ住んでいたという「落穂雑談一言集」なる記録が現存することも付け加えておく。

ところで、と鵺は身を乗り出して、お由に本題を告げる。

「大坂落城から三年が経ちました。明石掃部さまは、今薩摩の地で土地を耕したり、キリシタン信徒たちが日常行う礼拝等の祭事を催したり、穏やかに日々を送っておられます。大坂戦役の後、戦場から逃れ、西日本の各地で潜伏していた信徒たちも、掃部さまを慕って続々と薩摩にやってきます。初めは掃部さまのご家族らで信徒たちのお世話をしていたのですが、やはり宇喜多家筆頭家老のご家族には、増えすぎた信徒たちの統率を取りまとめるのは荷が重うございます。こういう事態が発生したのは、ここ一年ほどでしょうか。ある日、掃部さまは、商いでたまたま薩摩に訪れていたわたしをお屋敷にお招きくださり、もじもじなさりながら、こう仰ったのです。

『以前、大坂の陣で難波屋敷に住んでいた頃、由どのが大勢の信徒たちの世話をしてくれていた日々のことが偲ばれる。由どのは、わたしが無理をいって仙台まで真田左衛門佐どのの姫のお供を頼んだのだ。今でも、由どのは息災であろうか』

わたしは、すぐに掃部さまが何を望んでおられるのかが、はっきりと分かりました。

『お由さんに、薩摩の地まで来ていただいたらいかがでしょう』

わたしの提案を聞くと、掃部さまは――少女のように頰を染められて、

『そのような都合の良いことをいうではない。由どのは、伊達どのの新都仙台で、何不自由ない生活を送っておられるはずだ。今更、薩摩の片田舎で信徒たちの世話を頼むなど、虫がよすぎる』

などと煮え切らないことを仰るものですから、わたしも苛立ちまして、

『来月、商いで仙台の伊達さまに謁見することになっております。その際、お由さん本人から、そのお気持ちを伺ってまいります。このまま仙台に残るか、薩摩まで来ていただけるかを』

と結論を直接掃部さまにぶつけたのです。掃部さまは、お由さんに戻ってきてほしいのです。ですが、持って生まれた奥ゆかしいお人柄……さんざん話題を遠回りさせた挙げ句、

『では、満高（鵜）、由どののお気持ちをそれとなく訊いてきてはくれまいか。いや、無理をいうのではないぞ。あくまで、由どの本人のお気持ちを尊重するように』

とここへ話を落ち着かせました。戦場ではあれほど決断力があり、果敢な指揮官なのですが、案外女性に対しては、優柔不断なところがおありなのです」

政宗も皮肉な口調で、鵜に追従していう。

「まったくだな。虫のいい話だ。仙台城で引く手あまたのお由を今更、薩摩の片田舎まで連れてこい、などと。なあ、お由。はっきりいってやれ、自分の気持ちをな。あ

のキリシタン坊主に身の程を知れと——」

「鶴さん、わたくし、薩摩に……ジュアニーさまのもとへ帰ります」

きっぱりと即答したお由に、政宗は思わず腰が砕けた。片倉小十郎は驚きもせず、微笑みながらお由の言葉を聞いている。

「わたくしは、今も、最後にジュアニーさまと交わした言葉を憶えています。あの方は、わたくしにこう仰いました。『いつか、わたしの魂は星の光となって、この地上を訪れるだろう。そして、どのような形であれ、もう一度会おう』と。わたくしは、鶴さんに連れられて一心寺から大殿さまの陣に向かったとき、阿倍野で見上げた夜空の星を、ジュアニーさまの言葉に重ねていました。人の命は、星の永遠には遠く及ばないほど短い。わたくしは、ジュアニーさまの迷いのない生き方に憧れておりますけれども、かくも短い人の生涯で、とてもあのお方に追いつくことはできない、と思いました。わたくしは、むしろ——あの難波屋敷でジュアニーさまと見上げた桜の花のように、自分が内からの純粋な欲望で咲くことはできないだろうか、と想像しました。花が誰に捧げるでもなく、完全な美しさで咲くように、人間も、この混沌と虚無の時代に、内なる欲望——自分のためでもなく、誰に捧げるでもなく、清らかに生きてはいけないのだろうか、いや、そう生きてゆきたいという衝動が、強くわたくしの心を揺さぶりました。夢が夢なら、それでもわたくしは構いません。星の永遠より、地上での一瞬の燃焼をわたくしは望みます。そう、わたくしはジュアニーさまと共に生きて、この地上で再び会うことを夢見ていたのでございます」

　鵜と小十郎は、お由の穏やかだが同時に刃物のように鋭い意志を聞き、まるで侵しがたい偶像を眺めるかのように、言葉を失った。政宗は、しばらく眼帯の一方にある目を閉じて沈黙していたが、

「お由。お前は、掃部どのに憧れて、彼のように生きたいと思ったのであろうが、それは無理だ……お前は、明石ジュアニーにはなれぬ」

　と冷酷にいってのけた。お由は、それでも政宗の顔から目をそらさない。

「お前が宗教家として、侍の娘として、また人間として明石掃部どのに惹かれるのは、間違いではないと、わしは思う。むしろ、そのような人間の美しい側面を見出し、それに近づこうとするお前の感覚を誇りにしてもよい。お前が、明石全登というキリシタン武士の深い精神性に傾倒するのは構わない。だが、お前は武士ではなく、キリシタンでもない。お前は、世間では侍女という、素朴でありふれた一人の女にすぎない。明石ジュアニーという、高き頂を仰ぎ見ることは、お前が生きるうえでかけがえのない糧ともなろう。しかし、お前は一息に、その高き頂を登り切ることはできないのだよ。わしが嫌うのは、お前がただなんとなく掃部どのの生き方を模倣して、彼に追いついたと錯覚することなのだ。いいか、優れた人間とは、彼の精神の内部において、

あたかも果実が熟してゆくように、長い年月と豊穣な経験を重ね、行きつくべくして行きついた結果であることを忘れてはいけない。お由が明石掃部どのに近づきたいのなら、彼と同じ道を辿り、ひたすら苦難と忍耐を受け入れ、彼と同じ精神の高さまで成熟していく他はないのだ」

お由は、政宗の言葉を瞬きもせず、眩しさに耐えつつ聞き入っていたが、最後に彼の伝えたい真意を理解して、静かにいった。

「わたくしのような身分のものには、もったいないお言葉でございます。大殿さまのお勧めに従い、わたくしお由は、伊達家にお暇をいただき、薩摩へ旅立ちます。わたくしは、わたくしが信じる美しさを決して忘れず、ただジュアニーさまに寄りかかるのではなく、自分の進める歩みで、精神の高き頂を目指します」

「よかったな、お由」

片倉小十郎が、お由の背中を軽く押してやった。鵺も、目を赤くして政宗とお由を見守っている。

「お由は、お由として生きろ。わしがいいたいのは、それだけだ」

政宗は柄にもなく内面的な自我を論じたことに、いささかな照れと疲れを覚え、両手を書院の天井に向け大きく伸びをした。やがて思い出したように、

「おい、鵺。おぬし、商いで仙台へ年に何度か足を運ぶであろう」

と唐突に話題を転換させた。鶴は、拍子抜けした気分で、

「はい。少なくとも春と秋には、商品を搬入するつもりでおります。それが、何か……？」

と答えた。政宗は冷めた茶をすすって、

「ならば、年に一度でもよい。薩摩から仙台まで、お由を連れ出してまいれ。そうすれば、小十郎やお梅も喜ぶ」

とぶっきらぼうに命じた。

「それは……お由さんさえ構わないのであれば」

「大殿さま、また毎年お会いできますね」

再び即座に返答した快活なお由の声に、政宗も破顔一笑して、

「お由、お前のような変わり者が、仙台からいなくなってせいせいするわい」

と強がってみせた。小十郎が、政宗を横目で見つつ、

「大殿は、子供の頃から天邪鬼なご気性なんだ。本当は、寂しくて仕方がないのだよ」

とお由の耳元で囁く。

「小十郎、おぬし、最近わしに遠慮がなさすぎるのではないか？　先代の小十郎でさえ、そのように露骨ではなかったぞ」

小十郎重綱（のち重長）の父景綱は、政宗と同年代で、政宗にとっては家臣である

と同時に兄のような存在だった。景綱を亡くし、心を痛めていた政宗である。日に日に父に似てくる小十郎を嬉しく、また頼もしく見ているに違いない。

＊

ここで、この物語に登場した人物たちの後日談を点描しておこう。

伊達政宗は、この後長命し、寛永十三年（一六三六）に七十歳で死去した。死に遡ること十年前の寛永三年には中納言に昇進し、加賀の前田利常と薩摩の島津家久と並ぶ、大名最高官位に就いている。これよりのちには、外様大名が中納言に就任した例はなく、政宗がいかに幕府において大きな信頼を寄せられていたかが分かる。

その政宗には、常に幕府に対する謀叛の噂が絶えなかった。

不幸にも、父家康ほどの長寿を享受できなかった二代将軍徳川秀忠が、死の床で政宗に後事を託したとき、

「大御所（家康）が駿府で病重かったとき、卿（政宗）が謀叛するという知らせが、わたしのもとに届いた。わたしは、大御所の病にも構わず、奥州仙台まで征伐軍を起こす覚悟を固めていたのだよ。そこへ、思いがけず卿が大御所の病床に参上し、事態は収拾したのだったな。卿の才能は、同じ中納言でも他の二人（前田・島津）をはる

かに凌ぐ。どうか、家光のことを頼むぞ」

政宗このとき六十六歳。年齢もあってか、目には涙を浮かべ、秀忠の手を取って何度も頷いたという。

さらに三代将軍徳川家光が、亡き秀忠の悔やみに訪れた大名たちに、

「自分は、祖父（家康）や父（秀忠）と違い、生まれながらの将軍である。もし、予の代わりに将軍職を望む者があれば、遠慮なく申し出るように」

と宣言し、諸大名を沈黙させたとき、老いた政宗は真っ先に叫んだという。

「将軍に申し出るまでもない。幕府に異心ある者は、まずこの政宗に申し出るがよろしかろう。わたしが兵を引っさげて、その者を討伐いたしましょう」

新将軍家光とその後見人である南光坊天海、そして伊達政宗の三人が、いかに水面下で強く結束していたかを示す逸話といえるだろう。


片倉小十郎重長は、主君政宗の死後、真田信繁の娘であるお梅を正室に迎え、嫡子景長の養母とし、また、小十郎重長（父と同名）を産んでいる。のちにこの子重長は真田姓に復していて、名将信繁の血が奥州に残ったことを、人々は密かに噂し合ったという。

小十郎は、万治二年（一六五九）に七十六歳で没している。

「（小十郎）重長は、大坂以来天下に名を発したものだ」と、晩年の伊達政宗は周囲に語った。

南光坊天海は、徳川家康の死後も生き続け、三代家光の世代、すなわち寛永二十年（一六四三）に百八歳という高齢で亡くなった。

徳川家康の死後、彼を神として祭るという幕府の政治方針があったのだが、その神号について意見が二つに分かれ、大いに争った。

一つは京都神竜院の住職・梵舜《ぼんしゅん》と金地院崇伝が主張した「大明神」、もう一方は天海が主張した「大権現」である。亡き秀吉と同じ大明神という神号は不吉である、との意見も後押しした形になって、天海の押した神仏習合の両部神道に則《のっと》り、家康の神号は「大権現」と決まった。

「神君（家康）は、ひとしお仏の道を信心するお心篤いお方でした。神と仏は一つの道であると、拙僧は考えます。よって、権現の名こそ神君のお心にかなうものでしょう」

天海の言葉が、彼と家康が大坂戦役まで追求してきた治世の結晶であることを、知る者はわずかだっただろうか。

家康が久能山から日光東照宮に改葬された後、奇妙な噂が幕府内に広まった。

「いよいよ、明智光秀さま（天海）の復讐が成ったな」

「おい、それはどういうことだ」

「元和三年の四月に建立された東照宮の近くに、華厳の滝や中禅寺湖が見渡せる平らな場所があるだろう。あれはな、『明智平』というらしい。なんでも、天海さま自らが命名されたとか」

「そういう話ならまだあるぞ。東照宮の陽明門を守る木造の武士には桔梗紋（明智家の家紋）があって、陽明門前にある鐘楼の庇の裏には、数え切れぬほどの桔梗紋があるそうだ……」

「そもそも、御所さま（徳川家光）の名付け親が天海さまであることは、皆の知るところだが、その名は権現さま（家康）の『家』という文字と、天海さまの俗名（光秀）の『光』という文字を合わせたものだというぞ。なんでも、東照宮にある輪王寺の僧がいうには、御所さまを名付けたとき、天海さま直筆の紙片があって、それにある折り目に沿って折り畳めば、『光秀』という文字が出てくるそうな」

「恐ろしや――滅多なことは、口にすまいぞ。堀田や稲葉といった明智家の縁者に聞かれたら、我らも無事では済まない」

　噂が広まる頃には、すでに天海自身それらの巷説を知っていた。老中の稲葉正勝（春日局の子）が思案顔で天海のもとを訪れると、今や朝廷により大僧正に任ぜられている天海は、その報告を手で遮っていった。

「気にするでない。権現さまとわたしは、同じ時代を、業火の中を共に生きただけなのだ。古い知り合いがな、ああ、宗旨の上での友なのだが、彼がいつか、冬の夜、わたしにいったものだ。『復讐は神に所属する』とな。その友と、わたしは誓ったのだ。互いの宗旨が違っても、それぞれの時代が求める信仰を目指して歩いてゆこうと。我ら凡夫は、復讐などという浅ましい檻に囚われている暇はない。万物の報いは、神仏のみによって与えられる」

＊

「『復讐は神に所属する』ですか……」

お由は、そう呟いて晴れ渡った五月の大空を仰いだ。隣には鵜が立っていて、二人は仙台城の眺め台から、仙台の街を見下ろしていた。広瀬川は緩やかに湾曲して流れ、川辺には青葉が溢れている。

「ええ。大坂冬の陣が終わった夜、天海さまが明石掃部（全登）さまと一心寺でお会いになったとき、掃部さまが仰った言葉です。わたしは、そのとき寺の甍の上に腰掛け、月を眺めていたのですよ」

鵺は遠い目をして、遅い春を迎えた東北の新都をいとおしそうに一望した。二、三日後には、鵺の商隊に加わって、お由はこの街を後にすることになっていた。

「昔お仕えしていた方々と会うのは、変な気持ちではないですか」

お由が興味深そうに、鵺に訊く。

「天海さまと掃部さまですね。そんなことはありませんよ。なぜなら――」

鵺は、誇らしげに笑っていった。

「今は、友としてお会いしていますから」

小児が無邪気に玩具を見せびらかすような口調で自慢した鵺に、「よかったですね」とお由も嬉しそうに応じた。もっとも、鵺が手に入れたものは、小児が手にした玩具のように刹那的な欲望を満足させるだけの、矮小なものではないことくらい、お由には分かっていた。

「同じ空の下、ですよ」

首を傾げて、不思議そうにお由を見た鵺に、お由は笑顔でいった。

「ジュアニーさまが、仰った言葉の意味がやっと分かったんです。同じ空の下、生きてきたんですよね、わたくしたち。救いや啓示を見落としながら、でも一生懸命に。わたくしも、鵺さんも、ジュアニーさまも、右大臣家（豊臣秀頼）も、天海さまも、大御所さま（家康）も……。そう、同じ空の下に生きてるって気付かなかったら、寂しさに耐えられそうにないですもの。たくさんの思いが交差して、憎しみや悲しみが生まれるけれども、いつか分かり合えるという喜びを諦めてしまったら、人は寂しくて生きていけないような気がするんです」

鵺も頷いて、緑深い仙台城下へ目を移す。

「鵺さん、薩摩ってどんなところですか？」

お由は、娘のように若やいだ声で訊いた。

「そうですねえ……薩摩と大隅両半島に囲まれた錦江湾には、桜島という島があります。時には桜島が黒煙を噴き上げることもありますが、空はあくまで青く、白雲は悠々と流れ去っていきます。しばしば火山岩や溶岩を噴き上げる光景は、関ヶ原の敗軍に付いたため、薩摩一国に押し込められた薩摩隼人たちの鬱屈が炸裂しているようにも見えます。でも、その精神を内に秘めるように凪《な》いでいる錦江湾を眺める者は、きっと心を動かされずにはいられません」

「じゃあ、ジュアニーさまそっくりですね」

そういってお由は、春でも冷たさの残る空気に包まれた仙台から、温暖で大らかな、まだ見ぬ薩摩の地を想像した。

薩摩の空は、大坂や仙台の空よりも、ずっと青いのだろうか。錦江湾に浮かぶ桜島は、今日も黒煙を上げているのだろうか。ふいにやってきた自分の姿を見て、明石ジユアニーは農作業の手を休め、「やっと約束を果たせましたな」と笑顔でいってくれるだろうか。

お由は両手を胸の前で組み、「終わりの始まり」を自分にもたらした神に感謝し、祈りを捧げたのだった。

完

本書は、二〇一二年五月に弊社から刊行された『ジュアニー 消えたキリシタン武将』を改題し、加筆・修正しました。

文芸社文庫

大坂の陣

キリシタン武将明石全登《てるずみ》の戦い

二〇一七年十二月十五日　初版第一刷発行

著　者　神本康彦
発行者　瓜谷綱延
発行所　株式会社　文芸社
〒一六〇-〇〇二二
東京都新宿区新宿一-一〇-一
電話　〇三-五三六九-三〇六〇（代表）
〇三-五三六九-二二九九（販売）

印刷所　図書印刷株式会社
装幀者　三村淳

ISBN978-4-286-19354-0